FREMDSPRACHENTEXTE · FRANZÖSISCH

Anna Gavalda

Je voudrais que quelqu'un m'attende quelque part

Herausgegeben von
Helmut Keil

Philipp Reclam jun. Stuttgart

Diese Ausgabe darf nur in der Bundesrepublik Deutschland, in Österreich und in der Schweiz vertrieben werden.

Vente autorisée en Allemagne, Autriche et Suisse uniquement.

RECLAMS UNIVERSAL-BIBLIOTHEK Nr. 9105
Alle Rechte vorbehalten
Copyright für diese Ausgabe
© 2003 Philipp Reclam jun. GmbH & Co. KG, Stuttgart
Copyright für den Text © 1999 Le Dilettante, Paris
Gesamtherstellung: Reclam, Ditzingen. Printed in Germany 2012
RECLAM, UNIVERSAL-BIBLIOTHEK und RECLAMS
UNIVERSAL-BIBLIOTHEK sind eingetragene Marken
der Philipp Reclam jun. GmbH & Co. KG, Stuttgart
ISBN 978-3-15-009105-0

www.reclam.de

Pour ma sœur Marianne.

Petites pratiques germanopratines

Saint-Germain-des-Prés!? … Je sais ce que vous allez me dire: «Mon Dieu, mais c'est d'un commun ma chérie, Sagan l'a fait bien avant toi et telllllement
5 mieux!»

Je sais.

Mais qu'est-ce que vous voulez … je ne suis pas sûre que tout cela me serait arrivé sur le boulevard de Clichy, c'est comme ça. C'est la vie.

10 Mais gardez vos réflexions pour vous et écoutez-moi car mon petit doigt me dit que cette histoire va vous amuser.

Vous adorez les petites bluettes. Quand on vous titille le cœur avec ces soirées prometteuses, ces hom-
15 mes qui vous font croire qu'ils sont célibataires et un peu malheureux.

---

1 **la pratique:** Praktik, Gepflogenheit.
  germanopratin, e: aus/von Saint-Germain-des-Prés (Adjektiv), dem Pariser Stadtviertel mit der ältesten Kirche der Stadt (10./11. Jh.), nach dem 2. Weltkrieg Existenzialistenviertel.
3 **c'est d'un commun:** das ist derartig abgedroschen, trivial.
4 **Sagan:** Françoise Sagan (geb. 1935), französische Roman- und Bühnenautorin, gehörte zum Intellektuellen-Milieu der 50er Jahre von Saint-Germain.
8f. **le boulevard de Clichy:** Pariser Boulevard in der Nähe von Montmartre.
13 **la bluette:** Fünkchen; hier (fam.): harmlose kleine Liebesgeschichte.
13f. **titiller:** kitzeln, prickeln.

6   *Petites pratiques germanopratines*

Je sais que vous adorez ça. C'est normal, vous ne pouvez quand même pas lire des romans Harlequin attablé chez Lipp ou aux Deux-Magots. Évidemment que non, vous ne pouvez pas.

5 Donc, ce matin, j'ai croisé un homme sur le boulevard Saint-Germain.

Je remontais le boulevard et lui le descendait. Nous étions du côté pair, le plus élégant.

Je l'ai vu arriver de loin. Je ne sais pas, sa démarche
10 peut-être, un peu nonchalante ou les pans de son manteau qui prenaient de l'aisance devant lui … Bref, j'étais à vingt mètres de lui et je savais déjà que je ne le raterai pas.

Ça n'a pas loupé, arrivé à ma hauteur, je le vois me regarder. Je lui décoche un sourire mutin, genre flè-
15 che de Cupidon mais en plus réservé.

Il me sourit aussi.

En passant mon chemin, je continue de sourire, je pense à *La Passante* de Baudelaire (déjà avec Sagan

---

2 **le roman Harlequin:** billiger Groschenroman.
3 **être attablé, e:** am Tisch sitzen.
   Lipp: renommiertes Restaurant im Quartier Latin.
   les Deux-Magots: Café in Saint-Germain, wo Jean-Paul Sartre seine Romane und Dramen schrieb.
8 **le côté pair:** die Seite mit den geraden Hausnummern.
9 **la démarche:** Haltung beim Gehen, Gang.
10 **le pan:** Rock-, Mantelschoß.
11 **une aisance:** Leichtigkeit, Zwanglosigkeit.
13 **ça n'a pas loupé** (fam.): und so ist es gekommen (*louper*, fam.: schiefgehen).
14 **décocher:** abschießen, abfeuern.
   mutin, e: schelmisch.
15 **Cupidon:** römischer Liebesgott (Anspielung auf Amors Pfeil).
18 **«La Passante»:** »À une passante«, Gedicht von Charles Baudelaire (1821–67) aus dem Gedichtzyklus *Les Fleurs du Mal*.

Petites pratiques germanopratines 7

tout à l'heure, vous aurez compris que j'ai ce qu'on appelle des références littéraires!!!). Je marche moins vite car j'essaye de me souvenir ... *Longue, mince, en grand deuil* ... après je ne sais plus ... après ... *Une femme passa, d'une main fastueuse, soulevant, balançant le feston et l'ourlet* ... et à la fin ... *Ô toi que j'eusse aimée, ô toi qui le savais.*

À chaque fois, ça m'achève.

Et pendant ce temps-là, divine candeur, je sens le regard de mon saint Sébastien (rapport à la flèche, eh! il faut suivre hein!?) toujours dans mon dos. Ça me chauffe délicieusement les omoplates mais plutôt crever que de me retourner, ça gâcherait le poème.

J'étais arrêtée au bord du trottoir à guetter le flot des voitures pour traverser à la hauteur de la rue des Saints-Pères.

Précision: une Parisienne qui se respecte sur le boulevard Saint-Germain ne traverse jamais sur les lignes blanches quand le feu est rouge. Une Parisienne qui se respecte guette le flot des voitures et s'élance tout en sachant qu'elle prend un risque.

---

5 **fastueux, se:** prunkvoll, prunkliebend.
6 **le feston:** Girlande; hier: Kleiderbesatz.
   un ourlet: Saum.
8 **achever:** hier (fam.): erledigen, fertigmachen.
9 **divin, e:** göttlich.
   la candeur: Arglosigkeit, Kindlichkeit.
10 **Sébastien:** der Heilige Sebastian, Märtyrer, von Pfeilen durchbohrt.
12 **une omoplate:** Schulterblatt.
13 **gâcher:** verderben.
14 **guetter:** belauern; hier: beobachten.
20 **s'élancer:** losstürzen.

8 *Petites pratiques germanopratines*

Mourir pour la vitrine de chez Paule Ka. C'est délicieux.

Je m'élance enfin quand une voix me retient. Je ne vais pas vous dire «une voix chaude et virile» pour vous
5 faire plaisir, car ce n'était pas le cas. Juste une voix.

– Pardon …

Je me retourne. Oh, mais qui est là? … ma jolie proie de tout à l'heure.

Autant vous le dire tout de suite, à partir de ce mo-
10 ment-là, pour Baudelaire, c'est foutu.

– Je me demandais si vous accepteriez de dîner avec moi ce soir …

Dans ma tête, je pense «Comme c'est romantique …» mais je réponds:
15 – C'est un peu rapide, non?

Le voilà qui me répond du tac au tac et je vous promets que c'est vrai:

– Je vous l'accorde, c'est rapide. Mais en vous regardant vous éloigner, je me suis dit: c'est trop bête,
20 voilà une femme que je croise dans la rue, je lui souris, elle me sourit, nous nous frôlons et nous allons nous perdre … C'est trop bête, non vraiment, c'est même absurde.

– …

---

1 **Paule Ka:** Haus für exklusive Mode und Geschenkartikel in Paris.
4 **viril, e:** männlich.
8 **la proie:** Beute.
16 **répondre du tac au tac:** schlagfertig, wie aus der Pistole antworten.
21 **frôler:** streifen, leicht berühren.

Petites pratiques germanopratines 9

– Qu'est-ce que vous en pensez? Ça vous paraît complètement idiot ce que je vous dis là?

– Non, non, pas du tout.

Je commençais à me sentir un peu mal, moi …

5 – Alors? … Qu'en dites-vous? Ici, là, ce soir, tout à l'heure, à neuf heures, à cet endroit exactement?

On se ressaisit ma fille, si tu dois dîner avec tous les hommes auxquels tu souris, tu n'es pas sortie de l'auberge …

10 – Donnez-moi une seule raison d'accepter votre invitation.

– Une seule raison … mon Dieu … que c'est difficile …

Je le regarde, amusée.

15 Et puis sans prévenir, il me prend la main:

– Je crois que j'ai trouvé une raison à peu près convenable …

Il passe ma main sur sa joue pas rasée.

– Une seule raison. La voilà: dites oui, que j'aie 20 l'occasion de me raser … Sincèrement, je crois que je suis beaucoup mieux quand je suis rasé.

Et il me rend mon bras.

– Oui, dis-je.

– À la bonne heure! Traversons ensemble, je vous 25 prie, je ne voudrais pas vous perdre maintenant.

---

7 **se ressaisir:** sich wieder fassen, sich fangen.

8 f. **ne pas être sorti, e de l'auberge** (f.; fam.): etwa: (noch) nicht aus dem Schneider, über den Berg sein.

24 **à la bonne heure** (interj.): herrlich, bravo, recht so!

10   *Petites pratiques germanopratines*

Cette fois c'est moi qui le regarde partir dans l'autre sens, il doit se frotter les joues comme un gars qui aurait conclu une bonne affaire …

Je suis sûre qu'il est drôlement content de lui. Il a raison.

Fin d'après-midi un petit peu nerveuse, il faut l'avouer.

L'arroseuse arrosée ne sait pas comment s'habiller. Le ciré s'impose.

Un peu nerveuse comme une débutante qui sait que son brushing est raté.

Un peu nerveuse comme au seuil d'une histoire d'amour.

Je travaille, je réponds au téléphone, j'envoie des fax, je termine une maquette pour l'iconographe (attendez, forcément … Une fille mignonne et vive qui envoie des fax du côté de Saint-Germain-des-Prés travaille dans l'édition, forcément …).

Les dernières phalanges de mes doigts sont glacées et je me fais répéter tout ce qu'on me dit.

Respire, ma fille, respire …

---

8 **l'arroseuse arrosée:** etwa: die Angeschmierte, Gelackmeierte (in Anspielung auf einen frühen Film von Louis Lumière, *L'arroseur arrosé*, 1895).

9 **le ciré:** Regenhaut.
s'imposer: sich aufdrängen; unbedingt nötig sein.

11 **le brushing** (angl.): mit Bürste und Fön gestylte Frisur.

15 **la maquette:** Skizze, Modell; hier: Layout.
un iconographe: Illustrator, Bildgestalter.

18 **dans l'édition:** im Verlagswesen.

19 **la phalange:** Fingerglied; hier: Fingerspitze.

Petites pratiques germanopratines 11

Entre chien et loup, le boulevard s'est apaisé et les voitures sont en veilleuse.

On rentre les tables des cafés, des gens s'attendent sur le parvis de l'église, d'autres font la queue au
5 Beauregard pour voir le dernier Woody Allen.

Je ne peux pas décemment arriver la première. Non. Et même, j'arriverai un peu en retard. Me faire un tout petit peu désirer ce serait mieux.

Je vais donc prendre un petit remontant pour me
10 remettre du sang dans les doigts.

Pas aux Deux-Magots, c'est légèrement plouc le soir, il n'y a que des grosses Américaines qui guettent l'esprit de Simone de Beauvoir. Je vais rue Saint-Benoît. Le Chiquito fera très bien l'affaire.

15 Je pousse la porte et tout de suite c'est: l'odeur de la bière mélangée à celle du tabac froid, le ding ding du flipper, la patronne hiératique avec ses cheveux colorés et son chemisier en nylon qui laisse voir son soutien-gorge à grosses armatures, la nocturne de Vin-

---

1 **entre chien et loup:** in der Abenddämmerung.
s'apaiser: sich beruhigen, zur Ruhe kommen.
2 **en veilleuse** (f.): mit Standlicht.
4 **le parvis:** (Kirchen-)Vorplatz.
5 **le Beauregard:** Pariser Kinopalast.
9 **le remontant:** Stärkung.
11 **plouc** (fam.): bäurisch, gewöhnlich (*le plone*, fam.: Bauernlümmel).
13 **Beauvoir:** Simone de Beauvoir (1908–86), französische Schriftstellerin, langjährige Lebensgefährtin von Jean-Paul Sartre.
14 **Le Chiquito:** Pariser Bistro.
17 **hiératique:** feierlich; hier: steif thronend.
19 **une armature:** Beschlag; hier: Bügel.
19f. **la nocturne de Vincennes:** abendliches Pferderennen in Vincennes.

12   *Petites pratiques germanopratines*

cennes en bruit de fond, quelques maçons dans leurs
cottes tachées qui repoussent encore un peu l'heure
de la solitude ou de la bobonne, et des vieux habitués
aux doigts jaunis qui emmerdent tout le monde avec
leur loyer de 48. Le bonheur.

Ceux du zinc se retournent de temps en temps et
pouffent entre eux comme des collégiens. Mes jambes
sont dans l'allée et elles sont très longues. L'allée est
assez étroite et ma jupe est très courte. Je vois leur
dos voûté se secouer par saccades.

Je fume une cigarette en envoyant la fumée très loin
devant moi. J'ai les yeux dans le vague. Je sais maintenant que c'est *Beautiful Day*, coté dix contre un qui
l'a emporté dans la dernière ligne droite.

Je me rappelle que j'ai *Kennedy et moi* dans mon sac
et je me demande si je ne ferais pas mieux de rester là.
Un petit salé aux lentilles et un demi-pichet de
rosé … Qu'est-ce que je serais bien …

---

2 **la cotte:** Montageanzug; hier: Arbeitskleidung.
3 **la bobonne** (fam.): Alte.
   un habitué: Stammgast.
6 **le zinc:** Tresen.
7 **pouffer:** prusten, lachen.
10 **voûté, e:** gebeugt.
   la saccade: Ruck, Stoß.
13 **coter:** bewerten, notieren (Börse, Wette).
14 **la dernière ligne droite:** Zielgerade.
15 **«Kennedy et moi»:** Titel eines Romans von Jean-Paul Dubois (1997), 1999 verfilmt von Sam Karmann.
17 **le salé:** gesalzenes Schweinefleisch.
   la lentille: Linse.
   le pichet: Krug, Karaffe.

Petites pratiques germanopratines 13

Mais je me ressaisis. Vous êtes là, derrière mon épaule à espérer l'amour (ou moins? ou plus? ou pas tout à fait?) avec moi et je ne vais pas vous laisser en rade avec la patronne du Chiquito. Ce serait un peu raide.

Je sors de là les joues roses et le froid me fouette les jambes.

Il est là, à l'angle de la rue des Saint-Pères, il m'attend, il me voit, il vient vers moi.

– J'ai eu peur. J'ai cru que vous ne viendriez pas. J'ai vu mon reflet dans une vitrine, j'ai admiré mes joues toutes lisses et j'ai eu peur.

– Je suis désolée. J'attendais le résultat de la nocturne de Vincennes et j'ai laissé passer l'heure.

– Qui a gagné?

– Vous jouez?

– Non.

– C'est *Beautiful Day* qui a gagné.

– Évidemment, j'aurais dû m'en douter, sourit-il en prenant mon bras.

Nous avons marché silencieusement jusqu'à la rue Saint-Jacques. De temps en temps, il me jetait un regard à la dérobée, examinait mon profil mais je sais qu'à ce moment-là, il se demandait plutôt si je portais un collant ou des bas.

Patience mon bonhomme, patience …

---

3 **laisser qn en rade** (f.; fam.): jdn. in der Klemme, im Stich lassen.
4 **c'est un peu raide** (fam.): das ist ein starkes Stück!
5 **fouetter:** peitschen, klatschen.
11 **lisse:** glatt.
22 **à la dérobée:** heimlich, verstohlen, von der Seite.
24 **le collant:** Strumpfhose.

14   *Petites pratiques germanopratines*

– Je vais vous emmener dans un endroit que j'aime
bien.

Je vois le genre ... avec des garçons détendus mais
obséquieux qui lui sourient d'un air entendu: «Bon-
5 ssouâr monsieur ... (voilà donc la dernière ... tiens
j'aimais mieux la brune de la dernière fois ...) ... la
petite table du fond comme d'habitude, monsieur? ...
petites courbettes, (... mais où est-ce qu'il les déniche
toutes ces nanas? ...) ... Vous me laissez vos vête-
10 ments??? Très biiiiiien.»

Il les déniche dans la rue, patate.

Mais pas du tout.

Il m'a laissée passer devant en tenant la porte d'un
petit bistrot à vins et un serveur désabusé nous a juste
15 demandé si nous fumions. C'est tout.

Il a accroché nos affaires au portemanteau et à sa
demi-seconde de désœuvrement quand il a aperçu la
douceur de mon décolleté, j'ai su qu'il ne regrettait
pas la petite entaille qu'il s'était faite sous le menton
20 en se rasant tout à l'heure alors que ses mains le tra-
hissaient.

Nous avons bu du vin extraordinaire dans de gros
verres ballon. Nous avons mangé des choses assez

---

3 **détendu, e:** entspannt, locker.
4 **obséquieux, se:** übertrieben höflich, unterwürfig.
4f. **Bonssouâr:** *bonsoir*, s. Editorische Notiz, S. 238.
8 **la courbette:** Verbeugung.
11 **dénicher:** entdecken, aufstöbern.
   la patate (fam.): Kartoffel; hier: Dummkopf, Trottel.
14 **désabusé, e:** enttäuscht, skeptisch, resigniert.
17 **le désœuvrement:** Untätigkeit; hier: Zögern.
19 **une entaille:** hier: Schnittwunde.

Petites pratiques germanopratines   15

délicates, précisément conçues pour ne pas gâter
l'arôme de nos nectars.

Une bouteille de côte de Nuits, Gevrey-Chamber-
tin 1986. Petit Jésus en culotte de velours.

5 L'homme qui est assis en face de moi boit en plissant
les yeux.

Je le connais mieux maintenant.

Il porte un col roulé gris en cachemire. Un vieux
col roulé. Il a des pièces aux coudes et un petit accroc
10 près du poignet droit. Le cadeau de ses vingt ans
peut-être … Sa maman, troublée par sa moue un peu
déçue, qui lui dit: «Tu ne le regretteras pas, va …» et
elle l'embrasse en lui passant la main dans le dos.

Une veste très discrète qui n'a l'air de rien d'autre
15 qu'une veste en tweed mais, comme c'est moi et mes
yeux de lynx, je sais bien que c'est une veste coupée
sur mesure. Chez Old England, les étiquettes sont
plus larges quand la marchandise sort directement
des ateliers des Capucines et j'ai vu l'étiquette quand
20 il s'est penché pour ramasser sa serviette.

---

1 **gâter:** verderben.
2 **le nectar:** Göttertrank.
3 **côte de Nuits:** Weinbaugebiet in Burgund (*la côte:* hier: Steigung,
Hang).
4 **Petit Jésus en culotte de velours:** Bezeichnung für einen besonders
delikaten Wein (*le velours:* Samt).
5 **plisser:** falten; hier: zusammenkneifen.
9 **un accroc:** Riss.
11 **la moue:** Schmollmund.
16 **le lynx:** Luchs.
17 **Old England:** Pariser Modehaus am Boulevard des Capucines.

16   *Petites pratiques germanopratines*

Sa serviette qu'il avait laissé tomber exprès pour en avoir le cœur net avec cette histoire de bas, j'imagine.

Il me parle de beaucoup de choses mais jamais de lui. Il a toujours un peu de mal à retrouver le fil de son histoire quand je laisse traîner ma main sur mon cou. Il me dit: «Et vous?» et je ne lui parle jamais de moi non plus.

En attendant le dessert, mon pied touche sa cheville.

Il pose sa main sur la mienne et la retire soudain parce que les sorbets arrivent.

Il dit quelque chose mais ses mots ne font pas de bruit et je n'entends rien.

Nous sommes émus.

C'est horrible. Son téléphone portable vient de sonner.

Comme un seul homme tous les regards du restaurant sont braqués sur lui qui l'éteint prestement. Il vient certainement de gâcher beaucoup de très bon vin. Des gorgées mal passées dans des gosiers irrités. Des gens se sont étranglés, des doigts se sont crispés sur les manches des couteaux ou sur les plis des serviettes amidonnées.

---

1 f. **en avoir le cœur net:** Gewissheit haben, ganz sicher sein.
8 f. **la cheville:** Knöchel.
15 **le téléphone portable:** Handy.
17 **braquer:** einstellen, fest auf etwas richten.
   prestement (adv.): flink, hastig, rasch.
19 **le gosier:** Kehle, Schlund.
19 f. **s'étrangler:** hier: sich verschlucken.
20 **crisper:** krampfhaft zusammenziehen, verkrampfen.
21 **amidonner:** stärken (Wäsche).

Petites pratiques germanopratines   17

Ces maudits engins, il en faut toujours un, n'importe où, n'importe quand.

Un goujat.

Il est confus. Il a un peu chaud tout à coup dans le cachemire de sa maman.

Il fait un signe de tête aux uns et aux autres comme pour exprimer son désarroi. Il me regarde et ses épaules se sont légèrement affaissées.

– Je suis désolé ... Il me sourit encore mais c'est moins belliqueux on dirait.

Je lui dis:

– Ce n'est pas grave. On n'est pas au cinéma. Un jour je tuerai quelqu'un. Un homme ou une femme qui aura répondu au téléphone au cinéma pendant la séance. Et quand vous lirez ce fait-divers, vous saurez que c'est moi ...

– Je le saurai.

– Vous lisez les faits-divers?

– Non. Mais je vais m'y mettre puisque j'ai une chance de vous y trouver.

Les sorbets furent, comment dire ... délicieux.

Revigoré, mon prince charmant est venu s'asseoir près de moi au moment du café.

---

1 **maudit, e:** verflucht.
  un engin: Werkzeug, Gerät.
3 **le goujat:** Flegel, Rüpel.
7 **le désarroi:** Verwirrung, Bestürzung.
8 **affaisser:** erschlaffen, zusammensacken.
10 **belliqueux, se:** streitbar, kampflustig.
15 **le fait-divers:** (Zeitungs-)Meldung (unter »Vermischte Nachrichten«).
22 **revigorer:** stärken, kräftigen.

18   *Petites pratiques germanopratines*

Si près que c'est maintenant une certitude. Je porte
bien des bas. Il a senti la petite agrafe en haut de mes
cuisses.

Je sais qu'à cet instant-là, il ne sait plus où il habite.

5   Il soulève mes cheveux et il embrasse ma nuque,
dans le petit creux derrière.

Il me chuchote à l'oreille qu'il adore le boulevard
Saint-Germain, qu'il adore le bourgogne et les sorbets au cassis.

10   J'embrasse sa petite entaille. Depuis le temps que
j'attendais ce moment, je m'applique.

Les cafés, l'addition, le pourboire, nos manteaux, tout
cela n'est plus que détails, détails, détails. Détails qui
nous empêtrent.

15   Nos cages thoraciques s'affolent.

Il me tend mon manteau noir et là …

J'admire le travail de l'artiste, chapeau bas, c'est
très discret, c'est à peine visible, c'est vraiment bien
calculé et c'est drôlement bien exécuté: en le dépo-
20   sant sur mes épaules nues, offertes et douces comme
de la soie, il trouve la demi-seconde nécessaire et

---

2 **une agrafe:** Haken, Spange; hier: Häkchen.
5 **la nuque:** Nacken.
7 **chuchoter:** flüstern.
11 **s'appliquer:** sich bemühen, sich befleißigen, sich einer Sache hingeben.
14 **empêtrer:** behindern.
15 **la cage thoracique:** Brustkorb.
    s'affoler: völlig den Kopf verlieren, durchdrehen; hier: wild po-
chen.
17 **chapeau bas:** Hut ab, alle Achtung!

Petites pratiques germanopratines   19

l'inclinaison parfaite vers la poche intérieure de sa
veste pour jeter un coup d'œil à la messagerie de son
portable.

Je retrouve tous mes esprits. D'un coup.

5   Le traître.

L'ingrat.

Qu'as-tu donc fait là malheureux!!!

De quoi te préoccupais-tu donc quand mes épaules
étaient si rondes, si tièdes et ta main si proche!?

10   Quelle affaire t'a semblé plus importante que mes
seins qui s'offraient à ta vue?

Par quoi te laisses-tu importuner alors que j'attendais ton souffle sur mon dos?

Ne pouvais-tu donc pas tripoter ton maudit bidule
15 après, seulement après m'avoir fait l'amour?

Je boutonne mon manteau jusqu'en haut.

Dans la rue, j'ai froid, je suis fatiguée et j'ai mal au
cœur.

Je lui demande de m'accompagner jusqu'à la pre-
20 mière borne de taxis.

---

1 **une inclinaison:** Neigung; hier: Kopfneigung.
2 **la messagerie:** (Nachrichten-)Anzeige, Display.
6 **un ingrat:** Undankbarer.
8 **se préoccuper:** sich intensiv befassen.
12 **importuner:** behelligen, ablenken.
14 **tripoter qc** (fam.): mit etwas herumspielen, an etwas herumfummeln.
   le bidule (fam.): Dingsbums.
16 **boutonner:** zuknöpfen.
17f. **avoir mal au cœur:** Übelkeit empfinden.
20 **la borne de taxi:** Taxistand.

20   *Petites pratiques germanopratines*

Il est affolé.

Appelle S. O. S. mon gars, t'as ce qu'il faut.

Mais non. Il reste stoïque.

Comme si de rien n'était. Genre je raccompagne
5 une bonne copine à son taxi, je frotte ses manches
pour la réchauffer et je devise sur la nuit à Paris.

La classe presque jusqu'au bout, ça je le reconnais.

Avant que je ne monte dans un taxi Mercedes noir
immatriculé dans le Val-de-Marne, il me dit:
10 – Mais … on va se revoir, n'est-ce pas? Je ne sais
même pas où vous habitez … Laissez-moi quelque
chose, une adresse, un numéro de téléphone …

Il arrache un bout de papier de son agenda et grif-
fonne des chiffres.
15 – Tenez. Le premier numéro, c'est chez moi, le
deuxième, c'est mon portable où vous pouvez me
joindre n'importe quand …

Ça, j'avais compris.

– Surtout n'hésitez pas, n'importe quand, d'ac-
20 cord? … Je vous attends.

Je demande au chauffeur de me déposer en haut du
boulevard, j'ai besoin de marcher.

6 **deviser:** vertraulich plaudern.
9 **immatriculer:** zulassen (Auto).
13 **un agenda:** Terminkalender.
13f. **griffonner:** kritzeln.

Petites pratiques germanopratines 21

Je donne des coups de pied dans des boîtes de conserve imaginaires.

Je hais les téléphones portables, je hais Sagan, je hais Baudelaire et tous ces charlatans.

Je hais mon orgueil.

4 **le charlatan:** Kurpfuscher, Scharlatan.
5 **un orgueil:** Stolz, Hochmut.

I. I. G.

Elles sont bêtes ces femmes qui veulent un bébé.
Elles sont bêtes.

À peine savent-elles qu'elles sont enceintes qu'im-
médiatement elles ouvrent grand les vannes: de
l'amour, de l'amour, de l'amour.

Elles ne les refermeront plus jamais après.

Elles sont bêtes.

Elle est comme les autres. Elle croit qu'elle est enceinte. Elle suppose. Elle imagine. Elle n'est pas encore sûre-sûre mais presque.

Elle attend encore quelques jours. Pour voir.

Elle sait qu'un test de pharmacie genre Predictor
coûte 59 francs. Elle s'en souvient du premier bébé.

Elle se dit: j'attends encore deux jours et je ferai le
test.

Bien sûr elle n'attend pas. Elle se dit: qu'est-ce que
c'est que 59 francs alors que peut-être, peut-être, je
suis enceinte? Qu'est-ce que c'est que 59 francs alors
qu'en deux minutes je peux savoir?

59 francs pour ouvrir enfin les vannes parce que ça

---

1 **I.I.G.:** Abk. für *Interruption Involontaire de Grossesse:* unfreiwilli-
ger Schwangerschaftsabbruch.
4 **enceinte:** schwanger.
5 **la vanne:** Sperre, Schleusentor.
13 **le test Predictor:** Handelsname für einen Schwangerschaftstest.

I. I. G. 23

commence à craquer derrière, ça bouillonne, ça tour-
billonne et ça lui fait un peu mal au ventre.

Elle court à la pharmacie. Pas la pharmacie habitu-
elle, une plus discrète où on ne la connaît pas. Elle
5 prend un air détaché, un test de grossesse s'il vous
plaît, mais son cœur bat déjà.

Elle rentre à la maison. Elle attend. Elle fait durer
le plaisir. Le test est là, dans son sac sur le meuble de
l'entrée et elle, elle s'agite un peu. Elle reste maître
10 de la situation. Elle plie du linge. Elle va à la garderie
chercher son enfant. Elle discute avec les autres mamans. Elle rit. Elle est de bonne humeur.

Elle prépare le goûter. Elle beurre des tartines.
Elle s'applique. Elle lèche la cuillère de confiture.
15 Elle ne peut pas s'empêcher d'embrasser son enfant.
Partout. Dans le cou. Sur les joues. Sur la tête.

Il dit arrête maman, tu m'embêtes.

Elle l'installe devant une caisse de Legos et elle
traîne encore un peu dans ses pattes.
20 Elle descend les escaliers. Elle tente d'ignorer son

---

1 **craquer:** bersten.
  bouillonner: kochen.
1f. **tourbillonner:** brodeln.
5 **détaché, e:** gleichgültig, unbeteiligt.
  la grossesse: Schwangerschaft.
10 **la garderie:** Hort, Kindergarten.
13 **le goûter:** Nachmittagsimbiss.
  beurrer: mit Butter bestreichen.
  la tartine: Brotschnitte.
14 **s'appliquer:** sich Mühe geben, sich einer Sache hingeben.
  lécher: (ab)lecken.
17 **embêter qn:** jdm. auf die Nerven gehen, jdn. ärgern.
19 **traîner dans les pattes de qn** (fam.): jdm. im Wege sein.

24   *I. I. G.*

sac mais elle n'y arrive pas. Elle s'arrête. Elle prend le
test.

Elle s'énerve avec la boîte. Elle arrache l'emballage
avec ses dents. Elle lira le mode d'emploi tout à
5 l'heure. Elle fait pipi au-dessus du truc. Elle le remet
dans son capuchon, comme on bouche un stylo-bille.
Elle le tient dans sa main et c'est tout chaud.

Elle le pose quelque part.

Elle lit le mode d'emploi. Il faut attendre quatre
10 minutes et regarder les fenêtres témoins. Si les deux
fenêtres sont roses, madame, votre urine est pleine
d'H. C. G. (hormone gonadotrope chorionique), si
les deux fenêtres sont roses, madame, vous êtes enceinte.

15 Que c'est long quatre minutes. Elle va boire un thé
en attendant.

Elle met la minuterie de cuisine pour les œufs à la
coque. Quatre minutes … voilà.

Elle ne tripote pas le test. Elle se brûle les lèvres
20 avec son thé.

Elle regarde les fissures de sa cuisine et elle se demande ce qu'elle va bien pouvoir préparer à dîner.

Elle n'attend pas les quatre minutes, de toute façon

---

3 **un emballage:** Verpackung.
4 **le mode d'emploi** (m.): Gebrauchsanweisung.
6 **le capuchon:** Kappe, Hülse.
  boucher: zumachen, (ver)schließen, zustöpseln.
10 **la fenêtre témoin:** Sichtfenster des Tests.
17 **la minuterie:** hier: Küchenwecker.
17f. **un œuf à la coque:** weichgekochtes Ei.
19 **tripoter qc:** an etwas herumfingern, mit etwas herumspielen.
21 **la fissure:** Riss, Spalt.

ce n'est pas la peine. On peut déjà lire le résultat. Elle est enceinte.

Elle le savait.

Elle jette le test tout au fond de la poubelle. Elle le recouvre bien avec d'autres emballages vides par-dessus. Car pour l'instant, c'est son secret.

Ça va mieux.

Elle inspire un grand coup, elle respire. Elle le savait.

C'était juste pour être sûre. Ça y est, les vannes sont ouvertes. Maintenant elle peut penser à autre chose.

Elle ne pensera plus jamais à autre chose.

Regardez une femme enceinte: vous croyez qu'elle traverse la rue ou qu'elle travaille ou même qu'elle vous parle. C'est faux. Elle pense à son bébé.

Elle ne l'avouera pas mais il ne se passe pas une minute pendant ces neuf mois sans qu'elle ne pense à son bébé.

D'accord elle vous écoute mais elle vous entend mal. Elle hoche la tête mais en vérité, elle s'en fout.

Elle se le figure. Cinq millimètres: un grain de blé. Un centimètre: une coquillette. Cinq centimètres: cette gomme posée sur son bureau. Vingt centimètres et quatre mois et demi: sa main grande ouverte.

---

4 **la poubelle:** Mülleimer.
8 **inspirer un grand coup:** tief einatmen.
21 **hocher la tête:** den Kopf schütteln, zögernd mit dem Kopf nicken.
23 **la coquillette:** kleine gebogene Nudel (Gabelspaghetti).

26   *I. I. G.*

Il n'y a rien. On ne voit rien et pourtant elle touche
souvent son ventre.

Mais non, ce n'est pas son ventre qu'elle touche,
c'est lui. Exactement comme quand elle passe sa main
dans les cheveux de l'aîné. C'est pareil.

Elle l'a dit à son mari. Elle avait imaginé tout un tas
de manières possibles pour le lui annoncer joliment.

Des mises en scène, des tons de voix, des jouez-
hautbois-résonnez-musettes … Et puis, non.

Elle lui a dit un soir, dans le noir, quand leurs jambes étaient emmêlées mais juste pour dormir. Elle lui
a dit: je suis enceinte; et il l'a embrassée dans l'oreille.
Tant mieux, il a répondu.

Elle l'a dit à son autre enfant aussi. Tu sais il y a un
bébé dans le ventre de maman. Un petit frère ou une
petite sœur comme la maman de Pierre. Et tu pourras
pousser la poussette du bébé, comme Pierre.

Il a soulevé son pull et il a dit: il est où? Il est pas là
le bébé?

Elle a fouillé dans sa bibliothèque pour retrouver
le *J'attends un enfant* de Laurence Pernoud. Le bou-

---

8 **la mise en scène** (f.): Inszenierung.

8f. **les jouez-hautbois-résonnez-musettes:** Zitat aus einem französischen Weihnachtslied (»Il est né, le divin enfant …«), etwa: frohlo-
cket, uns ist ein Kind geboren (*le hautbois:* Oboe; *résonner:* wider-
hallen, *la musette:* Dudelsack).

11 **emmêler:** verwinkeln, ineinander verschlingen.

17 **la poussette:** Kinderwagen.

20 **fouiller:** (durch)suchen, stöbern.

21 **Pernoud:** Laurence Pernoud, französische Sachbuchautorin, die mit
J'attends un enfant und *J'élève mon enfant* Bestsellererfolge hatte.

quin est un peu fatigué, il a servi à sa belle-sœur et à une copine entre-temps.

Tout de suite, elle va regarder à nouveau les photos qui sont au milieu.

Le chapitre c'est: *Images de la vie avant la naissance*, depuis «l'ovule entouré de spermatozoïdes» jusqu'à «six mois: il suce son pouce».

Elle scrute les toutes petites mains qui laissent voir les vaisseaux par transparence et puis les sourcils, sur certains clichés, on voit déjà les sourcils.

Après elle va direct au chapitre: *«Quand accouche-rai-je?»* Il y a un tableau qui donne la date de la naissance au jour près. («Chiffres noirs: date du premier jour des règles. Chiffres en couleur: date probable de l'accouchement.»)

Ça nous fait donc un bébé pour le 29 novembre. Qu'est-ce que c'est le 29 novembre? Elle lève les yeux et attrape le calendrier des Postes accroché à côté du micro-ondes … 29 novembre … saint Saturnin.

Saturnin, voilà autre chose! se dit-elle en souriant.

Elle repose le livre au hasard. Il est peu probable qu'elle l'ouvre de nouveau. Parce que pour le reste: comment se nourrir?, le mal au dos, le masque de

---

6 **un ovule:** Eizelle.
7 **sucer:** lutschen.
8 **scruter:** gründlich untersuchen, eingehend mustern.
9 **le vaisseau:** hier: Blutgefäß.
   le sourcil: Augenbraue.
11 f. **accoucher:** entbinden, niederkommen.
19 **le micro-ondes** (f.): Mikrowelle(ngerät).
23 f. **le masque de grossesse:** Pigmentveränderung bei Schwangerschaft.

28   *I. I. G.*

grossesse, les vergetures, les relations sexuelles, votre enfant sera-t-il normal?, comment préparer son accouchement?, la vérité sur la douleur, etc. De tout cela, elle se moque un peu ou plutôt ça ne l'intéresse pas. Elle a confiance.

Les après-midi elle dort debout et elle mange de gros cornichons russes à tous les repas.

Avant la fin du troisième mois, c'est la première visite obligatoire chez le gynécologue. Pour les prises de sang, les papiers de la sécu, pour la déclaration de grossesse à envoyer à l'employeur.

Elle y va à l'heure du déjeuner. Elle est plus émue qu'elle n'en a l'air.

Elle retrouve le médecin qui a mis au monde son premier enfant.

Ils parlent un petit peu de choses et d'autres: et votre mari, le boulot? et vos travaux, ça avance? et vos enfants, l'école? et cette école-là, vous pensez que?

À côté de la table de consultation, il y a l'échographe. Elle s'installe. L'écran est encore éteint mais elle ne peut pas s'empêcher de le regarder.

D'abord et avant toute chose, il lui fait entendre le battement de ce cœur invisible.

---

1 **les vergetures** (f.): Striemen, Schwangerschaftsstreifen.
7 **le cornichon:** Gewürzgurke.
9f. **la prise de sang:** Blutentnahme.
10 **la sécu** (fam.): Kurzform für *la Sécurité sociale:* Sozialversicherung.
19f. **un échographe:** Ultraschallgerät.
20 **un écran:** Bildschirm.
23 **le battement de cœur:** Herzschlag, Herzton.

Le son est réglé assez fort et ça résonne dans toute la pièce:

boum-boum-boum-boum-boum-boum.

Cette idiote, elle a déjà les larmes aux yeux.

Et puis il lui montre le bébé.

Un tout petit bonhomme qui bouge ses bras et ses jambes. Dix centimètres et quarante-cinq grammes. On voit très bien sa colonne vertébrale, on pourrait même compter les vertèbres.

Elle doit avoir la bouche grande ouverte mais elle ne dit rien.

Le docteur plaisante. Il dit: ha, j'en étais sûr, ça fait taire même les plus bavardes!

Tandis qu'elle se rhabille, il prépare un petit dossier avec des photos qui sont sorties de la machine. Et tout à l'heure, quand elle sera dans sa voiture, avant de démarrer, elle regardera longtemps ces photos et pendant qu'elle les apprendra par cœur, on n'entendra pas le bruit de sa respiration.

Les semaines ont filé et son ventre a grossi. Ses seins aussi. Maintenant, elle met du 95 C. Impensable.

Elle est allée dans une boutique de future maman

---

8 **la colonne vertébrale:** Wirbelsäule.
9 **la vertèbre:** Wirbel.
14 **se rhabiller:** sich wieder anziehen.
   le dossier: Sammelmappe, Akte.
17 **démarrer:** anfahren, starten.
19 **la respiration:** Atem.
20 **filer:** hier: dahinrasen.
21 **95 C:** BH-Größe.
   impensable: undenkbar, unvorstellbar.

30   *I. I. G.*

acheter des vêtements à sa taille. Elle a fait une folie.
Elle a choisi une robe très jolie et assez chère pour le
mariage de sa cousine fin août. Une robe en lin avec
des petits boutons de nacre tout du long. Elle a longtemps hésité parce qu'elle n'est pas sûre d'avoir un
autre enfant après. Alors évidemment, ça fait un peu
chérot …

Elle cogite dans la cabine d'essayage, elle s'ember-
lificote dans ses comptes. Quand elle en ressort, avec
la robe au bras et l'hésitation au visage, la vendeuse
lui dit: mais faites-vous plaisir! D'accord, ça ne sert
pas longtemps mais quel bonheur … En plus, une
femme enceinte ne doit pas subir de contrariétés. Elle
dit ça sur le ton de la plaisanterie mais n'empêche,
c'est une bonne vendeuse.

Elle y pense alors qu'elle est dans la rue avec ce
grand sac déraisonnable à la main. Elle a très envie
de faire pipi. Normal.

En plus, c'est un mariage important pour elle parce
que son fils est garçon d'honneur. C'est idiot mais ça
lui fait drôlement plaisir.

---

1 **faire une folie:** eine Unklugheit begehen, sich zu einer Verrückt-
heit hinreißen lassen.
3 **le lin:** Leinen.
4 **le nacre:** Perlmutt.
7 **chérot, e** (fam.): teuer.
8 **cogiter:** überlegen.
la cabine d'essayage: Anprobe-, Umkleidekabine.
8f. **s'emberlificoter** (fam.): sich verheddern.
13 **la contrariété:** Ärger, Kummer, Unannehmlichkeit.
14 **n'empêche:** dennoch, trotzdem.
17 **déraisonnable:** unvernünftig, vernunftwidrig.
20 **le garçon d'honneur:** Brautführer.

I. I. G. 31

Un autre motif de tergiversations à l'infini c'est le sexe de l'enfant.

Faut-il, oui ou non, demander si c'est une fille ou un garçon?

5 C'est que le cinquième mois approche avec sa deuxième échographie, celle qui dit tout.

Dans le cadre de son boulot, elle a beaucoup de problèmes embêtants à régler et des décisions à prendre toutes les deux minutes. Elle les prend. Elle est 10 payée pour ça.

Mais là … elle ne sait pas.

Pour le premier, elle avait demandé à savoir, d'accord. Mais là, elle s'en fiche tellement que ce soit une fille ou un garçon. Tellement.

15 Allez, elle ne demandera pas.

«Vous êtes sûre?» a dit le docteur. Elle ne sait plus. «Écoutez, je ne vous dis rien et on verra bien si vous voyez quelque chose par vous-même.»

Il promène lentement la sonde sur son ventre plein 20 de gel. Quelquefois, il s'arrête, il prend des mesures, il commente, quelquefois il passe vite en souriant, enfin il dit: ça va, vous pouvez vous relever.

«Alors?» il demande.

Elle dit qu'elle a bien un doute mais elle n'est pas 25 sûre. «C'est quoi ce doute?» Ben … elle a bien cru voir une preuve de petit garçon non …?

---

1 **les tergiversations** (f.): Unentschlossenheit, Zaudern, Zögern.
 à l'infini: endlos.
13 **elle s'en fiche** (fam.): es ist ihr egal.
20 **le gel:** (bei Ultraschalluntersuchungen auf den Schallkopf aufgebrachtes) Gel.

32   *I. I. G.*

«Ah, je ne sais pas» répond-il la moue gourmande.
Elle a envie de l'attraper par la blouse et de le secouer pour qu'il le dise, mais non. C'est la surprise.

L'été, un gros ventre, ça tient chaud. Sans parler des
5 nuits. On dort si mal, aucune position n'est conforta-
ble. Mais bon.

La date du mariage approche. La tension monte dans
la famille. Elle dit qu'elle se chargera des bouquets.
C'est un travail parfait pour un cétacé de son espèce.
10 On l'installera au milieu, les garçons lui apporteront
ce dont elle aura besoin et elle embellira tout ce qui
peut l'être.
     En attendant elle court les marchands de chaussu-
res pour trouver des «sandales blanches fermées».
15 C'est la mariée qui aimerait bien les voir tous chaus-
sés pareil. Tu parles d'un pratique. Impossible de
trouver des sandales blanches fin août. «Mais madame, on prépare la rentrée des classes maintenant.»
Finalement elle a trouvé un truc pas très jojo et une
20 taille au-dessus.
     Elle regarde son grand petit garçon qui fait le fier
devant les miroirs de la boutique avec son épée de

---

1 **faire une moue gourmande:** genüsslich den Mund verziehen.
9 **le cétacé:** Wal.
11 **embellir:** verschönern, ausschmücken.
13 **courir:** hier: abklappern.
15f. **chausser:** Schuhe anziehen.
16 **le pratique:** etwa: praktische Einstellung.
18 **la rentrée des classes:** Schulbeginn.
19 **jojo** (fam., zu *joli*): hübsch.
22 **une épée:** Schwert.

I. I. G.   33

bois coincée dans un passant de son bermuda et ses
chaussures neuves. Pour lui ce sont des bottes inter-
galactiques à boucles laser, ça ne fait pas l'ombre
d'un doute. Elle le trouve magnifique avec ses horri-
5 bles sandales.

Soudain, elle reçoit un bon coup dans le ventre. Un
coup de l'intérieur.

Elle percevait des secousses, des à-coups, des trucs
en dedans mais là, pour la première fois, c'est clair et
10 net.

– … Madame? Madame? … Ce sera tout? …
– Oui, oui bien sûr, excusez-moi.
– Mais il n'y a pas de mal, madame. Tu veux un
ballon mon bichon?

15 Le dimanche son mari bricole. Il aménage une petite chambre dans la pièce qui leur tenait lieu de lingerie. Souvent, il demande à son frère de lui donner
un coup de main. Elle a acheté des bières et elle est
toujours en train de houspiller le petit pour qu'il ne
20 traîne pas dans leurs pattes.

---

1 **coincer:** festklemmen, (ein)quetschen.
  le passant: hier: Schlaufe.
  le bermuda: Bermudashort.
3 **la boucle laser:** Laserschnalle.
8 **percevoir:** wahrnehmen, verspüren.
  la secousse: Stoß.
  un à-coup: Ruck, Stoß, Tritt.
14 **mon bichon** (fam.): mein Kleiner, kleiner Mann.
15 **bricoler:** basteln, werkeln.
  aménager: einbauen, einrichten.
16f. **la lingerie:** Wäschekammer.
17f. **donner un coup de main:** zur Hand gehen, helfen.
19 **houspiller:** ausschelten.

34   *I. I. G.*

Avant de se coucher il lui arrive de feuilleter des
magazines de décoration pour trouver des idées. De
toute façon, on n'est pas pressé.

Ils ne parlent pas du prénom parce qu'ils ne sont
5 pas vraiment d'accord et comme ils savent très bien
que c'est elle qui aura le dernier mot … à quoi bon?

Le jeudi 20 août, elle doit aller à la visite du sixième
mois. La barbe.

Ça n'est vraiment pas le moment avec les prépara-
10 tifs de la fête. Surtout que les fiancés sont allés le matin même à Rungis et ont rapporté des montagnes de
fleurs. On a réquisitionné les deux baignoires et la
piscine en plastique des enfants pour l'occasion.

Vers deux heures de l'après-midi, elle pose son sé-
15 cateur, elle enlève son tablier et elle leur dit que le
petit dort dans la chambre jaune. S'il se réveille avant
son retour, est-ce que vous pouvez lui donner son
goûter? Non, non, elle n'oublie pas de rapporter du
pain, de la Super glu et du raphia.

20 Après avoir pris une douche, elle glisse son gros
ventre derrière le volant de sa voiture.

Elle appuie sur le bouton de l'autoradio et se dit

---

1 **feuilleter qc:** in etwas blättern, etwas durchblättern.
8 **la barbe!** (fam.): so was Blödes, so ein Mist!
9f. **les préparatifs** (m.): Vorbereitungen.
11 **Rungis:** Pariser Großmarkt.
12 **réquisitionner:** beschlagnahmen.
14f. **le sécateur:** Gartenschere.
19 **la Super glu:** Patentkleber.
   le raphia: Bast.
21 **le volant:** Lenkrad.

I. I. G. 35

que finalement, ça n'est pas si mal cette pause parce
que beaucoup de femmes assises autour d'une table
avec les mains occupées, ça en fait des histoires. Des
grandes et des petites aussi.

5 Dans la salle d'attente, il y a déjà deux autres dames.
Le grand jeu dans ce cas-là, c'est d'essayer de deviner
d'après la forme de leur ventre à quel mois elles en
sont.

Elle lit un *Paris Match* du temps de Moïse, quand
10 Johnny Hallyday était encore avec Adeline.

Quand elle entre, c'est la poignée de main, vous allez bien? Oui merci et vous? Elle pose son sac et s'as-
sied. Il pianote son nom sur l'ordinateur. Il sait maintenant à combien de semaines d'aménorrhée elle est
15 et tout ce qui s'ensuit.

Après elle se déshabille. Il déroule du papier sur la
table pendant qu'elle se pèse puis va prendre sa tension. Il va faire une écho rapide «de contrôle» pour

---

9 **du temps de Moïse:** aus grauer Vorzeit, uralt (*Moïse:* Moses).

10 **Hallyday:** Johnny Hallyday (geb. 1943, wirklicher Name: Jean-Phi-
lippe Smet), französischer Rock-, Pop- und Filmstar, war seit 1989
mit Adeline Blondieau (geb. 1971) befreundet und 1990–92, erneut
1994/95, auch verheiratet. Die Affäre wurde in Zeitschriften wie
Paris Match ausgiebig behandelt.

11 **la poignée de main:** Händedruck.

13 **pianoter:** eintippen.
   un ordinateur: Computer.

14 **une aménorrhée:** Ausbleiben der Menstruation.

15 **s'ensuivre:** sich (daraus) ergeben, (daraus) resultieren.

16 **dérouler:** entrollen, abwickeln.

17f. **la tension:** hier: Blutdruck.

18 **une écho:** Abk. für *une échographie*.

36   *I. I. G.*

voir le cœur. Une fois l'examen terminé, il retournera
devant son ordinateur pour ajouter des trucs.

Les gynécologues ont un truc à eux. Quand la femme
a calé ses talons dans les étriers, ils posent tout un tas
5 de questions inattendues pour qu'elle oublie, ne se-
rait-ce qu'un instant, cette position si impudique.

Quelquefois ça marche un petit peu, le plus souvent, non.

Là, il lui demande si elle le sent bouger, elle com-
10 mence à répondre avant oui mais maintenant moins
souvent, elle ne va pas jusqu'au bout de sa phrase
parce qu'elle voit bien qu'il ne l'écoute pas. Évidemment lui, il a déjà compris. Il tripote tous les boutons
de son appareil pour donner le change mais il a déjà
15 compris.

Il replace le monitoring d'une autre manière mais
ses gestes sont si brusques et son visage si vieilli tout
d'un coup. Elle se relève sur ses avant-bras et elle a
compris aussi mais elle dit: qu'est-ce qui se passe?
20 Il lui dit «Allez vous rhabiller» comme s'il ne l'avait
pas entendue et elle, elle redemande encore: qu'est-ce
qui se passe? Il lui répond: il y a un problème, le fœtus n'est plus en vie.

---

1 **une fois …:** sobald …
4 **caler:** verkeilen, festklemmen; hier: hineinzwängen.
  le talon: Ferse.
  un étrier: Steigbügel; hier: Halterung (am Untersuchungstisch).
6 **impudique:** unzüchtig.
14 **donner le change:** etwas vormachen, täuschen.
16 **le monitoring** (angl.): Untersuchungs-, Überwachungsgerät.
18 **un avant-bras:** Unterarm.

Elle se rhabille.

Quand elle revient s'asseoir, elle est silencieuse et son visage ne montre rien. Il tape plein de choses sur son clavier et en même temps il passe des coups de téléphone.

Il lui dit: «On va passer des moments pas très rigolos ensemble.»

Sur le moment, elle ne sait pas quoi penser d'une phrase comme celle-ci.

Par «des moments pas très rigolos», il a peut-être voulu parler des milliers de prises de sang qui allaient lui laisser le bras tout abîmé, ou de l'échographie du lendemain, des images sur l'écran et toutes ces mesures pour comprendre ce qu'il ne comprendrait jamais. À moins que «des moments pas très rigolos» ce soit l'accouchement en urgence dans la nuit de dimanche avec un médecin de garde à moitié contrarié d'être *encore* réveillé.

Oui ça doit être ça «des moments pas très rigolos», ça doit être accoucher dans la douleur et sans anesthésie parce que c'est trop tard. Avoir tellement mal qu'on se vomit dessus au lieu de pousser comme on vous l'ordonne. Voir votre mari impuissant et si

---

4 **le clavier:** Tastatur.

6f. **rigolo** (fam.): lustig, spaßig, amüsant.

12 **abîmer:** verderben, verunstalten, übel zurichten.

16 **une urgence:** Dringlichkeit, Notfall.

17 **contrarié, e:** verstimmt, verärgert.

20f. **une anesthésie:** Betäubung, Narkose.

22 **vomir:** sich übergeben.

23 **impuissant, e:** machtlos, hilflos.

38   *I. I. G.*

gauche en train de vous caresser la main et puis finalement le sortir, ce truc mort.

Ou alors, «des moments pas très rigolos» c'est
d'être allongée le lendemain dans la chambre d'une
5 maternité avec le ventre vide et le bruit d'un bébé qui
pleure dans la pièce d'à côté.

La seule chose qu'elle ne s'expliquera pas c'est
pourquoi il a dit «*on* va passer des moments pas très
rigolos».

10 Pour l'instant, il continue à remplir son dossier et
au détour d'un clic, il parle de faire disséquer et ana-
lyser le fœtus à Paris au centre de je-ne-sais-pas-quoi
mais elle ne l'écoute plus depuis longtemps.

Il lui dit: «J'admire votre sang-froid». Elle ne ré-
15 pond rien.

Elle sort par la petite porte de derrière parce qu'elle
ne veut pas retraverser la salle d'attente.

Elle pleurera longtemps dans sa voiture mais il y a
une chose dont elle est sûre c'est qu'elle ne gâchera
20 pas le mariage. Pour les autres, son malheur peut bien
attendre deux jours.

---

1 **gauche:** hier: unbeholfen.
  caresser: streicheln.
4 **être allongé, e:** ausgestreckt sein, liegen.
5 **la maternité:** hier: Entbindungsstation.
11 **au détour de:** hinter, nach (*le détour:* Biegung, Umweg).
  le clic: Mausklick.
  disséquer: sezieren.
14 **le sang-froid:** Kaltblütigkeit, Fassung.
17 **retraverser:** wieder durchqueren.
19 **gâcher:** verderben.

I. I. G. 39

Et le samedi, elle a mis sa robe en lin avec les petits
boutons de nacre.

Elle a habillé son petit garçon et l'a pris en photo
parce qu'elle sait bien qu'une tenue comme ça, de Petit Lord Fauntleroy, il ne va pas la garder longtemps.

Avant d'aller à l'église, ils se sont arrêtés à la clini-
que pour qu'elle prenne, sous haute surveillance, un
de ces comprimés terribles qui expulsent tous les bébés, désirés ou non.

Elle a jeté du riz aux mariés et elle a marché dans les
allées au gravier bien ratissé avec une coupe de champagne à la main.

Elle a froncé les sourcils quand elle a vu son Petit
Lord Fauntleroy en train de boire du coca au goulot
et s'est inquiétée des bouquets. Elle a échangé des
mondanités puisque c'était l'endroit et le moment.

Et l'autre est arrivée comme ça, de nulle part, une
jeune femme ravissante qu'elle ne connaissait pas, du
côté du marié sûrement.

4f. **le Petit Lord Fauntleroy:** *Little Lord Fauntleroy*, Roman von
Francis Hodgson Burnett (1886).

7 **sous haute surveillance:** unter oberster Aufsicht.

8 **le comprimé:** Tablette.
expulser: vertreiben; hier: ausstoßen.

11 **le gravier:** Kies(weg), Kieselstein.
ratisser: rechen, harken.
la coupe: Kelch.

13 **froncer les sourcils** (m.): die Stirn runzeln.

14 **boire au goulot:** aus der Flasche trinken (*le goulot:* Flaschenhals).

16 **la mondanité:** (gesellschaftliche) Artigkeiten, Small-talk.

18 **ravissant, e:** hinreißend, reizend, entzückend.

40   *I. I. G.*

Dans un geste d'une spontanéité totale, elle a posé
ses mains bien à plat sur son ventre et elle a dit: «Je
peux? ... On dit que ça porte bonheur ...»

Qu'est-ce que tu voulais qu'elle fasse? Elle a essayé
de lui sourire, évidemment.

---

1 **la spontanéité:** Unbefangenheit.

Cet homme et cette femme

Cet homme et cette femme sont dans une voiture
étrangère. Cette voiture a coûté trois cent vingt mille
francs et, bizarrement, c'est surtout le prix de la vignette qui a fait hésiter l'homme chez le concessionnaire.

Le gicleur droit fonctionne mal. Cela l'agace énormément.

Lundi, il demandera à sa secrétaire d'appeler Salo-
mon. Il pense un instant aux seins de sa secrétaire,
très petits. Il n'a jamais couché avec ses secrétaires.
C'est vulgaire et ça peut faire perdre beaucoup d'argent de nos jours. De toute façon, il ne trompe plus sa
femme depuis qu'ils se sont amusés un jour, avec An-
toine Say, à calculer leurs pensions alimentaires res-
pectives pendant une partie de golf.

Ils roulent vers leur maison de campagne. Un très
joli corps de ferme situé près d'Angers. Des proportions superbes.

---

4 f. **la vignette:** Vignette, Kfz-Steuermarke.
5 f. **le concessionnaire:** Kfz-Händler, Vertragshändler.
7 **le gicleur:** Düse (der Scheibenwaschanlage).
   agacer: reizen, nerven, verrückt machen.
15 **la pension alimentaire:** Unterhaltszahlung, Alimente.
15 f. **respectif, ve:** jeweilig, entsprechend.
18 **Angers:** Stadt in Westfrankreich (Département Maine-et-Loire).
19 **superbe:** herrlich, großartig, prachtvoll.

42   *Cet homme et cette femme*

Ils l'ont achetée une bouchée de pain. Par contre les travaux …

Boiseries dans toutes les pièces, une cheminée démontée puis remontée pierre par pierre pour laquelle
5 ils avaient eu le coup de foudre chez un antiquaire anglais. Aux fenêtres, des tissus lourds retenus par des embrasses. Une cuisine très moderne, des torchons damassés et des plans de travail en marbre gris. Autant de salles de bains que de chambres, peu de meu-
10 bles mais tous d'époque. Aux murs, des cadres trop dorés et trop larges pour des gravures du XIXe, de chasse essentiellement.

Tout cela fait un peu nouveau riche mais, heureusement, ils ne s'en rendent pas compte.

15 L'homme est en tenue de week-end, un pantalon de vieux tweed et un col roulé bleu ciel en cachemire (cadeau de sa femme pour ses cinquante ans). Ses

---

1 **une bouchée de pain** (fig.): für ein Butterbrot, zu einem Spottpreis.
3 **la boiserie:** Holztäfelung.
3f. **démonter:** auseinandernehmen, abbauen.
4 **remonter:** wieder zusammensetzen.
5 **le coup de foudre** (f.): Blitzschlag; hier: Liebe auf den ersten Blick.
   un antiquaire: Antiquitätenhändler.
6 **le tissu:** Gewebe; hier: Stoff.
7 **une embrasse:** Raffhalter, Gardinenhalter.
8 **damassé, e:** Damast-, aus Damast.
   le plan de travail: Arbeitsfläche.
9f. **le meuble d'époque** (f.): Stilmöbel.
11 **doré, e:** vergoldet.
   la gravure: Kupferstich.
15 **la tenue:** Kleidung, Anzug.

Cet homme et cette femme 43

chaussures viennent de chez John Lobb, pour rien au monde il ne changerait de fournisseur. Évidemment ses chaussettes sont en fil d'écosse et lui couvrent tout le mollet. Évidemment.

Il conduit relativement vite. Il est pensif. En arrivant, il ira voir les gardiens pour parler avec eux de la propriété, du ménage, de l'élagage des hêtres, du braconnage … Et il déteste ça.

Il déteste sentir qu'on se fout de sa gueule et c'est bien ce qui se passe avec ces deux-là qui se mettent au travail le vendredi matin en traînant les pieds parce que les patrons vont arriver le soir même et qu'il faut bien donner l'impression d'avoir bougé.

Il devrait les foutre à la porte mais, en ce moment, il n'a vraiment pas le temps de s'en occuper.

Il est fatigué. Ses associés l'emmerdent, il ne fait presque plus l'amour à sa femme, son pare-brise est criblé de moustiques et le gicleur droit fonctionne mal.

---

1 **John Lobb:** Firma für handgefertigte englische Schuhe in Paris, Rue François Ier.
2 **le fournisseur:** Lieferant.
3 **en fil d'écosse:** reinleinen (*l'Écosse*, f.: Schottland).
4 **le mollet:** Wade.
5 **pensif, ve:** nachdenklich.
6 **le gardien, la gardienne:** hier: Hausmeister(in), -verwalter(in).
7 **un élagage:** Ausästen, Auslichten.
  le hêtre: Buche.
7f. **le braconnage:** Wilderei.
8 **détester:** hassen, verabscheuen.
16 **un associé:** Teilhaber, Kompagnon.
17 **le pare-brise:** Windschutzscheibe.
18 **criblé, e de:** übersät mit, voller.

44   *Cet homme et cette femme*

La femme s'appelle Mathilde. Elle est belle mais on
voit sur son visage tout le renoncement de sa vie.

Elle a toujours su quand son mari la trompait et
elle sait aussi que, s'il ne le fait plus, c'est encore pour
une histoire d'argent.

Elle est à la place du mort et elle est toujours très
mélancolique pendant ces interminables allers-re-
tours du week-end.

Elle pense qu'elle n'a jamais été aimée, elle pense
qu'elle n'a pas eu d'enfants, elle pense au petit garçon
de la gardienne qui s'appelle Kevin, et qui va avoir
trois ans en janvier … Kevin, quel prénom horrible.
Elle, si elle avait eu un fils, elle l'aurait appelé Pierre,
comme son père. Elle se souvient de cette scène
épouvantable quand elle avait parlé d'adoption …
Mais elle pense aussi à ce petit tailleur vert qu'elle
a entraperçu l'autre jour dans la vitrine de chez Cerruti.

Ils écoutent Fip. C'est bien, Fip: de la musique classique que l'on se sait gré de pouvoir apprécier, des musiques du monde entier qui donnent le sentiment

---

2 **le renoncement:** Verzicht, Entbehrung.
6 **la place du mort** (fam.): Beifahrersitz.
7 **interminable:** endlos, unendlich lang.
12 **le prénom:** Vorname.
15 **épouvantable:** grässlich, fürchterlich.
16 **le tailleur:** Kostüm, Jackenkleid.
17 **entrapercevoir:** flüchtig erblicken, entdecken.
   Cerruti: Nino Cerruti, italienischer Modeschöpfer mit einem Mo-
   desalon in Paris.
18 **Fip:** weitgehend werbefreier UKW-Sender der Radio France-
   Gruppe.
19 **savoir gré de qc:** für etwas dankbar sein.

Cet homme et cette femme 45

d'être ouvert et des flashs d'information très brefs qui laissent à la misère à peine le temps de s'engouffrer dans l'habitacle.

Ils viennent de passer le péage. Ils n'ont pas échangé une seule parole et ils sont encore assez loin.

---

1 **le flash** (angl.): hier: journalistische Kurznachricht.
2 **s'engouffrer:** sich ergießen, (mit Wucht) eindringen.
3 **un habitacle:** Wageninneres (Auto).
4 **le péage:** Autobahngebühr; hier: Mautstelle.

The Opel touch

Telle que vous me voyez là, je marche dans la rue Eugène-Gonon.

Tout un programme.

5 Quoi, sans blague? Vous ne connaissez pas la rue Eugène-Gonon? Attendez, vous me faites marcher là?

C'est une rue bordée de petites maisons en meulière avec des petits jardins en pelouse et des marquises en fer forgé. La fameuse rue Eugène-Gonon de
10 Melun.

Mais si! Vous savez Melun ... Sa prison, son brie qui gagnerait à être mieux connu et ses accidents de train.

Melun.

15 Sixième zone de la carte orange.

---

1 **touch** (angl.): Idee, Anflug, Hauch.
5 **sans blague** (f.): Scherz beiseite, im Ernst.
6 **faire marcher qn:** jdn. auf den Arm nehmen, zum Narren halten.
7 f. **la meulière:** Kalkstein, französischer Quarz.
8 **la pelouse:** Rasen.
9 **le fer forgé:** Schmiedeeisen.
10 **Melun:** Stadt an der Seine südöstlich von Paris; 1913 und 1991 kam es dort zu schweren Eisenbahnunglücken.
11 **le brie:** Käsesorte.
12 **gagner à être mieux connu, e:** bei näherem Kennenlernen noch hinzugewinnen, noch besser abschneiden.
15 **la carte orange:** Monatskarte der Pariser Schnellverkehrszüge (mit bestimmten Zonen).

The Opel touch   47

J'emprunte la rue Eugène-Gonon plusieurs fois par jour. Quatre en tout.

Je vais à la fac, je reviens de la fac, je mange, je vais à la fac, je reviens de la fac.

5 Moi à la fin de la journée, je suis crevée.

Évidemment ça n'a pas l'air mais il faut se rendre compte par soi-même. Prendre la rue Eugène-Gonon de Melun quatre fois par jour pour aller à la fac de droit pour passer des examens pendant dix ans pour
10 faire un métier dont on n'a pas envie ... Des années et des années de Code civil, de droit pénal, de polycopiés, d'articles, d'alinéas, et de Dalloz en veux-tu en voilà. Et tout ça, tenez-vous bien, pour un métier qui m'ennuie déjà.

15 Soyez honnêtes. Reconnaissez que y'a de quoi être crevée à la fin de la journée.

Donc, là, telle que vous me voyez disais-je, j'en suis à mon trajet numéro trois. J'ai déjeuné et je repars d'un pas décidé vers la faculté de droit de Melun, youpi. J'al-
20 lume une cigarette. Allez, je me dis, c'est la dernière.

---

1 **emprunter:** hier: (Weg, Straße usw.) benutzen, gehen.
5 **crevé, e** (fam.): vollkommen fertig, erledigt.
6 **ça n'a pas l'air:** das hat nicht den Anschein, man denkt es nicht.
11 **le Code civil:** bürgerliches Gesetzbuch.
 le droit pénal: Strafrecht.
11f. **le polycopié:** Vervielfältigung; hier: Vorlesungsskript.
12 **un alinéa:** Absatz im Text; hier: Paragraph.
 Dalloz: französischer Verlag, bei dem u. a. eine juristische Fachzeitschrift erscheint.
12f. **en veux-tu en voilà** (fam.): etwa: und darf's noch etwas mehr sein?
18 **le trajet:** Fahrstrecke, Weg, Etappe.
19 **youpi** (interj.): jippi, hurra!

48   *The Opel touch*

Je me mets à ricaner tout bas. Si ce n'est pas la millième dernière de l'année …

Je longe les petites maisons de meulière. *Villa Marie-Thérèse, Ma Félicité, Doux Nid.* C'est le printemps
5 et je commence à déprimer sérieusement. C'est pas la grosse artillerie: larmes de crocodile, pharmacie, plus manger et compagnie, non.

C'est comme ce trajet de la rue Eugène-Gonon quatre fois par jour. Ça me crève. Comprenne qui
10 pourra.

Je vois pas le rapport avec le printemps là …

Attends. Le printemps, les petits oiseaux qui se chamaillent dans les bourgeons des peupliers. La nuit, les matous qui font un raffut d'enfer, les canards qui
15 coursent les canardes au-dessus de la Seine et puis les amoureux. Me dis pas que tu les vois pas les amoureux, y'en a partout. Des baisers qui n'en finissent pas avec beaucoup de salive, la trique sous les blue-jeans,

---

1 **ricaner:** kichern, höhnisch lachen.
3 **longer qc:** an etwas entlanggehen.
4 **la félicité:** Glückseligkeit.
5 **déprimer:** hier (fam.): in eine depressive Stimmung geraten, deprimiert sein.
7 **… et compagnie** (fam.): und Ähnliches mehr.
9f. **comprenne qui pourra:** verstehe wer kann.
12f. **se chamailler** (fam.): sich zanken, sich streiten.
13 **le bourgeon:** Knospe.
    le peuplier: Pappel.
14 **la matou:** Kater.
    le raffut (fam.): Lärm, Krach, Radau.
15 **courser:** jagen, hetzen.
18 **la salive:** Speichel, Spucke.
    la trique: Knüppel; hier (pop.): Ständer (erigierter Penis).

The Opel touch 49

les mains qui se baladent et les bancs tous occupés.
Ça me rend dingue.
 Ça me rend dingue. C'est tout.

T'es jalouse? T'es en manque?
5 Moi? Jalouse? En manque? Nonononon, voyons …
tu plaisantes.
 (…)
 Pffffff, n'importe quoi. Manquerait plus que je sois
jalouse de ces petits cons qui fatiguent tout le monde
10 avec leur désir. N'importe quoi.
 (…)
 Mais si je suis jalouse!!! Ça se voit pas peut-être?
Tu veux des lunettes? Tu le vois pas que je suis jalouse, tellement que j'en crève, tu vois pas que je
15 manque d'amoûoûoûrrrrr.
 Tu le vois pas ça? Eh ben, je me demande ce qu'il
te faut …

Je ressemble à un personnage de Bretécher: une fille
assise sur un banc avec une pancarte autour du cou:
20 "je veux de l'amour" et des larmes qui jaillissent
comme deux fontaines de chaque côté des yeux. Je
m'y vois. Tu parles d'un tableau.

---

1 **se balader** (fam.): herumbummeln, herumstreifen.
2 **dingue** (fam.): verrückt.
4 **être en manque** (m.): unter Entzugserscheinungen leiden.
8 **n'importe quoi**: dummes Zeug!
  (il ne) manquerait plus que …: fehlt nur noch, dass …
18 **Bretécher:** Claire Bretécher, bekannte Comic-Zeichnerin.
19 **la pancarte:** Schild.
20 **jaillir:** hervorsprudeln.

50   *The Opel touch*

Ah non, là je ne suis plus dans la rue Eugène-Gonon
(j'ai ma dignité quand même), je suis à Pramod.

Pramod c'est pas difficile à imaginer, y'en a partout. Grand magasin, plein de vêtements pas trop
5 chers, qualité médiocre, disons passable sinon je risque de me faire virer.

C'est mon petit boulot, ma tune, mes clopes, mes
expressos, mes virées nocturnes, ma lingerie fine, mon
Guerlain, mes folies de blush, mes livres de poche,
10 mon cinoche. Tout, quoi.

Je déteste bosser chez Pramod mais sans ça? Je mets
du Gemey qui pue à quatre quatre-vingt-dix, je loue
des films au Vidéo Club de Melun et je note le dernier Jim Harrison sur le cahier des suggestions de la
15 bibliothèque municipale? Non, plutôt crever. Plutôt
bosser chez Pramod.

Et même, en y réfléchissant bien, je préfère me co-

2 **Pramod:** französische Billigkaufhauskette.
6 **virer** (fam.): entlassen, rausschmeißen, feuern.
7 **la tune** (fam.): Kleingeld.
8 **la virée** (fam.): Bummel, Ausflug.
9 **Guerlain:** französische Parfummarke.
   le blush (angl.): Rouge (Schminke).
10 **le cinoche** (fam.): Kino.
11 **détester:** verabscheuen, hassen.
   bosser (fam.): schuften.
12 **Gemey:** französischer Hersteller von (billigen) Kosmetikprodukten.
   puer: stinken.
14 **Harrison:** Jim Harrison (geb. 1937), amerikanischer Schriftsteller,
   in Frankreich sehr populär.
   la suggestion: (Anschaffungs-)Vorschlag.
15 **la bibliothèque municipale:** Stadtbücherei.
17f. **se cogner les dondons** (f.; fam.): sich mit fetten Weibern abgeben.

The Opel touch 51

gner les dondons plutôt que l'odeur de graillon de chez Mc Donald's.

Le problème, c'est mes collègues. Vous me direz, mais ma fille, le problème c'est toujours les collègues.

OK mais vous, vous, vous connaissez Marilyne Marchandize? (Sans blague, c'est la gérante de Pramod Melun-centre-ville et elle s'appelle Marchandize ... Ô destinée.)

Non, évidemment, vous ne la connaissez pas et pourtant, c'est la plus, c'est la plus ... gérante des gérantes des Pramod de France. Et vulgaire avec ça, tellement vulgaire.

J'arriverai pas à vous dire. C'est pas tant l'allure, quoique ... ses racines noires et son portable sur la hanche ça me tue ... Non c'est plutôt un problème de cœur.

La vulgarité du cœur, c'est un truc indicible.

Regardez-la, comment elle parle à ses employées. C'est nul. Elle a sa lèvre supérieure qui se rebique, elle doit nous trouver telllllllllement mais tellllement connes. Moi, c'est pire, je suis l'intello. Celle qui fait

---

1 **une odeur de graillon** (m.): Geruch nach angebranntem Fett.
6 **la gérante:** Filialleiterin.
13 **une allure:** Haltung, Auftreten.
14 **le portable:** Handy.
15 **la hanche:** Hüfte.
17 **indicible:** unsagbar, unaussprechlich.
19 **se rebiquer** (fam.): herausragen, abstehen.
21 **une intello** (fam.): Kurzform für *une intellectuelle:* Studierte, Intelligenzlerin.

52　*The Opel touch*

moins de fautes d'orthographe qu'elle, et ça, ça la fait
vraiment chier.

«Le magasin sera fermer du 1 au 15 Août»

Attends ma grande … y'a un problème.

5　On t'a jamais appris à remplacer par un verbe du troisième groupe? Dans ta petite tête décolorée tu te dis:
«Le magasin sera mordu ou battu ou pris du 1 au
15 Août». Tu vois, c'est pas compliqué, c'est un partici-
pe passé que ça s'appelle! C'est pas formidable ça …!?

10　Ouh la la comment elle me regarde. La voilà qui
refait son panneau:

«FERMETURE du magasin du 1 au 15 Août». Je
jubile.

Quand elle me parle sa lèvre reste en place mais ça
15　lui coûte.

Notez qu'à part l'énergie dépensée pour gérer ma gérante, je me défends pas mal.

Donnez-moi n'importe quelle cliente, je vous l'ha-
bille de pied en cap. Sans oublier les accessoires.
20　Pourquoi? Parce que je la regarde. Avant de la conseiller, je la regarde. J'aime bien regarder les gens.
Surtout les femmes.

6　**décoloré, e:** farblos, verwaschen; hier: gebleicht.
10　**ouh la la** (interj.): oh je oh je.
11　**le panneau:** Schild.
12　**la fermeture:** Geschäftsschließung; Urlaub.
13　**jubiler:** jubeln, frohlocken.
14f.　**ça lui coûte:** das fällt ihr schwer, das kostet sie große Überwindung.
16　**gérer:** verwalten, leiten, managen.
17　**se défendre pas mal** (fam.): ganz gut zurechtkommen.
19　**de pied en cap** (m.): von Kopf bis Fuß.

The Opel touch   53

Même la plus moche, il y a toujours quelque chose.
Au moins l'envie d'être jolie.

«Marianne, je rêve, les bodys été sont encore dans la
réserve. Faudrait peut-être s'y mettre …» Faut tout
leur dire, c'est pas possible …
　　On y va, on y va. N'empêche.
　　Je veux de l'amour.

Samedi soir, *ze saturday night fever.*

Le Milton, c'est le saloon des cow-boys de Melun; je
suis avec mes copines.
　　Heureusement qu'elles sont là. Elles sont mignonnes, elles rient fort et elles tiennent bien la route.

J'entends le crissement des G. T. I. sur le parking, le
pet pet pet des Harley trop petites et le clac des Zip-
pos. On s'est fait offrir un cocktail de bienvenue trop
sucré, ils ont dû mettre un max de grenadine pour

---

　1 **moche** (fam.): hässlich, mies.
　4 **la réserve:** (Waren-)Lager.
　　se mettre à qc an etwas gehen, mit etwas anfangen.
　6 **n'empêche:** und doch, trotzdem.
　8 **ze:** *the* (mit französierende Aussprache wiedergebender Schrei-
　　bung).
11f. **mignon, ne:** lieb, niedlich, nett.
12 **tenir bien la route:** eine gute Straßenlage haben.
13 **le crissement:** Quietschen, Knirschen.
　　la G.T.I.: Golf GTI.
14 **la Harley:** Harley-Davidson (Motorradmarke).
14f. **le Zippo:** Feuerzeugmarke.
16 **le max** (fam.): Kurzform für *le maximum.*
　　la grenadine: Granatapfelsaft.

54   *The Opel touch*

faire des économies sur le mousseux et puis la grenadine, c'est connu, ça plaît aux filles … Je me dis mais
qu'est-ce que je fous là? J'ai les boules. Les yeux me
piquent. Heureusement que je porte des lentilles,
5 avec la fumée, tout s'explique.

– Salut Marianne, tu vas bien? me demande une minette avec qui j'étais en terminale.
– Salut! … *en avant pour les quatre bises* … ça va.
Ça fait plaisir de te revoir, il y avait si longtemps …
10 Où tu étais passée?
– Les autres t'ont pas dit? J'étais aux *States*, attends, tu me croiras jamais, un plan d'enfer. L. A.,
une baraque, tu pourrais même pas imaginer. Piscine,
jacuzzi, super vue sur la mer. Attends, le truc à mou-
15 rir chez des gens hyper cool, pas du tout les Américains coincés tu vois. Ah nan c'était trop fort.

1 **le mousseux:** Schaumwein.
3 **avoir les boules** (f.; fam.): kopflos, genervt sein.
4 **piquer:** hier: beißen, brennen.
  les lentilles (f.): hier: Kontaktlinsen.
6 f. **la minette** (fam.): ‚Mieze', ‚Puppe'.
7 **la terminale:** Abschlussklasse.
8 **la bise** (fam.): Küsschen.
12 **un plan d'enfer** (fam.): einfach toll, eine Wucht, der reine Wahnsinn!
  L.A.: Los Angeles.
13 **la baraque:** hier (fam.): Wohnung, Haus, ‚Bude'.
14 **jacuzzi** (angl.): Whirlpool (nach der von Roy Jacuzzi 1968 gegrün-
  deten Firma benannt).
14 f. **le truc à mourir** (fam.): Superknüller.
15 **hyper:** super.
16 **coincé, e:** verklemmt.

The Opel touch 55

Elle secoue son balayage californien pour montrer son immense nostalgie.

– T'as pas rencontré Georges Clooney?
– Attends là … pourquoi tu me dis ça?
5   – Non, non, rien. Je croyais que, en plus, t'avais rencontré Georges Clooney c'est tout.
– T'es pas bien toi, elle conclut avant d'aller romancer son contrat de jeune fille au pair devant d'autres âmes plus candides.

10 Eh, regardez qui va là … C'est Buffalo Bill on dirait.
Un garçon trop maigre avec une pomme d'Adam proéminente et un petit bouc savamment entretenu – tout ce que j'aime – s'approche de mes seins et cherche à entrer en contact avec eux.
15   Le mec: On s'est pas déjà vu quelque part?
Mes seins: …
Le mec: Mais si! Je m'en rappelle maintenant, t'étais pas au Garage le soir d'Halloween?
Mes seins: …

---

1 **le balayage:** hier: (Haar-)Strähnchen.
3 **Clooney:** George Clooney (geb. 1961), amerikanischer Filmstar.
7 **conclure:** beenden, schließen, eine Schlussfolgerung ziehen.
7f. **romancer:** einen Roman schreiben, frei erfinden; hier: überdreht schildern.
9 **candide:** arglos, naiv.
10 **Buffalo Bill:** William F. »Buffalo Bill« Cody (1846–1917), legendärer amerikanischer Westernheld.
12 **proéminent, e:** vorstehend, vorspringend.
le bouc: (Ziegen-)Bock; hier: Spitzbärtchen.
savamment (adv.): kunstvoll, geschickt.

56　　*The Opel touch*

Le mec qui ne se décourage pas: T'es française? *Do you understand mi?*

Mes seins: …

Du coup, Buffalo relève la tête. Oh, tiens, t'as vu? … j'ai un visage.

Il se gratte le bouc en signe de déconfiture (scritch scritch scritch) et semble plongé dans un abîme de réflexion.

– *From where are you from?*

Wwwouaaaa Buffalo! mais tu speak le grand canyon!

– Je suis de Melun, 4, place de la Gare et je préfère te prévenir tout de suite, je ne me suis pas fait installer la cibi dans le balconnet.

Scritch scritch …

Il faut que je sorte, je ne vois plus rien, putain les lentilles qu'est-ce que c'est chiant.

En plus t'es grossière ma fille.

Je suis devant le Milton, j'ai froid, je pleure comme un bébé, je voudrais être n'importe où mais pas ici, je me demande bien comment je vais rentrer chez moi, je regarde les étoiles, y'en a même pas. Du coup je pleure encore plus.

---

1 **se décourager:** den Mut verlieren, sich entmutigen lassen.
4 **du coup:** mit einem Mal.
6 **la déconfiture:** Misserfolg, Scheitern.
7 **un abîme:** Abgrund.
14 **la cibi** (angl.): Funksprechgerät (CB-Funk).
　 le balconnet (fam.): Büstenhalter, BH.
18 **grossier, ière:** grob, unanständig.

The Opel touch 57

Dans ces cas-là, quand la situation est à ce point désespérée, le truc le plus intelligent que je puisse faire ... c'est ma sœur.

Dring driiiinng driiinng ...

– Allo ... (voix pâteuse)

– Allo, c'est Marianne.

– Quelle heure il est là? Où tu es? (voix agacée)

– Je suis au Milton tu peux venir me chercher?

– Qu'est-ce qui se passe? qu'est-ce que tu as? (voix inquiète)

Je répète:

– Tu peux venir me chercher?

Appel de phares au fond du parking.

– Allez monte ma grande, me dit ma sœur.

– Mais t'es venue en chemise de nuit de grand-mère!!!

– Ben j'ai fait au plus vite je te ferais remarquer!

– T'es venue au Milton avec la chemise de nuit transparente de Bonne-Maman! lui dis-je en me bidonnant.

– Primo, je vais pas sortir de la voiture comme ça, secundo, elle est pas transparente, elle est ajourée, on t'a pas appris ça chez Pramod?

---

2 **désespéré, e:** verzweifelt.

5 **pâteux, se:** undeutlich (Stimme), schwerfällig.

13 **un appel de phares** (m.): Lichthupe.

17 **faire remarquer qc:** auf etwas hinweisen, aufmerksam machen.

19 **la bonne-maman** (enf.): Oma.

19 f. **se bidonner** (fam.): sich kugeln (vor Lachen), sich schieflachen.

22 **ajouré, e:** durchbrochen.

58   *The Opel touch*

– Mais si t'as une panne d'essence? Sans compter qu'il y a sûrement des vieux prétendants à toi dans le coin ...

– Montre ... où ça? (intéressée)

5   – Regarde, là, c'est pas «Poêle Tefal» par hasard ...?

– Pousse-toi un peu ... Ah si! t'as raison ... Mon Dieu qu'il est laid, il est encore plus laid qu'avant. Qu'est-ce qu'il a comme caisse maintenant?

10   – Une Opel.

– Ah! je vois, «The Opel touch» c'est marqué sur le pare-brise arrière ...

Elle me regarde, on se marre comme des baleines. On est ensemble et on se marre:

15   1°) au bon temps

2°) à «Poêle Tefal» (parce qu'il ne voulait surtout pas s'attacher)

3°) à son Opel customisée

4°) à son volant en moumoute

20   5°) à son perfecto qu'il ne met que le week-end et

---

1 **avoir une panne d'essence** (f.): kein Benzin mehr haben.
2 **le prétendant:** Verehrer.
5 **la poêle Tefal:** Teflonpfanne (zur Erklärung des Spitznamens s. unten, Z. 16 f.).
9 **la caisse** (fam.): ‚Kiste', ‚Schlitten' (Auto).
12 **le pare-brise:** Windschutzscheibe.
13 **se marrer** (fam.): sich schieflachen, totlachen.
 la baleine: Walfisch.
18 **customiser** (angl.): aufmotzen, tunen.
19 **le volant:** Lenkrad.
 la moumoute: Perücke; hier: Fellbezug.
20 **le perfecto** (fam.): Lederblouson (Motorradjacke der Firma Schott, USA; seit 1928).

au pli impeccable de son jean 501 que sa maman réussit en appuyant bien fort sur le fer.

Ça fait du bien.

Ma sœur, avec sa caisse de bourge, fait crisser ses
pneus sur le parking du Milton, les visages se retournent, elle me dit: «Je vais me faire engueuler par Jojo,
ça les abîme …»

Elle rit.

J'enlève mes lentilles et j'incline le siège.

On entre sur la pointe des pieds parce que Jojo et les
enfants dorment.

Ma sœur me sert un gin-tonic sans Schweppes et
elle me dit:

– Qu'est-ce qui tourne pas rond?

Alors moi je lui raconte. Mais sans trop y croire
parce que ma sœur est assez nulle comme conseillère
psychologique.

Je lui dis que mon cœur est comme un grand sac vide,
le sac, il est costaud, y pourrait contenir un souk pas
possible et pourtant, y'a rien dedans.

---

1 **impeccable:** tadellos, fehlerfrei.
 le jean 501: Jeans der Marke Levis 501.
4 **la bourge** (fam.): Kurzform für *la bourgeoise:* Spießerin.
 crisser: knirschen, quietschen.
14 **qu'est-ce qui ne tourne pas rond?:** was hast du denn, was stimmt
 denn nicht?
19 **costaud:** stämmig, kräftig.
 y: *il* (s. Editorische Notiz).
 le souk: Basar.

60   *The Opel touch*

Je dis un sac, je ne parle pas des petits pochons mi-
nables de supermarché qui craquent tout le temps,
non. Mon sac ... enfin comme je l'imagine ... y res-
semblerait plutôt à ces gros machins carrés, rayés
5 blanc et bleu que les Grosses Mamas noires portent
sur leur tête du côté de Barbès ...

– Eh ben ... on n'est pas dans la merde, me dit ma
sœur en nous reservant un verre.

1 **le pochon:** Täschchen, Tüte.
1 f. **minable:** kümmerlich, erbärmlich.
2 **craquer:** reißen, platzen.
4 **le machin** (fam.): Dingsda, Ding.
  rayé, e: gestreift.
6 **Barbès:** Pariser Stadtviertel (9. Arrondissement), in dem viele Im-
migranten aus Nord- und Schwarzafrika leben.

Ambre

J'ai baisé des milliers de filles et la plupart, je ne me souviens pas de leur visage.

Je ne te dis pas ça pour faire le malin. Au point où j'en suis avec tout le fric que je gagne et tous ces lèche-culs que j'ai sous la main, tu penses bien que j'ai plus besoin de caqueter dans le vide.

Je le dis comme ça parce que c'est vrai. J'ai trente-huit ans et j'ai oublié presque tout dans ma vie. C'est vrai pour les filles et c'est vrai pour le reste.

Ça m'est arrivé de retomber sur un vieux magazine du genre de ceux que tu peux te torcher le cul avec et de me voir sur une photo avec une poule à mon bras.

Alors je lis la légende et je me rends compte que la fille en question s'appelle Lætitia ou Sonia ou je ne sais pas quoi, je regarde la photo encore une fois comme pour me dire: «Ah oui bien sûr Sonia, la petite brune de la Villa Barclay avec ses piercings et son odeur de vanille …»

2 **baiser** (pop.): bumsen.
4 **faire le malin:** prahlen, angeben.
5 **le fric** (fam.): Geld, ‚Knete‘, ‚Kies‘.
5 f. **le lèche-cul** (pop.): Arschkriecher.
7 **caqueter:** gackern; plappern, schwatzen.
12 **se torcher le cul** (pop.): sich den Arsch abwischen.
13 **la poule** (fam.): Mädchen, ‚Puppe‘.

62   *Ambre*

Mais non. C'est pas ça qui me revient.

Dans ma tête je répète «Sonia» comme un con et je repose le magazine en cherchant une clope.

J'ai trente-huit ans et je vois bien que ma vie part en
5 couilles. Là-haut ça s'écaille tout doucement. Un coup d'ongle et c'est des semaines entières qui partent à la poubelle. Je vais même te dire, un jour où j'entendais parler de la guerre du Golfe, je me retourne et je dis:
10   – C'était quand la guerre du Golfe?

– En 91, on me répond, comme si j'avais besoin du *Quid* pour une précision … Mais la vérité, putain, c'est que j'en avais jamais entendu parler.

À la poubelle la guerre du Golfe.
15   Pas vu. Pas entendu. Là, c'est toute une année qui ne me sert plus à rien.

En 1991, j'étais pas là.

En 1991, j'étais sûrement occupé à chercher mes veines et j'ai pas vu qu'y avait une guerre. Tu me diras
20 je m'en fous. Je te dis la guerre du Golfe parce que c'est un bon exemple.

J'oublie presque tout.

Sonia, tu m'excuses mais c'est vrai. Je ne me souviens plus de toi.

---

4 f. **partir en couilles** (f.; pop.): im Arsch sein (*les couilles*, pop.: Hoden, ‚Eier‘).

5 **s'écailler:** abbröckeln.

12 **le «Quid»:** Titel eines jährlich erscheinenden französischen Lexikons.

14 **la poubelle:** Mülleimer.

19 **la veine:** Vene (Anspielung auf das Spritzen von Heroin).

Ambre 63

Et puis j'ai rencontré Ambre.

Rien qu'à dire son nom, je me sens bien.

Ambre.

La première fois que je l'ai vue, c'était au studio d'enregistrement de la rue Guillaume-Tell. On était dans
la colle depuis une semaine et tout le monde nous
prenait la tête avec des histoires sordides de fric parce
qu'on était en retard.

On peut pas tout prévoir. Jamais. Là, on pouvait
pas prévoir que le super mixeur qu'on avait fait venir
à prix d'or des *States* pour faire plaisir aux grosses
Westons de la maison de disques allait nous claquer
dans la main au premier rail.

– La fatigue et le décalage horaire n'ont pas dû
l'arranger, a dit le toubib.

Évidemment, c'était des conneries, le décalage horaire n'avait rien à voir là-dedans.

Le ricain avait simplement eu les yeux plus gros
que le ventre et c'était tant pis pour lui. Maintenant il

---

4 f. **le studio d'enregistrement** (m.): Aufnahmestudio.
5 f. **être dans la colle** (fam.): festhängen, nicht weiterkommen (*la colle:* Klebstoff).
7 **sordide:** schmutzig, dreckig, ärmlich.
10 **le mixeur:** Tontechniker.
12 **les Westons:** Stiefel der Firma J. M. Weston.
   le disque: Schallplatte.
12 f. **claquer dans la main** (fam.): schiefgehen; hier: aufgeben, zusam-menbrechen.
13 **au premier rail** (fam.): bei der ersten Linie Koks (Rauschgift).
14 **le décalage horaire:** Zeitverschiebung.
15 **le toubib** (fam.): Arzt.
18 **le ricain** (fam.): Kurzform für *un Américain:* Ami, Yankee.

64   *Ambre*

avait l'air d'un con avec son contrat «pour faire
danser les petites *frenchies*» …

C'était un sale moment. Je n'avais pas vu la lumière
du jour depuis plusieurs semaines et je n'osais plus
passer mes mains sur ma figure parce que je sentais
que ma peau allait craquer ou se fissurer, ou un truc
comme ça.

À la fin je n'arrivais même plus à fumer parce que
j'avais trop mal à la gorge.

Fred me faisait chier depuis un moment avec une copine de sa sœur. Une fille photographe qui voulait me
suivre pendant une tournée. En *free lance* mais pas
pour vendre les photos après. Juste pour elle.

– Eh Fred, lâche-moi avec ça …

– Attends, mais qu'est-ce que ça peut te foutre que
je l'amène ici un soir, hein? qu'est-ce que ça peut te
foutre?!

– J'aime pas les photographes, j'aime pas les di-
recteurs artistiques, j'aime pas les journalistes, j'aime
pas qu'on soit dans mes pattes et j'aime pas qu'on me
regarde. Tu peux comprendre ça, non?

– Merde, sois cool, juste un soir, deux minutes.
T'auras même pas à lui parler, si ça se trouve tu la
verras même pas. Fais ça pour moi, merde. On voit
que tu connais pas ma sœur.

---

2 **le frenchie** (angl.): Französchen.
6 **se fissurer:** rissig werden, aufplatzen.
12 **free lance** (angl.): freie(r) Mitarbeiter(in).
19 **artistique:** künstlerisch.
20 **être dans les pattes de qn** (fam.): jdm. im Wege sein.

Ambre 65

Tout à l'heure je te disais que j'oubliais tout, mais ça,
tu vois, non.

Elle est arrivée par la petite porte de droite quand
tu regardes les tables de mixage. Elle avait l'air de
s'excuser en marchant sur la pointe des pieds et elle
portait un tee-shirt blanc avec des bretelles toutes fines. De là où j'étais, derrière la vitre, je n'ai pas vu
son visage tout de suite mais quand elle s'est assise,
j'ai aperçu ses tout petits seins et déjà, j'avais envie de
les toucher.

Plus tard elle m'a souri. Pas comme les filles qui me
sourient d'habitude parce qu'elles sont contentes de
voir que je les regarde.

Elle m'a souri comme ça, pour me faire plaisir. Et
jamais une prise ne m'a paru aussi longue que ce jour-
là.

Quand je suis sorti de ma cage en verre, elle n'était
plus là.

J'ai dit à Fred:

– C'est la copine de ta sœur?

– Ouais.

– Comment elle s'appelle?

– Ambre.

– Elle est partie?

– Je sais pas.

– Merde.

---

4 **la table de mixage:** Mischpult.
6 **la bretelle:** Träger.
15 **la prise:** hier: Aufnahmesitzung.

66   *Ambre*

– Quoi?
– Rien.

Elle est revenue le dernier jour. Paul Ackermann
avait organisé une petite sauterie au studio «pour fêter ton prochain disque d'or», il avait dit, ce con. Je
sortais de la douche, j'étais encore torse nu en train
de me frotter la tête avec une serviette trop grande
quand Fred nous a présentés.

J'avais du mal à dire un truc. C'était comme si
j'avais quinze ans et je laissais traîner la serviette par
terre.

Elle m'a encore souri, pareil que la première fois.

En me montrant une basse, elle m'a dit:
– C'est votre guitare préférée?
Et moi je ne savais pas si j'avais envie de l'embrasser parce qu'elle n'y connaissait rien ou si c'était
parce qu'elle me disait «vous» alors que tout le monde me dit «tu» en me tapant sur le ventre ...

Depuis le Président de la République jusqu'au dernier des trous du cul, tous, ils me disent «tu» comme
si on avait gardé les cochons ensemble.

C'est le milieu qui veut ça.
– Oui, je lui ai répondu, c'est celle que je préfère.
Et je cherchais des yeux quelque chose à me mettre
sur le dos.

Nous avons parlé un petit peu mais c'était difficile

---

4 **la sauterie** (fam.): zwangloser Tanzabend, kleine Party.
6 **torse nu:** mit nacktem Oberkörper.
13 **la basse:** Bassgitarre.

Ambre 67

car Ackermann avait fait venir des journalistes, et ça, j'aurais dû m'en douter.

Elle m'a demandé pour la tournée et moi je disais «oui» à toutes ses paroles en regardant ses seins en douce. Ensuite elle m'a dit au revoir et moi je cherchais Fred partout, ou Ackermann ou le premier venu pour casser la gueule à quelqu'un parce que ça débordait à l'intérieur.

La tournée comptait une dizaine de dates et presque toutes en dehors de la France. On a fait deux soirs à la Cigale et le reste, je mélange tout. Il y a eu la Belgique, l'Allemagne, le Canada et la Suisse mais ne me demande pas l'ordre, je serais pas capable de te le donner.

En tournée, je suis fatigué. Je fais ma musique, je chante, j'essaye de rester *clean* au maximum et je dors dans le Pullman.

Même quand j'aurai un anus en or massif je continuerai à roader avec mes musicos dans un Pullman climatisé. Le jour où tu me vois prendre l'avion sans eux et leur serrer la paluche juste avant de monter en

---

4 f. **en douce:** heimlich, unauffällig.
7 f. **déborder:** überschwappen; hier: überkochen, überlaufen.
11 **la Cigale:** renommiertes Restaurant und Kabarett in Nantes.
   mélanger: verwechseln, durcheinanderbringen.
16 **clean** (angl.): clean (drogenfrei).
17 **le Pullman:** Schlafwagen.
18 **un anus:** After; hier: Hintern.
19 **roader** (angl.): unterwegs sein, auf Tournee sein.
   le musico (fam.): Kurzform für *le musicien*.
21 **serrer la paluche à qn** (fam.): jdm. die Pfote geben.

68   *Ambre*

scène, tu me préviens parce que ce jour-là, ça voudra
dire que j'ai plus rien à foutre ici et qu'il est temps
pour moi d'aller planter mes choux ailleurs.

Ambre est venue avec nous mais je ne l'ai pas su
tout de suite.

Elle a pris ses photos sans qu'on s'en rende compte.
Elle vivait avec les choristes. On les entendait glousser quelquefois dans les couloirs des hôtels quand
Jenny leur tirait les cartes. Quand je l'apercevais, je
relevais la tête et j'essayais de me tenir droit mais je
ne suis jamais allé vers elle pendant toutes ces semaines.

Je ne peux plus mélanger le boulot et le sexe, j'ai
vieilli.

Le dernier soir, c'était un dimanche. On était à Bel-
fort parce qu'on voulait finir en beauté avec un con-
cert spécial pour le dixième anniversaire des *Eurock*.

Je me suis assis près d'elle pour le dîner des adieux.

C'est une soirée sacrée qu'on respecte et qu'on se
garde rien que pour nous: les machinos, les techni-
ciens, les musiciens et tous ceux qui nous ont aidés
pendant la tournée. C'est pas le moment de venir

---

3 **aller planter ses choux ailleurs** (fam.): sich nach etwas anderem
  umsehen.
7 **la choriste:** Chorsängerin.
7f. **glousser** (fam.): kichern.
9 **tirer les cartes à qn:** jdm. die Karten legen.
16 **finir en beauté:** einen glänzenden Abschluss machen.
17 **un anniversaire:** Geburts-, Jahrestag.
   «**Eurock**»: französische Rockband.
20 **le machino** (fam.): Kurzform für *le machiniste:* Bühnenarbeiter.

Ambre 69

nous faire chier avec une starlette ou des correspondants de province, tu vois … Ackermann lui-même aurait pas idée de sonner Fred sur son portable pour prendre des nouvelles et redemander le chiffre des entrées payantes.

Il faut dire aussi que, généralement, c'est assez mauvais pour notre image.

Entre nous, on appelle ça les soirées tue-mouches et ça veut tout dire.

Des tonnes de stress qui disparaissent, la satisfaction du boulot terminé, toutes ces bobines bien au chaud dans leur boîte et mon manager qui se met tout juste à sourire pour la première fois depuis des mois, ça fait trop d'un coup et ça dégénère facilement …

Au début j'ai bien essayé de baratiner Ambre et puis quand j'ai compris que j'étais trop parti pour la baiser convenablement, j'ai laissé tomber.

Elle n'en a rien laissé voir mais je sais qu'elle avait bien compris la situation.

---

1 **la starlette:** Sternchen, Starlet.
3 **sonner:** hier: anklingeln, anrufen.
  le portable: Handy.
5 **les entrées payantes:** zahlende Zuschauer.
8 **le tue-mouches** (f.): Fliegenfänger.
11 **la bobine:** (Tonband-)Spule.
14 **dégénérer:** aus-, entarten.
15 **baratiner** (fam.): beschwatzen, einseifen; hier: anbaggern, anmachen.
16 **être parti, e** (fam.): angeheitert sein, einen sitzen haben.
17 **convenablement** (adv.): ordentlich, wie es sich gehört.
  laisser tomber: aufgeben.

70   *Ambre*

À un moment, quand j'étais dans les chiottes du resto, j'ai prononcé lentement son nom devant la glace au-dessus des lavabos mais au lieu de respirer un bon coup et de m'asperger la gueule avec de l'eau froide pour aller lui dire en face: «Quand je te regarde, j'ai mal au bide comme devant dix mille personnes, s'il te plaît, arrête ça et prends-moi dans tes bras …» eh bien non, au lieu de faire ça, je me suis retourné et j'en ai pris pour deux mille balles de partance auprès du revendeur de service.

Des mois ont passé, l'album est sorti … Je ne t'en dirai pas plus, c'est une période que je supporte de plus en plus mal: quand je n'arrive plus à être seul avec mes questions inutiles et ma musique.

C'est encore Fred qui est venu me chercher avec son Vmax noir pour m'emmener auprès d'elle.

Elle voulait nous montrer son travail sur la tournée.

J'étais bien. J'étais content de retrouver Vickie, Nath et Francesca qui chantaient en *live* avec moi. Toutes, elles traçaient leur chemin ailleurs maintenant. Francesca voulait un album pour elle toute seule et, encore une fois, je lui ai promis, à genoux, de lui composer des trucs inoubliables.

---

1 **les chiottes** (f., pop.): Lokus, Scheißhaus.
4 **asperger:** bespritzen, benetzen.
6 **le bide** (fam.): Bauch.
9f. **la partance:** Abfahrt, Abflug; hier: ‚Stoff' (Drogen).
10 **le revendeur:** Zwischenhändler, Dealer.
16 **Vmax:** Sportwagen mit Turbomotor.
20 **tracer son chemin:** seinen Weg gehen, einer Spur folgen.
23 **inoubliable:** unvergesslich.

Ambre   71

Son appartement était minuscule et on se marchait tous sur les pieds. On buvait une espèce de tequila rose que le voisin de palier avait bidouillée. C'était un Argentin qui mesurait au moins deux mètres, il souriait tout le temps.

J'étais baba devant ses tatouages.

Je me suis levé. Je savais qu'elle était dans la cuisine. Elle m'a dit:

– Tu viens m'aider?

Je lui ai dit non.

Elle m'a dit:

– Tu veux voir mes photos?

J'avais encore envie de dire non mais j'ai fait:

– Ouais, j'aimerais bien.

Elle est partie dans sa chambre. Quand elle est revenue, elle a fermé la porte à clef et elle a foutu tout ce qu'il y avait sur la table par terre avec son bras. Ça a fait pas mal de boucan à cause des plateaux en aluminium.

Elle a posé son carton à dessin bien à plat, et elle s'est assise en face de moi.

J'ai ouvert son bazar et je n'ai vu que mes mains.

---

1 **minuscule:** winzig.
3 **être voisins de palier:** auf der gleichen Etage wohnen (*le palier:* Treppenabsatz).
  bidouiller (fam.): zusammenpanschen.
6 **être baba** (fam.): baff, platt sein.
  le tatouage: Tätowierung.
16 **fermer à clef:** abschließen (*la clef/clé:* Schlüssel).
18 **le boucan** (fam.): Lärm, Radau, Krach.
20 **le carton à dessin:** Zeichenmappe.
22 **le bazar:** Kram, Krempel.

72   *Ambre*

Des centaines de photos en noir et blanc qui ne re-
présentaient que mes mains.

Mes mains sur les cordes des guitares, mes mains autour du micro, mes mains le long de mon corps, mes
5 mains qui caressent la foule, mes mains qui serrent
d'autres mains dans les coulisses, mes mains qui tiennent une cigarette, mes mains qui touchent mon visage, mes mains qui signent des autographes, mes
mains fiévreuses, mes mains qui supplient, mes mains
10 qui lancent des baisers et mes mains qui se piquent
aussi.

Des mains grandes et maigres avec des veines
comme des petites rivières.

Ambre jouait avec une capsule. Elle écrasait des
15 miettes.

– C'est tout? je lui ai dit.

Pour la première fois, je la regardais dans les yeux
pendant plus d'une seconde.

– Tu es déçu?
20 – Je ne sais pas.

– J'ai pris tes mains parce que c'est la seule chose
qui ne soit pas déglinguée chez toi.

---

8 **un autographe:** Autogramm.
9 **fiévreux, se:** fiebrig.
   supplier: inständig bitten, flehen.
10 **se piquer:** sich spritzen, sich eine Spritze setzen (Drogen).
14 **la capsule:** Kapsel; hier: Flaschenverschluss.
15 **la miette:** Krümel.
22 **déglingué, e** (fam.): kaputt.

Ambre 73

– Tu crois?

Elle a fait oui en bougeant sa tête et je sentais l'odeur de ses cheveux.

– Et mon cœur?

Elle m'a souri et s'est penchée au-dessus de la table.

– Il n'est pas déglingué, ton cœur? elle a répondu avec une petite moue qui doute.

On entendait des rires et des petits coups de poing derrière la porte. Je reconnaissais la voix de Luis qui gueulait: «*on a besoine des glaçonnes!*»

J'ai dit:

– Faut voir …

On avait l'impression qu'ils allaient défoncer la porte avec leurs conneries.

Elle a posé ses mains sur les miennes et elle les a regardées comme si elle les voyait pour la première fois. Elle a dit:

– C'est ce qu'on va faire.

---

8 **faire une moue:** den Mund, das Gesicht verziehen.
11 **besoine des glaçonnes:** Die Schreibung gibt die Aussprache – mit
 besonderem Nachdruck – wieder (*le glaçon:* Eiswürfel).
14 **défoncer:** eindrücken, einschlagen.

Permission

À chaque fois que je fais quelque chose, je pense à
mon frère et à chaque fois que je pense à mon frère,
je me rends compte qu'il aurait fait mieux que moi.

5   Ça fait vingt-trois ans que ça dure.

On ne peut pas vraiment dire que ça me rende
amer, non, ça me rend juste lucide.

Là, par exemple, je suis dans le train corail numéro
1458 en provenance de Nancy. Je suis en permission,
10   la première depuis trois mois.

Bon, déjà, je fais mon service militaire comme
simple grouillot alors que mon frère, lui, il a eu les
É. O. R., il a toujours mangé à la table des officiers et
il rentrait à la maison tous les week-ends. Passons là-
15   dessus.

J'en reviens au train. Quand j'arrive à ma place
(que j'avais réservée dans le sens de la marche), il
y a une bonne femme assise avec tout son bazar de

---

 1 **la permission:** hier: Urlaub, Ausgang.
 7 **lucide:** klar, hellsichtig.
 8 **le train corail:** Schnellzug (*corail:* korallenrot).
 9 **en provenance** (f.) **de:** aus (Richtung).
12 **le grouillot** (fam.): Rekrut.
13 **É.O.R.:** Abk. für *Élève Officier de Réserve:* Reserveoffiziersanwär-
    ter.
17 **dans le sens de la marche:** in Fahrtrichtung.
18 **le bazar:** Kram, Krempel.

Permission 75

broderie étalé sur ses genoux. Je n'ose rien lui dire.
Je m'assois en face d'elle après avoir balancé mon
énorme sac en toile dans le filet à bagages. Dans le
compartiment, il y a aussi une fille assez mignonne
5 qui lit un roman sur les fourmis. Elle a un bouton au
coin de la lèvre. Dommage sinon elle est potable.

J'ai été m'acheter un sandwich au wagon-restau-
rant.

Et voilà comment ça se serait passé si ç'avait été mon
10 frère: il aurait fait un grand sourire charmeur à la
bonne femme en lui montrant son billet, excusez-moi,
madame, écoutez c'est peut-être moi qui suis dans
l'erreur mais il me semble que … Et l'autre se serait
excusée comme une malade en fourrant tous ses mor-
15 ceaux de fils dans son sac et en se levant précipitamment.

Pour le sandwich, il aurait fait un petit scandale auprès du gars en disant qu'à 28 francs quand même, ils
pourraient mettre un morceau de jambon un peu plus
20 épais et le serveur avec son gilet noir ridicule, lui aurait changé illico son sandwich. Je le sais, je l'ai déjà
vu à l'œuvre.

---

1 **la broderie:** Stickerei.
2 **balancer:** hier (fam.): schleudern, schmeißen.
5 **la fourmi:** Ameise.
6 **sinon:** sonst, ansonsten.
   potable: trink-, genießbar; hier (fam.): ganz annehmbar.
10 **charmeur, se:** bezaubernd, verführerisch.
14 **fourrer:** hineinstopfen, hineinstecken.
15f. **précipitamment** (adv.): überstürzt, Hals über Kopf.
21 **illico** (fam.): unverzüglich, auf der Stelle.

76   *Permission*

Quant à la fille, c'est encore plus vicieux. Il l'aurait regardée d'une telle manière qu'elle se serait rendu compte très vite qu'elle l'intéressait.

Mais elle aurait su exactement en même temps qu'il avait remarqué son petit furoncle. Et là, elle aurait eu du mal à se concentrer sur ses fourmis et elle aurait pas trop fait la bêcheuse au cas où.

Ça c'est s'il avait eu l'intention de s'intéresser à elle.

Parce que, de toute façon, les sous-offs voyagent en première et, en première, c'est pas dit que les filles aient des boutons.

Moi je n'ai pas pu savoir si cette minette était sensible à mes rangers et à ma boule à zéro car je me suis endormi presque tout de suite. Ils nous avaient encore réveillés à quatre heures ce matin pour nous faire faire une manœuvre à la con.

Marc, mon frère, il a fait son service après ses trois ans de prépa et avant de commencer son école d'ingénieur. Il avait vingt ans.

---

1 **vicieux, se:** tückisch, bösartig.
5 **le furoncle:** Pickel.
7 **faire la bêcheuse** (fam.): sich zieren (*la bêcheuse:* eingebildete Gans).
10 **le sous-off** (fam.): Kurzform für *le sous-officier:* Unteroffizier.
13 **la minette** (fam.): ‚Mieze‘, ‚Puppe‘.
14 **le ranger** (angl.): Springerstiefel.
la boule à zéro (fam.): Glatze, Glatzkopf.
19 **la prépa** (pop.): Kurzform für *les classes préparatoires:* Vorbereitungsstudium (für die »Grandes Écoles«).

Permission 77

Moi, je le fais après mes deux années de B. T. S. et avant de commencer à chercher du boulot dans l'électronique. J'en ai vingt-trois.

D'ailleurs, c'est mon anniversaire demain. Ma mère
5 a insisté pour que je rentre. J'aime pas tellement les anniversaires, on est trop grand maintenant. Mais bon, c'est pour elle.

Elle vit seule depuis que mon père s'est barré avec la voisine le jour de leur dix-neuf ans de mariage.
10 Symboliquement on peut dire que c'était fort.

J'ai du mal à comprendre pourquoi elle ne s'est pas remise avec quelqu'un. Elle aurait pu et même, elle pourrait encore mais … je ne sais pas. Avec Marc on en a parlé une seule fois et on était d'accord, on
15 pense que maintenant elle a peur. Elle ne veut plus risquer d'être à nouveau abandonnée. À un moment, on la titillait pour qu'elle s'inscrive dans un truc de rencontres mais elle a jamais voulu.

Depuis, elle a recueilli deux chiens et un chat alors
20 tu penses … avec une ménagerie pareille, c'est carrément mission impossible pour trouver un mec bien.

On habite dans l'Essonne près de Corbeil, un petit pavillon sur la Nationale 7. Ça va, c'est calme.

---

1 **B.T.S.:** Abk. für *Brevet de Technicien Supérieur:* etwa: Fachhochschulabschluss.
8 **se barrer** (fam.): abhauen, sich aus dem Staub machen.
17 **titiller:** kitzeln; hier: (jdm.) zureden.
   s'inscrire: sich einschreiben, sich anmelden.
19 **recueillir:** auflesen, aufnehmen.
20f. **carrément** (adv.): geradezu, rundweg, glatt.
22 **l'Essonne** (f.): Département südlich von Paris.
23 **le pavillon:** kleines Einfamilienhaus, Bungalow.

78   *Permission*

Mon frère, il ne dit jamais un pavillon, il dit une maison. Il trouve que le mot pavillon, ça fait plouc.

Mon frère ne s'en remettra jamais de ne pas être né
5 à Paris.

Paris. Il n'a que ce mot-là à la bouche. Je crois que le plus beau jour de sa vie c'est quand il s'est payé sa première carte orange cinq zones. Pour moi, Paris ou Corbeil, c'est kif-kif.

10   Un des rares trucs que j'ai retenus de l'école c'est la théorie d'un grand philosophe de l'Antiquité qui disait que l'important, ce n'est pas le lieu où on se trouve, c'est l'état d'esprit dans lequel on est.

Je me souviens qu'il écrivait ça à un de ses copains
15 qui avait le bourdon et qui voulait voyager. L'autre lui disait grosso modo que c'était pas la peine étant donné qu'il allait se trimballer son paquet d'emmerdements avec lui. Le jour où le prof nous a raconté ça, ma vie a changé.

20   C'est une des raisons pour laquelle j'ai choisi un métier dans le manuel.

---

3 **plouc** (fam.): fehl am Platz, deplatziert.

4 **s'en remettre de qc:** über etwas wegkommen.

8 **la carte orange:** Monatskarte der Pariser Schnellverkehrszüge (mit bestimmten Zonen).

9 **kif-kif** (fam.): dasselbe, einerlei.

11 **l'Antiquité** (f.): die Antike.

15 **avoir le bourdon** (fam.): total niedergeschlagen, total down sein (*le bourdon:* Hummel).

16 **grosso modo** (lat.): grob gesagt, in groben Zügen.

17 **se trimballer** (fam.): herumziehen.

21 **le manuel:** Arbeit mit der Hand, handwerklicher Bereich.

Permission 79

Je préfère que ce soit mes mains qui réfléchissent.
C'est plus simple.

À l'armée, tu rencontres un beau ramassis d'abrutis.
Je vis avec des mecs dont j'aurais jamais eu idée
5 avant. Je dors avec eux, je fais ma toilette avec eux, je
bouffe avec eux, je fais le gugus avec eux quelquefois
même, je joue aux cartes avec eux et pourtant, tout en
eux me débecte. C'est pas la question d'être snob ou
quoi, c'est simplement que ces mecs-là n'ont rien. Je
10 ne parle pas de la sensibilité, non, ça c'est comme une
insulte, je parle de peser quelque chose.

Je vois bien que je m'explique mal mais je me com-
prends, si tu prends un de ces gars et que tu le poses
sur une balance, évidemment t'auras son poids mais
15 en vrai, il ne pèse rien …

Y'a rien en eux que tu pourrais considérer comme
de la matière. Comme des fantômes, tu peux passer
ton bras à travers leur corps et tu touches que du vide
bruyant. Eux, ils te diront que si tu passes ton bras à
20 travers leur corps, tu risques surtout de t'en prendre
une. Ouarf ouarf.

3 **le ramassis** (fam.): Ansammlung, Haufen.
   un abruti: Idiot, Depp, Blödian.
6 **bouffer** (fam.): essen.
   faire le gugus (fam.): sich amüsieren, einen draufmachen.
8 **débecter** (pop.): ankotzen, anwidern.
10 **la sensibilité:** Feingefühl.
11 **une insulte:** Beleidigung.
17 **le fantôme:** Gespenst, Geist.
19 **bruyant, e:** lärmend.
20f. **en prendre une** (fam.): Prügel beziehen.
21 **ouarf** (interj.): haha!

80   *Permission*

Au début, j'avais des insomnies à cause de tous ces
gestes et de toutes leurs paroles incroyables et puis
maintenant, je m'y suis habitué. On dit que l'armée,
ça vous change un homme, personnellement l'armée
5 m'aura rendu encore plus pessimiste qu'avant.

Je suis pas près de croire en Dieu ou en un Truc Supérieur parce que c'est pas possible d'avoir créé exprès ce que je vois tous les jours à la caserne de Nancy-Bellefond.

10 C'est marrant, je me rends compte que je cogite plus
quand je suis dans le train ou le R. E. R ... Comme
quoi l'armée a quand même du bon ...

Quand j'arrive à la gare de l'Est, j'espère toujours
secrètement qu'il y aura quelqu'un pour m'attendre.
15 C'est con. J'ai beau savoir que ma mère est encore au
boulot à cette heure-là et que Marc est pas du genre à
traverser la banlieue pour porter mon sac, j'ai toujours cet espoir débile.

Là encore, ça n'a pas loupé, avant de descendre les
20 escalators pour prendre le métro, j'ai jeté un dernier

---

1 **une insomnie:** Schlaflosigkeit.
6 f. **le Truc Supérieur** (fam.): etwas Höheres, höheres Wesen.
10 **marrant, e** (fam.): seltsam, lustig.
   cogiter: überlegen.
11 **R. E. R.:** Abk. für *Réseau Express Régional:* regionales Schnell-
   bahnnetz in Paris.
11 f. **comme quoi** (fam.): wonach, also.
13 **la gare de l'Est:** der Pariser Ostbahnhof.
15 **avoir beau faire qc:** etwas noch so sehr tun können.
18 **débile:** doof, schwachsinnig.
19 **louper** (fam.): schiefgehen.
20 **un escalator** (angl.): Rolltreppe.

Permission 81

regard circulaire au cas où y'aurait quelqu'un … Et à
chaque fois dans les escalators, mon sac me paraît encore plus lourd.

Je voudrais que quelqu'un m'attende quelque
5 part … C'est quand même pas compliqué.

Bon allez, il est temps que je rentre à la maison et
qu'on se fasse une bonne baston avec Marco parce
que là, je commence à cogiter un peu trop et je vais
péter une durit. En attendant je vais m'en griller une
10 sur le quai. C'est interdit je sais, mais qu'ils y viennent
me chercher des embrouilles et je leur dégaine ma
carte militaire.

Je travaille pour la Paix moî, Mônsieur! Je me suis
levé à quatre heures du matin pour la France moî,
15 Mâdame.

Personne à la gare de Corbeil … ça c'est plus raide.
Ils ont peut-être oublié que j'arrivais ce soir …

Je vais y aller à pied. J'en ai trop marre des transports en commun. C'est de tous les trucs en commun
20 que j'en ai marre je crois.

---

1 **circulaire:** kreisförmig, Rund-.
7 **la baston** (fam.): Schlägerei.
9 **péter une durit** (fam.): ausrasten (*péter* hier: zum platzen bringen;
la durit: Kühlwasserschlauch).
s'en griller une (fam.): sich eine Zigarette anstecken, eine qualmen.
11 **une embrouille:** Verwirrung; hier: Ärger, Schererei.
dégainer: blank ziehen.
13 **moî, Mônsieur:** s. Editorische Notiz.
16 **raide** (fam.): erstaunlich, ein starkes Stück.
18 **en avoir marre de qc** (fam.): etwas satt haben, von etwas die Nase
voll haben.
18f. **les transports en commun:** die öffentlichen Verkehrsmittel.

82   *Permission*

Je croise des mecs du quartier avec qui j'étais à
l'école. Ils n'insistent pas pour me serrer la main, c'est
sûr, un bidasse, ça craint.

Je m'arrête au café qui est à l'angle de ma rue. Si
5 j'avais passé moins de temps dans ce café, probable
que j'aurais pas le risque de pointer à l'A.N.P.E. dans
six mois. À une époque, j'étais plus souvent derrière
ce flipper que sur les bancs du collège … J'attendais
cinq heures et quand les autres déboulaient, ceux qui
10 s'étaient tapé le baratin des profs toute la journée, je
leur revendais mes parties gratuites. Pour eux c'était
une bonne affaire: ils payaient moitié prix et avaient
une chance d'inscrire leurs initiales sur le tableau
d'honneur.

15 Tout le monde était content et je m'achetais mes
premiers paquets de clopes. Je te jure qu'à ce moment-là je croyais que j'étais le roi. Le roi des cons
oui.

Le patron me dit:
20 – Alors? … toujours l'armée?
– Ouais.
– C'est bien ça!
– Ouais …
– Viens donc me voir un soir après la fermeture
25 qu'on cause tous les deux … faut dire que moi, j'étais

---

3 **le bidasse** (fam.): Rekrut, einfacher Soldat.
6 **pointer:** hier: stempeln gehen.
   A.N.P.E.: Abk. von *Agence Nationale Pour L'Emploi:* Arbeitsamt.
9 **débouler** (fam.): aufkreuzen.
10 **se taper le baratin** (fam.): das Gefasel über sich ergehen lassen.
13 f. **le tableau d'honneur:** Bestenliste.

Permission 83

dans la Légion et c'était quand même aut'chose … On nous aurait jamais laissé sortir comme ça pour un oui ou pour un non … ça j'te l'dis.

Et c'est parti au comptoir pour refaire la guerre avec des souvenirs d'alcoolos.

La Légion …

Je suis fatigué. J'en ai plein le dos de ce sac qui me cisaille l'épaule et le boulevard n'en finit pas. Quand j'arrive devant chez moi le portail est fermé. Putain c'est le comble. J'ai comme une envie de chialer là.

Je suis debout depuis quatre heures du mat', je viens de traverser la moitié du pays dans des wagons qui puent et maintenant, il serait peut-être temps de me lâcher la grappe vous croyez pas?

Les chiens m'attendaient. Entre Bozo qui hurle de joie à la mort et Micmac qui fait des bonds de trois mètres … c'est la fête. On peut dire que *ça* c'est de l'accueil!

Je jette mon sac par dessus bord et je fais le mur comme au temps des mobylettes. Mes deux chiens me sautent dessus et, pour la première fois depuis des semaines, je me sens mieux. Alors comme ça, y'en a quand même, des êtres vivants qui m'aiment et qui at-

---

1 **la Légion:** kurz für *la Légion Étrangère:* die Fremdenlegion.

2f. **pour un oui ou pour un non:** ohne ersichtlichen Grund.

5 **un alcoolo** (fam.): Kurzform für *un alcoolique:* Säufer, Alkoholiker.

7 **en avoir plein le dos** (fam.): die Nase voll haben.

8 **cisailler:** schneiden; hier: einschneiden.

10 **chialer** (fam.): flennen, heulen.

11 **le mat'** (fam.): Kurzform für *le matin*.

14 **lâcher la grappe** (fam.): endlich zur Ruhe kommen lassen.

15 **hurler:** heulen, jaulen.

19 **la mobylette:** Mofa.

84   *Permission*

tendent après moi sur cette petite planète. Venez là
mes trésors. Oh oui, t'es beau toi, oh oui t'es beau …
   La maison est éteinte.

Je pose mon sac à mes pieds sur le paillasson, je
l'ouvre et je pars à la recherche de mes clefs qui sont
tout au fond sous des kilos de chaussettes sales.

Les chiens me précèdent et je vais pour allumer le
couloir … plus de courant.
   Hé merrrrde. Hé merde.
   À ce moment-là j'entends cet enfoiré de Marc qui dit:
   – Eh tu pourrais être poli devant tes invités.
   Il fait toujours noir. Je lui réponds:
   – Qu'est-ce que c'est que ces conneries? …
   – Non mais t'es incorrigible deuxième classe Bri-
card. Plus de gros mots on te dit. On n'est pas à la ca-
serne de Ploucville ici, alors tu surveilles ton langage
sinon je ne rallume pas.
   Et il rallume.
   Manquait plus que ça. Tous mes potes et la famille
qui sont là dans le salon avec un verre à la main en train
de chanter «Joyeux Anniversaire» sous des guirlandes.
   Ma mère me dit:
   – Mais pose ton sac, mon grand.

---

4 **le paillasson:** Strohmatte, Fußabtreter.
8 **le courant:** (elektrischer) Strom.
10 **un enfoiré** (vulg.): Blödmann, Arschloch.
14 **incorrigible:** unverbesserlich.
   être de la deuxième classe: die Militärzeit bald hinter sich haben.
16 **Ploucville:** imaginärer Städtename, etwa: Hintertupfingen.
19 **le pote** (fam.): Kumpel.

Permission 85

Et elle m'apporte un verre.

C'est la première fois qu'on me fait un truc pareil.
Je ne dois pas être beau à voir avec ma tête d'ahuri.

Je vais serrer la main à tout le monde et embrasser
ma grand-mère et mes tantes.

Quand j'arrive vers Marc, je vais pour lui filer une
baffe mais il est avec une fille. Il la tient par la taille.
Et moi, au premier regard, je sais déjà que je suis
amoureux d'elle.

Je lui donne un coup de poing dans l'épaule et en la
désignant du menton, je demande à mon frère:

– C'est mon cadeau?

– Rêve pas, ducon, il me répond.

Je la regarde encore. Il y a comme un truc qui
fait le mariole dans mon ventre. J'ai mal et elle est belle.

– Tu la reconnais pas?

– Non.

– Mais si c'est Marie, la copine de Rebecca …

– ???

Elle me dit:

– On était ensemble en colo. Aux Glénans, tu te
souviens pas? …

---

3 **ahuri, e:** bestürzt, verblüfft, sprachlos.

6f. **filer une baffe à qn** (fam.): jdm. eine Ohrfeige verpassen.

11 **désigner:** bezeichnen; hier: (auf jdn.) deuten, zeigen.

13 **ducon** (pop., nach weit verbreiteten Namen wie *Dupont* oder *Dubois* gebildet): Dummkopf, Knallkopp.

15 **faire le mariole** (fam.): sich aufspielen, sich wichtig machen; hier: anfangen zu flattern.

21 **la colo** (fam.): Kurzform für *la colonie de vacances:* Ferienlager.
   Glénans: Les Îles de Glénan, Inselgruppe vor der bretonischen Küste.

86   *Permission*

– Nan, désolé. Je secoue la tête et je les laisse en
plan. Je vais me servir un truc à boire.

Tu parles si je m'en souviens. Le stage de voile, j'en
cauchemarde encore. Mon frère toujours premier, le
5 chouchou des monos, bronzé, musclé, à l'aise. Il lisait
le bouquin la nuit et il avait tout compris une fois à
bord. Mon frère qui se mettait au trapèze et qui gi-
clait en hurlant au-dessus des vagues. Mon frère qui
ne dessalait jamais.

10 Toutes ces filles avec leurs yeux de merlans frits et
leurs petits seins qui ne pensaient qu'à la boum du
dernier soir.

Toutes ces filles qui avaient marqué leur adresse au
feutre sur son bras dans le car pendant qu'il faisait sem-
15 blant de dormir. Et celles qui pleuraient devant leurs
parents en le voyant s'éloigner vers notre 4L familiale.

Et moi … Moi qui avais le mal de mer.

Marie je m'en souviens très bien. Un soir, elle racontait aux autres qu'elle avait surpris un couple d'amou-

---

1 f. **laisser en plan:** stehen lassen.
3 **le stage de voile** (f.): Segelkurs.
4 **cauchemarder:** Albträume haben.
5 **le chouchou** (fam.): Liebling.
   le mono (fam.): Kurzform für *le moniteur*: Betreuer.
7 f. **gicler:** (heraus)spritzen, sprühen.
9 **dessaler:** entsalzen; hier: kentern.
10 **faire des yeux de merlans frits:** glotzen, Stielaugen machen.
11 **la boum** (fam.): Fete, Party.
14 **le feutre:** Filzstift.
16 **la 4L:** Renault 4L, sehr verbreitetes Automodell.
17 **avoir le mal de mer:** seekrank sein.

Permission   87

reux en train de se bécoter sur la plage et qu'elle entendait le bruit du slip de la fille qui claquait.

– Comment ça faisait? je lui ai demandé pour la mettre mal à l'aise.

Et elle, en me regardant droit dans les yeux, elle pince sa culotte à travers le tissu de sa robe, elle l'écarte et elle la lâche.

Clac.

– Comme ça, elle me répond en me regardant toujours.

J'avais onze ans.

Marie.

Tu parles que je m'en souviens. Clac.

Plus la soirée avançait, moins je voulais parler de l'armée. Moins je la regardais, plus j'avais envie de la toucher.

Je buvais trop. Ma mère m'a lancé un regard méchant.

Je suis allé dans le jardin avec deux ou trois copains du B. T. S. On parlait des cassettes qu'on avait l'intention de louer et des voitures qu'on ne pourrait jamais s'acheter. Michaël avait installé une super sono dans sa 106.

Presque dix mille balles pour écouter de la techno …

Je me suis assis sur le banc en fer. Celui que ma

---

1 **se bécoter** (fam.): sich abküssen, sich abknutschen.
2 **claquer:** knallen, schnalzen.
6 **pincer:** (mit den Fingerspitzen) greifen.
7 **écarter:** wegziehen.
22 **la super sono:** Super-Stereoanlage.
23 **la 106:** Peugeot 106.

88   *Permission*

mère me demande de repeindre tous les ans. Elle dit
que ça lui rappelle le jardin des Tuileries.

Je fumais une cigarette en regardant les étoiles.
J'en connais pas beaucoup. Alors dès que j'ai l'occasion, je les cherche. J'en connais quatre.

Encore un truc du livre des Glénans que j'ai pas re-
tenu.

Je l'ai vue arriver de loin. Elle me souriait. Je regardais ses dents et la forme de ses boucles d'oreille.

En s'asseyant à côté de moi, elle m'a dit:

– Je peux?

Je n'ai rien répondu parce que j'avais de nouveau
mal au bide.

– C'est vrai que tu te souviens pas de moi?

– Non c'est pas vrai.

– Tu t'en souviens?

– Oui.

– Tu te souviens de quoi?

– Je me souviens que t'avais dix ans, que tu mesu-
rais 1 mètre 29, que tu pesais 26 kilos et que t'avais eu
les oreillons l'année d'avant, je m'en souviens de la
visite médicale. Je me souviens que t'habitais à Choi-
sy-le-Roi et à l'époque ça m'aurait coûté 42 francs de
venir te voir en train. Je me souviens que ta mère
s'appelait Catherine et ton père Jacques. Je me souviens que t'avais une tortue d'eau qui s'appelait Can-

---

2 **le jardin des Tuileries:** großer Park im Zentrum von Paris.
9 **la boucle d'oreille** (f.): Ohrring.
13 **le bide** (fam.): Bauch.
21 **les oreillons** (m.): Mumps.
26 **la tortue:** Schildkröte.

Permission 89

dy et ta meilleur copine avait un cochon d'Inde qui
s'appelait Anthony. Je me souviens que tu avais un
maillot de bain vert avec des étoiles blanches et ta
mère t'avait même fait un peignoir avec ton nom bro-
5 dé dessus. Je me souviens que tu avais pleuré un matin parce qu'il n'y avait pas de lettres pour toi. Je me
souviens que tu t'étais collé des paillettes sur les joues
le soir de la boum et qu'avec Rebecca, vous aviez fait
un spectacle sur la musique de *Grease* …

10   – Oh la la, mais c'est pas croyable la mémoire que
t'as!!!

Elle est encore plus belle quand elle rit. Elle se
penche en arrière. Elle passe ses mains sur ses bras
pour les réchauffer.

15   – Tiens, je lui dis en enlevant mon gros pull.
   – Merci … mais toi? Tu vas avoir froid?!
   – T'inquiète pas pour moi va.

Elle me regarde autrement. N'importe quelle fille
aurait compris ce qu'elle a compris à ce moment-là.

20   – De quoi d'autre tu te souviens?
   – Je me souviens que tu m'as dit un soir devant le
hangar des Optimists que tu trouvais que mon frère
était un crâneur …

---

1 **le cochon d'Inde:** Meerschweinchen.
4 **le peignoir:** Bademantel, Morgenrock.
4 f. **broder:** sticken.
7 **la paillette:** Paillette, Flitterplättchen.
9 **«Grease»:** amerikanischer Kultfilm der 80er Jahre.
17 **va:** schon gut!
22 **le hangar:** hier: Bootshaus.
   un Optimist: zuerst 1947 gebaute Segeljolle für Kinder.
23 **le crâneur** (fam.): Angeber.

90   *Permission*

– Oui c'est vrai je t'ai dit ça et tu m'as répondu que
c'était pas vrai.

– Parce que c'est pas vrai. Marc fait des tas de
trucs facilement mais il ne crâne pas. Il le fait, c'est
tout.

– T'as toujours défendu ton frère.

– Ouais c'est mon frère. D'ailleurs toi non plus, tu lui
trouves plus tellement de défauts en ce moment, non?

Elle s'est levée, elle m'a demandé si elle pouvait
garder mon pull.

Je lui ai souri aussi. Malgré le marécage de bouillasse et de misère dans lequel je me débattais, j'étais
heureux comme jamais.

Ma mère s'est approchée alors que j'étais encore en
train de sourire comme un gros niais. Elle m'a annoncé qu'elle partait dormir chez ma grand-mère, que les
filles devaient dormir au premier et les garçons au second …

– Hé maman on n'est plus des gamins, c'est bon …

– Et tu n'oublies pas de vérifier que les chiens sont
bien à l'intérieur avant de fermer et tu …

– Hé maman …

– Tu permets que je m'inquiète, vous buvez tous
comme des trous et toi, tu as l'air complètement
saoul …

---

11 **le marécage:** Sumpf.
11f. **la bouillasse** (fam.): Mist, Dreck, Schmutz.
12 **se débattre:** sich abquälen.
15 **le niais:** Trottel.
19 **le gamin** (fam.): Kind.
20 **vérifier:** überprüfen, nachsehen.
25 **saoul, e:** betrunken.

Permission 91

– On ne dit pas saoul dans ce cas-là maman, on dit
«parti». Tu vois, je suis parti …

Elle s'est éloignée en haussant les épaules.

– Mets au moins quelque chose sur ton dos, tu vas
attraper la mort.

J'ai fumé trois cigarettes de plus pour me laisser le
temps de réfléchir et je suis allé voir Marc.

– Hé …

– Quoi?

– Marie …

– Quoi?

– Tu me la laisses.

– Non.

– Je vais te casser la gueule.

– Non.

– Pourquoi?

– Parce que ce soir, tu as trop bu et que j'ai besoin
d'avoir ma petite gueule d'ange lundi pour le boulot.

– Pourquoi?

– Parce que je présente un exposé sur l'incidence
des fluides dans un périmètre acquis.

– Ah?

– Ouais.

– Désolé.

---

2 **être parti, e** (fam.): angeheitert sein, einen sitzen haben.
3 **hausser les épaules:** die Schultern zucken.
20 **un exposé:** Referat.
   une incidence: Auswirkung, Einwirken.
21 **le fluide:** Flüssigkeit.
   le périmètre: Umkreis, Ausdehnung.
   acquis, e: hier: festgelegt, feststehend.

92   *Permission*

– Y'a pas de quoi.
– Et pour Marie?
– Marie? Elle est pour moi.
– Pas sûr.
– Qu'est-ce que t'en sais?
– Ah! ça … C'est le sixième sens du soldat qui sert dans l'artillerie.
– Mon cul oui.
– Écoute, je suis coincé là, je peux rien essayer. C'est comme ça, je suis con, je sais. Alors on trouve une solution au moins pour ce soir O.K.?
– Je réfléchis …
– Dépêche-toi, après je serai trop fait.
– Au baby …
– Quoi?
– On la joue au baby.
– C'est pas très galant.
– Ça restera entre nous, monsieur le gentleman de mes fesses qui essaye de piquer les nanas des autres.
– D'accord. Mais quand?
– Maintenant. Au sous-sol.
– Maintenant??!
– *Yes sir.*
– J'arrive, je vais me faire un bol de café.
– Tu m'en fais un aussi s'te plaît …

---

1 **(il n')y a pas de quoi:** keine Ursache!
8 **mon cul oui** (pop.): dass ich nicht lache!
9 **être coincé, e:** blockiert, in der Klemme sein.
16 **le baby** (angl.): hier: Kurzform für *le babyfoot:* Tischfußball.
18f. **de mes fesses** (f.; fam.): dämlicher, Scheiß-.
19 **piquer** (fam.): klauen.
21 **le sous-sol:** Untergeschoss, Keller.

Permission 93

– Pas de problème. Je vais même pisser dedans.
– Crétin de militaire.
– Va t'échauffer. Va lui dire adieu.
– Crève.
– C'est pas grave, va, je la consolerai.
– Compte là-dessus.

On a bu nos cafés brûlants au-dessus de l'évier. Marc est descendu le premier. Pendant ce temps-là, j'ai plongé mes deux mains dans le paquet de farine. Je pensais à ma mère quand elle nous faisait des escalopes panées!

Maintenant j'avais envie de pisser, c'est malin. Se la tenir avec deux escalopes cordon-bleu, c'est pas ce qu'y a de plus pratique …

Avant de descendre l'escalier, je l'ai cherchée du regard pour me donner des forces parce que si je suis une bête au flipper, le baby-foot, c'est plutôt la chasse gardée de mon frère.

J'ai joué comme un pied. La farine, au lieu de m'empêcher de transpirer, ça me faisait comme des petites boulettes blanches au bout des doigts.

---

2 **le crétin:** Schwachsinniger, Depp.
4 **crever** (pop.): verrecken.
7 **un évier:** Spülbecken.
10 f. **une escalope:** Schnitzel.
11 **paner:** panieren.
12 **malin, maligne:** sehr schlau, intelligent (hier ironisch).
    la: gemeint ist: *la queue* oder *la bite* (pop.): ‚Pimmel', ‚Schwanz'.
17 **la bête:** hier (fam.): Könner, Star.
17 f. **la chasse gardée:** Jagdbezirk, Jagdrevier.
19 **comme un pied** (fam.): miserabel, unter aller Kanone.
21 **la boulette:** Kügelchen.

94   *Permission*

En plus, Marie et les autres sont descendus quand
on en était à 6 partout et à partir de ce moment-là,
j'ai lâché prise. Je la sentais bouger dans mon dos et
mes mains glissaient sur les manettes. Je sentais son
5   parfum et j'oubliais mes attaquants. J'entendais le son
de sa voix et j'encaissais but sur but.

Quand mon frère a mis le curseur sur 10 de son
côté, j'ai pu enfin essuyer mes mains sur mes cuisses.
Mon jean était tout blanc.

10   Marc m'a regardé avec un air de salopard sincèrement désolé.

Joyeux anniversaire, j'ai pensé.

Les filles ont dit qu'elles voulaient aller se coucher
et ont demandé qu'on leur montre leur chambre. J'ai
15   dit que j'allais dormir sur le canapé du salon pour finir les fonds de bouteille tranquillement et qu'on ne
vienne plus me déranger.

Marie m'a regardé. J'ai pensé que si elle avait me-
suré 1 mètre 29 et pesé 26 kilos à ce moment-là, j'au-
20   rais pu la mettre à l'intérieur de mon blouson et l'emmener partout avec moi.

Et puis la maison s'est tue. Les lumières se sont éteintes les unes après les autres et on n'entendait plus que
quelques gloussements par-ci par-là.

---

3 **lâcher prise** (f.): loslassen, aufgeben.
4 **la manette:** Handgriff.
5 **un attaquant:** Angriffsspieler, Stürmer.
6 **le but:** hier: Tor (Fußball).
7 **le curseur:** Gleitschiene, Schieber.
10 **le salopard** (pop.): Fiesling, Dreckskerl.
24 **le gloussement:** Gekicher.

Permission   95

J'imaginais que Marc et ses copains étaient en train de faire les imbéciles en grattant à leur porte.
J'ai sifflé les chiens et j'ai fermé la porte d'entrée à clef.

5 Je n'arrivais pas à m'endormir. Évidemment.

Je fumais une cigarette dans le noir. Dans la pièce on ne voyait rien d'autre qu'un petit point rouge qui bougeait de temps en temps. Et puis j'ai entendu du bruit. Comme du papier qu'on froisse. J'ai pensé
10 d'abord que c'était un des chiens qui faisait des bêtises. J'ai appelé:

– Bozo? … Micmac? …

Pas de réponse et le bruit qui s'amplifiait avec en plus, scritch scritch, comme du scotch qu'on décolle.
15 Je me suis redressé et j'ai étendu le bras pour allumer la lumière.

Je suis en train de rêver. Marie est nue au milieu de la pièce en train de se couvrir le corps avec les papiers cadeau. Elle a du papier bleu sur le sein gauche,
20 de l'argenté sur le sein droit et de la ficelle entortillée autour des bras. Le papier kraft qui entourait le

---

3f. **fermer à clef:** abschließen (*la clef/clé:* Schlüssel).
9 **froisser:** zerknittern.
13 **s'amplifier:** größer, stärker werden.
14 **le scotch** (angl.): Klebeband, Tesafilm (Scotch: eigentlich Markenname der Firma 3M).
 décoller: abreißen.
15 **se redresser:** sich aufrichten.
19f. **le papier argenté:** Silberpapier.
20f. **entortiller:** (ein-, herum)wickeln.
21 **le papier kraft:** Packpapier.

96   *Permission*

casque de moto que ma mémé m'a offert lui sert de
pagne.

Elle marche à moitié nue au milieu des emballages,
entre des cendriers pleins et des verres sales.

5 – Qu'est-ce que tu fais?
    – Ça se voit pas?
    – Ben non … pas vraiment …
    – T'as pas dit que tu voulais un cadeau tout à
l'heure, en arrivant?

10 Elle souriait toujours et s'attachait de la ficelle rouge
autour de la taille.

Je me suis levé d'un coup.

– Hé t'emballe pas, je lui ai dit.

Et en même temps que je lui disais ça, je me de-
15 mandais si «t'emballe pas» ça voulait dire: ne te cou-
vre pas la peau ainsi, laisse-la moi, je t'en prie.

Ou si «t'emballe pas» ça voulait dire: ne va pas trop
vite tu sais, non seulement j'ai toujours le mal de mer
mais, en plus, je repars demain pour Nancy comme
20 deuxième pompe, alors tu vois …

---

1 **le casque de moto:** Motorradhelm.
  la mémé (fam., enf.): Oma.
2 **le pagne:** Lendenschurz.
3 **un emballage:** Verpackung.
13 **(ne) t'emballe pas:** hier auch (fam.): reg dich nicht auf, freu dich
   nicht zu früh.
20 **la deuxième pompe** (fam.): einfacher Soldat.

Le fait du jour

Je ferais mieux d'aller me coucher mais je ne peux pas.

Mes mains tremblent.

5 Je crois que je devrais écrire une sorte de rapport.

J'ai l'habitude. J'en rédige un par semaine, le vendredi après-midi, pour Guillemin mon responsable.

Là, ça sera pour moi.

Je me dis: «si tu racontes tout en détail, si tu t'appli-
10 ques bien, à la fin quand tu te reliras, tu pourras croire pendant deux secondes que le couillon de l'histoire c'est un autre gars que toi et là, tu pourras peut-être te juger objectivement. Peut-être.»

Donc je suis là. Je suis assis devant mon petit porta-
15 ble qui me sert d'habitude pour le boulot, j'entends le bruit de la machine à laver la vaisselle en bas.

Ma femme et mes gosses sont au lit depuis long-temps. Mes gosses, je sais qu'ils dorment, ma femme sûrement pas. Elle me guette. Elle essaye de savoir. Je

---

6 **rédiger:** verfassen, abfassen.
9f. **s'appliquer:** sich mühen, sich Mühe geben.
11 **le couillon** (pop.): Blödmann, Dussel.
14f. **le portable:** Laptop.
16 **la machine à laver la vaisselle:** Geschirrspülmaschine.
17 **le, la gosse** (fam.): Kind, Gör.
19 **guetter qn:** jdn. belauern, jdm. auflauern.

98   *Le fait du jour*

pense qu'elle a peur parce qu'elle sait déjà qu'elle
m'a perdu. Les femmes sentent ces choses-là. Mais je
ne peux pas venir contre elle et m'endormir, elle le
sait bien. Il faut que j'écrive tout ça maintenant pour
5 ces deux secondes qui seront peut-être tellement im-
portantes, si j'y arrive.

Je commence au début.

J'ai été engagé chez Paul Pridault le premier septembre 1995. Avant j'étais chez un concurrent mais il
10 y avait trop de petits détails irritants qui s'accumu-
laient, comme par exemple les notes de frais payées
avec six mois de retard, et j'ai tout plaqué sur un coup
de tête.

Je suis resté presque un an au chômage.

15 Tout le monde pensait que j'allais devenir marteau
à tourner en rond chez moi en attendant un coup de
téléphone de la boîte d'interim où je m'étais inscrit.

Pourtant c'est une époque qui restera toujours
comme un bon souvenir. J'ai pu enfin finir la maison.
20 Tout ce que Florence me réclamait depuis si longtemps: j'ai accroché toutes les tringles à rideaux, j'ai
arrangé une douche dans le cagibi du fond, j'ai loué

---

10 **irritant, e:** ärgerlich, nervig.
10f. **s'accumuler:** sich ansammeln, sich anhäufen.
11 **la note de frais:** Spesenabrechnung.
12 **plaquer** (fam.): aufgeben, hinschmeißen.
12f. **sur un coup de tête:** kurzentschlossen.
14 **être au chômage:** arbeitslos sein (*le chômage:* Arbeitslosigkeit).
15 **devenir marteau** (fam.): verrückt werden, durchdrehen.
17 **la boîte d'interim** (fam.): Zeitarbeitfirma.
21 **la tringle:** Gardinenstange.
22 **le cagibi** (fam.): Abstellkammer, Kabuff.

Le fait du jour   99

un motoculteur et j'ai retourné tout le jardin avant
d'y remettre un beau gazon tout neuf.

Le soir j'allais chercher Lucas chez la nourrice puis
on passait prendre sa grande sœur à la sortie de
l'école. Je leur préparais des gros goûters avec du
chocolat chaud. Pas du Nesquik, du vrai cacao touillé
qui leur dessinait des moustaches magnifiques. Après,
dans la salle de bains, on se regardait dans la glace
avant de les lécher.

Au mois de juin, quand j'ai réalisé que le petit
n'irait plus chez madame Ledoux parce qu'il avait
l'âge de la maternelle, j'ai recommencé à chercher du
boulot sérieusement et en août, j'en ai trouvé.

Chez Paul Pridault, je suis agent commercial sur tout
le grand Ouest. C'est une grosse entreprise de cochonnailles. Comme une charcuterie si vous voulez,
mais à l'échelle industrielle.

Le coup de génie du père Pridault, c'est son jambon au torchon emballé dans un vrai torchon à car-

---

1 **le motoculteur:** Garten-, Bodenfräse.
  retourner: hier: umgraben.
2 **le gazon:** Rasen.
3 **la nourrice:** Amme, Pflegemutter, Tagesmutter.
5 **le goûter:** (Nachmittags-)Imbiss.
6 **touiller** (fam.): an-, umrühren.
9 **lécher:** ablecken.
12 **la maternelle:** Kindergarten.
14 **un agent commercial:** Handelsvertreter.
15f. **les cochonnailles** (f.): Schweinefleischwaren.
17 **une échelle:** hier: Maßstab.
19 **le torchon:** Geschirrtuch.
  emballer: einwickeln, verpacken.

100   *Le fait du jour*

reaux rouge et blanc. Évidemment c'est un jambon
d'usine fabriqué avec des cochons d'usine sans parler
du fameux torchon de paysan qui est fabriqué en
Chine mais n'empêche que c'est avec ça qu'il est con-
5 nu et maintenant – toutes les études de marché le
prouvent – si vous demandez à une ménagère derrière son caddie ce que Paul Pridault évoque pour elle,
elle vous répondra «jambon au torchon» et si vous in-
sistez, vous saurez que le jambon au torchon il est for-
10 cément meilleur que les autres à cause de son petit
goût authentique.
   Chapeau, l'artiste.
   On fait un chiffre d'affaires annuel net de trente-
cinq millions.

15 Je passe plus de la moitié de la semaine derrière le
volant de ma voiture de fonction. Une 306 noire avec
une tête de cochon rigolard décalquée sur les côtés.

---

4 **n'empêche que:** trotzdem.
5 **une étude de marché:** Marktstudie.
7 **le caddie** (angl.): Einkaufswagen.
   évoquer: (Erinnerung) wachrufen, (Vorstellung) hervorrufen, bedeuten.
9f. **forcément** (adv.): notwendigerweise.
12 **chapeau:** Hut ab, Respekt!
13 **le chiffre d'affaires:** Umsatz.
   annuel, le: jährlich.
16 **le volant:** Lenkrad.
   la voiture de fonction: Dienstwagen.
   la 306: Peugeot 306.
17 **rigolard, e** (fam.): lustig, drollig.
   décalquer: durchpausen, mit Schablone (und Farbpistole) auftra-
   gen.

Le fait du jour 101

Les gens n'ont aucune idée de la vie que mènent les gars qui font la route, les routiers et tous les représentants.

C'est comme s'il y avait deux mondes sur l'autoroute: ceux qui se promènent et nous.

C'est un ensemble de choses. D'abord il y a la relation avec son véhicule.

Depuis la Clio 1L 2 jusqu'aux énormes semi-remorques allemands, quand on monte là-dedans, c'est chez nous. C'est notre odeur, c'est notre foutoir, c'est notre siège qui a pris la forme de notre cul et il s'agirait pas de trop nous titiller avec ça. Sans parler de la cibi qui est un royaume immense et mystérieux avec des codes que peu de gens comprennent. Je ne m'en sers pas beaucoup, je la mets en sourdine de temps en temps quand ça sent le roussi mais sans plus.

Il y a aussi tout ce qui concerne la bouffe. Les auberges du Cheval Blanc, les restoroutes, les promos

---

2 **le routier:** Fernfahrer.
2 f. **le représentant:** Vertreter.
8 **la Clio 1L 2:** Renault Clio (Kleinwagen).
8 f. **la semi-remorque:** Sattelschlepper.
10 **le foutoir** (pop.): Saustall.
12 **titiller:** kitzeln, foppen.
    la cibi (angl.): CB-Funk.
13 **le royaume:** (König-)Reich.
    mystérieux, se: geheimnisvoll.
15 **mettre en sourdine:** leise stellen.
16 **sentir le roussi:** brenzlich werden.
17 **la bouffe** (fam.): Essen.
18 **le restoroute:** Raststätte.
    la promo (fam.): Kurzform für *la promotion:* Sonderangebot.

102   *Le fait du jour*

de L'Arche. Il y a les plats du jour, les pichets, les nappes en papier. Tous ces visages qu'on croise et qu'on ne reverra jamais …

Et les culs des serveuses qui sont répertoriés, cotés et mis à jour mieux que dans le guide Michelin. (Ils appellent ça le guide Micheline.)

Il y a la fatigue, les itinéraires, la solitude, les pensées. Toujours les mêmes et qui tournent toujours dans le vide.

La bedaine qui vient doucement et les putes aussi.

Tout un univers qui crée une barrière infranchissable entre ceux qui sont de la route et ceux qui n'y sont pas.

Grosso modo mon travail consiste à faire le tour du propriétaire.

Je suis en contact avec les responsables-alimentation des moyennes et grandes surfaces. Ensemble on définit des stratégies de lancement, des perspectives

---

1 **l'Arche** (f.): Restaurantkette an französischen Autobahnen.
le pichet: (Wein-)Krug, Kanne.
4 **la serveuse:** Kellnerin, (weibliche) Bedienung.
répertorier: registrieren, in ein Verzeichnis aufnehmen.
coter: bewerten, notieren (Börse, Wette).
5 **mettre à jour:** auf den neuesten Stand bringen, aktualisieren.
le guide Michelin: französischer Restaurantführer (von der Reifenfirma Michelin herausgegeben).
7 **un itinéraire:** Fahrstrecke, Reiseroute.
10 **la bedaine** (fam.): dicker Bauch, Wampe.
11f. **infranchissable:** unüberwindlich.
14 **grosso modo** (lat.): im Großen und Ganzen.
16f. **le responsable-alimentation** (f.): Leiter der Lebensmittelabteilung.
17 **la surface:** hier: Verbrauchermarkt.
18 **le lancement:** Markteinführung (einer Ware).

Le fait du jour 103

de vente et des réunions d'information sur nos produits.

Pour moi, c'est un peu comme si je me baladais avec une belle fille sous le bras en vantant ses charmes et tous ses mérites. Comme si je voulais lui trouver un beau parti.

Mais ce n'est pas tout de la caser, encore faut-il qu'on s'occupe bien d'elle et quand j'en ai l'occasion, je teste les vendeuses pour savoir si elles mettent la marchandise en avant, si elles n'essayent pas de vendre du générique, si le torchon est bien déplié comme à la télé, si les andouillettes baignent dans leur gelée, si les pâtés sont dans de vraies terrines façon ancienne, si les saucissons sont pendus comme s'ils étaient en train de sécher, et si et si et si …

Personne ne remarque tous ces petits détails et pourtant, c'est ce qui fait la différence Paul Pridault.

Je sais que je parle trop de mon boulot et que ça n'a rien à voir avec ce que je dois écrire.

---

3 **se balader** (fam.): (herum)bummeln, spazierengehen.

4 **vanter:** anpreisen, lobend erwähnen.

5 **le mérite:** Verdienst, Vorzug, Qualität.

7 **caser qn** (fam.): jdn. unterbringen; hier: jdn. unter die Haube bringen.

encore faut-il …: man muss allerdings, außerdem …

10 **la marchandise:** Ware.

11 **le générique:** Nachahmerprodukt.

déplier: auseinanderfalten.

12 **une andouillette:** Kuttelbratwurst.

13 **la terrine:** Tonschüssel.

14 **le saucisson:** Wurst.

18f. **ça n'a rien à voir:** das gehört nicht hierher, das hat nichts damit zu tun.

104   *Le fait du jour*

En l'occurrence c'est du cochon mais j'aurais pu
vendre aussi bien du rouge à lèvres ou des lacets de
chaussures. Ce que j'aime c'est les contacts, la discus-
sion et voir du pays. Surtout ne pas être enfermé dans
5   un bureau avec un chef sur le dos toute la journée.
Rien que d'en parler, ça m'angoisse.

Le lundi 29 septembre 1997, je me suis levé à six heures moins le quart. J'ai ramassé mes affaires sans
bruit pour éviter que ma femme ne grogne. Ensuite
10 j'ai eu à peine le temps de prendre ma douche parce
que je savais que la voiture était à sec et je voulais en
profiter pour vérifier la pression des pneus.

J'ai bu mon café à la station Shell. C'est un truc
que je déteste. L'odeur du diesel qui se mélange avec
15 celle du café sucré me donne toujours un peu envie
de vomir.

Mon premier rendez-vous était à huit heures et demie à Pont-Audemer. J'ai aidé les magasiniers de
Carrefour à monter un nouveau présentoir pour nos

---

1 **en l'occurence** (f.): im vorliegenden Fall.
2 **le lacet:** Schnürsenkel.
4 **voir du pays:** viel von der Welt sehen, viel herumkommen.
6 **angoisser:** ängstigen, Angst machen.
9 **grogner:** schimpfen.
11 **être à sec:** hier: fast kein Benzin mehr haben.
14 **détester:** verabscheuen, hassen.
16 **vomir:** erbrechen, sich übergeben.
18 **Pont-Audemer:** Kleinstadt in der Normandie.
   le magasinier: Lagerist, Lagerverwalter.
19 **Carrefour:** französische Handelskette.
   le présentoir: Verkaufsständer.

Le fait du jour 105

plats sous vide. C'est une nouveauté qu'on vient de
sortir en association avec un grand chef. (Faut voir les
marges qu'il se prend pour montrer sa bonne bouille
et sa toque sur l'emballage, enfin …)

5 Le second rendez-vous était prévu à dix heures dans
la Z.I. de Bourg-Achard.

J'étais un peu à la bourre, surtout qu'il y avait du
brouillard sur l'autoroute.

J'ai éteint la radio parce que j'avais besoin de réflé-
10 chir.

Je me faisais du souci pour cet entretien, je savais
qu'on était sur la sellette avec un concurrent important et pour moi c'était un gros challenge. D'ailleurs,
j'ai même failli rater la sortie.

15 Á treize heures j'ai reçu un coup de téléphone pa-
niqué de ma femme:

– Jean-Pierre, c'est toi?
    – Ben qui veux-tu que ce soit?

---

  1 **sous vide:** vakuumverpackt.
  2 **le grand chef:** Starkoch, Küchenmeister.
  3 **la marge:** hier: Gewinnanteil, prozentuale Beteiligung.
      la bouille (fam.): Gesicht, Visage.
  4 **la toque:** Kochmütze.
  6 **la Z.I.:** Abk. für *la Zone Industrielle:* Gewerbegebiet.
      Bourg-Achard: Kleinstadt in der Normandie.
  7 **être à la bourre** (fam.): spät dran sein.
 12 **être sur la sellette:** im Gespräch sein.
 13 **le challenge** (angl.): Herausforderung.
 14 **faillir faire qc:** beinahe etwas tun.
      la sortie: hier: Ausfahrt.
 15 f. **paniquer:** in Panik geraten.

106   *Le fait du jour*

– … Mon Dieu … Ça va?

– Pourquoi tu me demandes ça?

– À cause de l'accident évidemment! Ça fait deux heures que j'essaye de t'appeler sur ton portable mais ils disent que toutes les lignes sont saturées! Ça fait deux heures que je suis là à stresser comme une malade! J'ai appelé ton bureau au moins dix fois! Mais merde! Tu aurais pu m'appeler quand même, tu fais chier à la fin …

– Mais attends de quoi tu me parles là … de quoi tu me parles?

– De l'accident qui a eu lieu sur l'A 13 ce matin. Tu ne devais pas prendre l'A 13 aujourd'hui?

– Mais quel accident?

– Je rêve!!! C'est TOI qui écoutes France Info toute la journée!!! Tout le monde ne parle que de ça. Même à la télé! De l'accident horrible qui a eu lieu ce matin près de Rouen.

– …

– Bon allez je te laisse, j'ai plein de boulot … J'ai rien fait depuis ce matin, je me voyais déjà veuve. Je me voyais déjà en train de jeter une poignée de terre dans le trou. Ta mère m'a appelée, ma mère m'a appelée … Tu parles d'une matinée.

– Eh nan! désolé … c'est pas pour cette fois! Faudra attendre encore un peu pour te débarrasser de ma mère.

---

4 **le portable:** hier: Handy.
5 **saturé, e:** gesättigt, überlastet.
6 **stresser** (angl.): gestresst sein, unter Stress stehen.
15 **France Info:** französischer Verkehrsfunk.
26 **se débarrasser de qn:** jdn. loswerden.

Le fait du jour 107

– Espèce d'idiot.
– …
– …
– Eh Flo …
5 – Quoi?
– Je t'aime.
– Tu me le dis jamais.
– Et là? Qu'est-ce que je fais?
– … Allez … à ce soir. Rappelle ta mère sinon
10 c'est elle qui va y passer.

À dix-neuf heures j'ai regardé les infos régionales.
L'horreur.
Huit morts et soixante blessés.
Des voitures broyées comme des canettes.
15 Combien?
Cinquante? Cent?
Des poids lourds couchés et complètement brûlés.
Des dizaines et des dizaines de camions du SAMU.
Un gendarme qui parle d'imprudence, de vitesse ex-
20 cessive, du brouillard annoncé la veille et de certains
corps qui n'ont pas encore pu être identifiés. Des gens
hagards, silencieux, en larmes.

---

10 **y passer** (fam.): draufgehen.
14 **broyer:** zermalmen.
  la canette: hier: Bierdose.
17 **le poids lourd:** Lastwagen, Laster.
18 **le SAMU:** Abk. für *le Service d'Aide Médicale Urgente:* Notarzt.
19 **une imprudence:** Leichtsinn.
19f. **excessif, ve:** übertrieben, maßlos; hier: überhöht.
22 **hagard, e:** verstört, entgeistert.

108   *Le fait du jour*

À vingt heures j'ai écouté les titres du journal de TF 1.
Neuf morts cette fois.

Florence crie depuis la cuisine:

– Arrête avec ça! Arrête! Viens me voir.

5 On a trinqué dans la cuisine. Mais c'était pour lui
faire plaisir car le cœur n'y était pas.

C'est maintenant que j'avais peur. Je n'ai rien pu
manger et j'étais sonné comme un boxeur trop lent.

Comme je n'arrivais pas à dormir ma femme m'a fait
10 l'amour tout doucement.

À minuit, j'étais de nouveau dans le salon. J'ai allumé la télé sans le son et j'ai cherché une cigarette partout.

À minuit et demi, j'ai remonté un tout petit peu le vo-
15 lume pour le dernier journal. Je n'arrivais pas à déta-
cher mon regard de l'amas de tôles qui s'éparpillaient
dans les deux sens de l'autoroute.

Quelle connerie.

Je me disais: les gens sont quand même trop cons.
20 Et puis un routier est apparu sur l'écran. Il portait

---

1 **le journal:** hier: Nachrichtensendung.
  TF 1: französischer Fernsehsender.
5 **trinquer:** anstoßen, sich zuprosten.
8 **sonné, e** (fam.): benommen, angeschlagen.
14f. **le volume:** hier: Lautstärke.
16 **un amas:** Haufen.
  la tôle: Blech.
  s'éparpiller: verstreut herumliegen.
20 **un écran:** Bildschirm.

un tee-shirt marqué Le Castellet. Je n'oublierai jamais son visage.

Ce soir-là, dans mon salon, ce gars a dit:
– D'accord, y'avait le brouillard et c'est sûr les
gens roulaient trop vite mais tout ce merdier ça serait
jamais arrivé si l'autre connard n'avait pas reculé
pour rattraper la sortie de Bourg-Achard. De la cabine, j'ai tout vu, forcément. Y'en a deux qu'ont ralenti à côté de moi et puis après j'ai entendu les autres s'encastrer comme dans du beurre. Croyez-moi si
vous pouvez mais je voyais rien dans les rétros. Rien.
Du blanc. J'espère que ça t'empêche pas de dormir
mon salaud.

C'est ce qu'il m'a dit. À moi.
À moi, Jean-Pierre Faret, à poil dans mon salon.

C'était hier.
Aujourd'hui, j'ai acheté tous les journaux. À la
page 3 du *Figaro* du mardi 30 septembre:

1 **Le Castellet:** Rennstrecke an der Mittelmeerküste, zwischen Marseille und Toulon.
7 **rattraper:** wieder einholen, (noch) erwischen.
8f. **ralentir:** langsamer fahren, abbremsen.
10 **s'encastrer:** ineinander fahren, sich ineinander schieben.
11 **le rétro** (fam.): Kurzform für *le rétroviseur:* Rückspiegel.
13 **le salaud** (pop.): Dreckskerl, Schweinehund.
15 **à poil:** nackt.

110   *Le fait du jour*

Une fausse manœuvre suspectée

«La fausse manœuvre d'un conducteur, qui aurait
fait marche arrière à l'échangeur de Bourg-Achard
(Eure), serait à l'origine de l'enchaînement qui a cau-
5 sé la mort de neuf personnes hier matin dans une série de carambolages sur l'autoroute A 13. Cette erreur aurait provoqué le premier carambolage, dans le
sens province-Paris, et l'incendie du camion-citerne
qui s'est aussitôt ensuivi. Les flammes auraient alors
10 attiré l'attention de …»

Et à la page 3 du *Parisien*:

L'effarante hypothèse d'une fausse
manœuvre

«L'imprudence voire l'inconscience d'un automobi-
15 liste pourrait être à l'origine du drame qui s'est tra-
duit par cet indescriptible amas de tôles broyées dont
neuf personnes au moins ont été retirées hier matin
sur l'autoroute A 13. Les gendarmes ont en effet re-

---

1 **la manœuvre:** hier: Fahrverhalten.
  suspecter: verdächtigen.
3 **faire marche arrière:** rückwärts fahren.
  un échangeur: Autobahnkreuz.
4 **un enchaînement:** Kette, Verkettung.
5f. **la série de carambolages** (m.): Massenunfall.
8 **le camion-citerne:** Tankwagen.
9 **s'ensuivre:** sich daraus ergeben, daraus resultieren.
12 **effarant, e:** bestürzend.
14 **voire:** ja sogar, oder vielmehr.
  une inconscience: Unachtsamkeit, Leichtsinn.
15f. **se traduire:** sich äußern, zum Ausdruck kommen.
16 **indescriptible:** unbeschreiblich.

Le fait du jour   111

cueilli un témoignage effarant selon lequel une voiture a fait marche arrière pour rattraper la sortie de
Bourg-Achard, à une vingtaine de kilomètres de Rou-
en. C'est en voulant éviter cette voiture que les …»

5 Et comme si ça ne suffisait pas …:

«En voulant traverser l'autoroute pour porter secours
aux blessés, deux autres personnes sont tuées, fau-
chées par une voiture. En moins de deux minutes, une
centaine d'autos, trois poids …»
10 (*Libération*, même jour.)

Même pas vingt mètres, à peine, juste un peu mordu
sur les bandes blanches.
    Ça m'a pris quelques secondes. J'avais déjà oublié.
    Mon Dieu …
15 Je ne pleure pas.

Florence est venue me chercher dans le salon à cinq
heures du matin.
    Je lui ai tout raconté. Évidemment.

Pendant de longues minutes elle est restée assise sans
20 bouger avec ses mains sur son visage.
    Elle regardait vers la droite puis vers la gauche
comme si elle cherchait de l'air et puis elle m'a dit:

---

1 **le témoignage:** Zeugenaussage.
7 f. **faucher:** (ab)mähen; hier (fam.): umfahren, hinwegraffen.
11 f. **mordre sur la bande blanche:** die durchgezogene weiße Linie
    überfahren.

112 *Le fait du jour*

– Écoute-moi bien. Tu ne dis rien. Tu sais que sinon ils vont t'inculper pour homicide involontaire et
tu iras en prison.

– Oui.

– Et alors? Et alors? Qu'est-ce que ça changera?
Des vies supplémentaires de foutues et qu'est-ce que
ça changera?!

Elle pleurait.

– De toute façon, moi ça y est. Elle est foutue ma
vie.

Elle criait.

– La tienne peut-être mais pas celle des enfants!
Alors tu ne dis rien!

Moi je n'arrivais pas à crier.

– Parlons-en des enfants. Regarde-le celui-là. Regarde-le bien.

Et je lui ai tendu le journal, à la page où on voyait
un petit garçon en pleurs sur l'autoroute A 13.

Un petit garçon qui s'éloigne d'une voiture méconnaissable.

Une photo dans le journal.

Dans la rubrique «Le Fait du Jour».

– ... Il a l'âge de Camille.

– Mais bon sang arrête avec ça!!! C'est ce que
gueule ma femme en m'empoignant par le col ... Ar-

---

2 **inculper:** anklagen.
   un homicide involontaire: fahrlässige Tötung.
6 **supplémentaire:** zusätzlich.
19f. **méconnaissable:** unkenntlich, nicht wiederzuerkennen.
24 **bon sang** (interj., fam.): um Gottes willen!
25 **empoigner:** packen, ergreifen.

Le fait du jour   113

rête avec ça merde! Tu te tais maintenant! Je vais te
poser une question. Une seule. À quoi ça sert qu'un
gars comme toi aille en taule? Hein, dis-moi, à quoi
ça servirait?!

– À les consoler.

Elle est partie effondrée.

Je l'ai entendue qui s'enfermait dans la salle de
bains.

Ce matin, devant elle, j'ai hoché la tête mais là, maintenant, ce soir, dans ma maison silencieuse avec juste
le lave-vaisselle en bruit de fond …

Je suis perdu.

Je vais descendre, je vais boire un verre d'eau et je
vais fumer une cigarette dans le jardin. Après je vais
remonter et je vais tout relire d'une traite pour voir si
ça m'aide.

Mais je n'y crois pas.

---

3 **la taule** (fam.): Gefängnis, Knast.
5 **consoler:** trösten.
6 **effondré, e:** völlig am Boden zerstört, verzweifelt.
9 **hocher la tête:** den Kopf schütteln.
11 **le lave-vaisselle:** Geschirrspülmaschine.
15 **d'une traite:** ohne anzuhalten, in einem Stück.

Catgut

Au début, rien n'était prévu comme ça. J'avais répondu à une annonce de *La Semaine Vétérinaire* pour un
remplacement de deux mois, août et septembre. Et
puis le gars qui m'a embauchée s'est tué sur la route
en revenant de vacances. Heureusement, il n'y avait
personne d'autre dans la voiture.

Et je suis restée. J'ai même racheté. C'est une bonne
clientèle. Les Normands payent difficilement mais ils
payent.

Les Normands sont comme tous les belous, les
idées, là-haut, une fois que c'est gravé … et une
femme pour les bêtes, c'est pas bon. Pour les nourrir,
pour les traire et pour nettoyer la merde, ça va. Mais

---

1 **le catgut** (angl.): Katgut (für chirurgische Zwecke verwendetes
Nahtmaterial, ursprünglich – daher der Name – aus Katzen-, später aus Rinder- und Schafsdarm hergestellt).
3 **«La Semaine Vétérinaire»:** wöchentlich erscheinende Zeitschrift
für Tierärzte.
4 **le remplacement:** Vertretung.
5 **embaucher:** an-, einstellen.
8 **racheter:** hier: (die Praxis) ablösen, aufkaufen.
9 **la clientèle:** Kundschaft, Patientenkreis.
11 **le belou** (fam.): Landei.
12 **graver:** (ein)gravieren; hier: sich festsetzen.
14 **traire:** melken.

pour les piqûres, pour les vêlages, pour les coliques et pour les métrites, faut voir.

On a vu. Après plusieurs mois de jaugeage, ils ont fini par me le payer ce coup à boire sur la toile cirée.

Évidemment, en matinée, ça va. Je consulte au cabinet. On m'apporte surtout des chats et des chiens. Plusieurs cas de figures: on me l'amène pour le piquer parce que le père ne peut pas s'y résoudre et que l'autre souffre trop, on me l'amène pour le soigner parce que celui-là, y donne bien à la chasse ou, plus rare, on me l'amène pour le vaccin et là, c'est un Parisien.

Les galères du début, c'était l'après-midi. Les visites. Les étables. Les silences. Faut la voir au travail, après on dira. Que de méfiance et, j'imagine, que de moqueries par derrière. Ça, j'ai dû bien faire rigoler au café avec mes travaux pratiques et mes gants stériles.

---

1 **la piqûre:** Spritze.
  le vêlage: Kalben.
2 **la métrite:** Gebärmutterentzündung.
  faut voir: das muss man erst mal abwarten.
3 **le jaugeage:** Ausmessen, Abschätzen.
4 **la toile cirée:** Wachstuch (Küchentisch).
6 **le cabinet:** Praxis.
7f. **piquer:** hier: einschläfern.
8 **se résoudre:** sich entschließen.
11 **le vaccin:** Impfstoff; hier: Impfung.
13 **la galère:** hier (fig.): heikle Sache, Plackerei.
14 **les étables** (f.): Stallungen.
15 **que de …:** wie viele …
  la méfiance: Misstrauen.
15f. **la moquerie:** Spott.
16 **rigoler** (fam.): scherzen, spaßen, lachen.

116   *Catgut*

En plus, je m'appelle Lejaret. Docteur Lejaret. Tu parles d'une rigolade.

J'ai fini par oublier mes polycopiés et ma théorie, j'ai attendu en silence moi aussi, devant le bestiau que le propriétaire me crache des morceaux d'explication pour m'aider.

Et puis surtout, et c'est ce qui me vaut d'être encore là, je me suis acheté des haltères.

Maintenant, si je devais donner un conseil (avec tout ce qui s'est passé, ça m'étonnerait qu'on m'en demande) à un jeune qui voudrait faire de la rurale, je lui dirais: des muscles, beaucoup de muscles. C'est le plus important. Une vache pèse entre cinq et huit cents kilos, un cheval entre sept cents kilos et une tonne. C'est tout.

Imaginez une vache qui a des difficultés à mettre bas. Évidemment il fait nuit, très froid, le hangar est sale et il n'y a presque pas de lumière.

Bon.

La vache souffre, le paysan est malheureux, la vache, c'est son gagne-pain. Si le vétérinaire lui coûte plus cher que le prix de la viande à naître faut réfléchir … Vous dites:

---

1 **Lejaret:** Wortspiel mit *le jarret:* Strumpfband.
2 **la rigolade** (fam.): Witz, Spaß, Jux.
3 **le polycopié:** Vervielfältigung; hier: Vorlesungsskript.
4 **le bestiau:** Vieh.
5 **cracher:** (aus)spucken, ausstoßen.
8 **un haltère:** Hantel.
11 **faire de la rurale:** sich auf dem Land niederlassen.
16f. **mettre bas:** werfen, kalben.
17 **le hangar:** Schuppen; hier: Stall.
21 **le gagne-pain:** Broterwerb.

Catgut 117

– Le veau est mal placé. Il faut le retourner et ça passera tout seul.

L'étable s'anime, on a tiré le grand du lit et la petite a suivi. Pour une fois qu'il se passe quelque chose.

Vous faites attacher la bête. Bien près. Pas de coups de pied. Vous vous déshabillez, vous gardez le tee-shirt. Il fait froid tout d'un coup. Vous cherchez un robinet et vous vous lavez bien les mains avec le bout de savon qui traîne par-là. Vous mettez les gants qui vous remontent jusqu'en dessous des aisselles. Avec la main gauche, vous vous appuyez sur la vulve énorme et vous y allez.

Vous allez chercher le veau de soixante ou de soixante-dix kilos au fond de la matrice et vous le retournez. D'une main.

Ça prend du temps mais vous le faites. Après, vous vous souvenez de vos haltères quand vous buvez un petit calva au chaud, pour se remettre.

Une autre fois, le veau ne passera pas, il faut ouvrir et ça coûte plus cher. Le gars vous regarde et c'est d'après votre regard qu'il va prendre sa décision. Si votre regard est confiant et si vous faites un geste vers votre voiture comme si c'était pour y prendre du matériel, il dira oui.

---

3 **s'animer:** Leben bekommen, lebhaft werden.
9 **traîner:** hier: herumliegen.
10 **une aisselle:** Achselhöhle.
11 **la vulve:** Vulva, Schamritze.
14 **la matrice:** Gebärmutter.
18 **le calva** (fam.): Kurzform für *le calvados:* normannischer Apfelschnaps.

118   *Catgut*

Si votre regard est tourné vers les autres bêtes alentour et si vous faites un geste mais comme pour partir, il dira non.

Une autre fois encore, le veau est déjà mort et il ne faut pas abîmer la génisse, alors on le coupe en morceaux et on les sort les uns après les autres, toujours avec le gant.

Après on rentre mais le cœur n'y est pas.

Les années ont passé et je suis loin d'avoir fini de rembourser mais ça tourne correctement.

Quand il est mort, j'ai racheté la ferme du père Villemeux et je l'ai un peu arrangée.

J'ai rencontré quelqu'un et puis il est parti. Mes mains en forme de battoirs, j'imagine.

J'ai recueilli deux chiens, le premier est venu tout seul jusqu'à chez moi et a trouvé la maison bonne, le deuxième a connu le pire avant que je ne l'adopte. Évidemment, c'est le deuxième qui fait la loi. Il y a aussi quelques chats dans les parages. Je ne les vois jamais mais les écuelles sont vides. Mon jardin me plaît, c'est un peu fouillis mais il y a quelques rosiers

1 f. **alentour:** rings umher.
5 **la génisse:** Färse.
10 **rembourser:** zurückzahlen, Schulden tilgen.
14 **le battoir:** Schläger, Schlagholz.
18 **faire la loi:** das Sagen haben.
19 **les parages** (m.): Gegend, Umgebung.
20 **une écuelle:** Napf.
21 **le fouillis:** Durcheinander, Wirrwarr.
   le rosier: Rosenstock.

Catgut 119

anciens qui étaient là avant moi et qui ne me demandent rien. Ils sont très beaux.

J'ai acheté des meubles de jardin en teck l'année dernière. Très chers mais qui vieilliront bien il paraît.

Quand l'occasion se présente, je sors avec Marc Pardini qui est professeur de je ne sais plus quoi dans le collège d'à côté. On va au cinéma ou au restaurant. Il fait l'intellectuel avec moi et ça m'amuse parce qu'en effet, je suis devenue sacrément plouc. Il me prête des livres et des CD.

Quand l'occasion se présente, je couche avec lui. C'est toujours bien.

Dans la nuit d'hier le téléphone a sonné. C'était les Billebaudes, la ferme de la route de Tianville. Le gars m'a parlé d'un embêtement et que ça ne pouvait pas attendre.

C'est peu dire que ça m'a coûté. J'avais été de garde le week-end précédent, et ça faisait treize jours que je travaillais sans interruption. J'ai parlé à mes chiens un petit peu. N'importe quoi, c'est pour entendre le son de ma voix et je me suis fait un jus noir comme de l'encre.

---

3 **le teck:** Teakholz.
10 **sacrément** (adv., fam.): verdammt, verflucht.
   plouc (fam.): rückständig, provinziell.
16 **un embêtement:** Ärger, Schererei.
18 **coûter:** hier (fig.): schwerfallen, große Überwindung kosten.
18f. **être de garde** (f.): Notdienst haben.
22 **le jus:** hier (fam.): Kaffee.

À la minute même où j'ai retiré ma clef de contact, j'ai su que rien n'irait. La maison était éteinte et l'étable silencieuse.

J'ai fait un boucan d'enfer en tapant sur la porte en tôle ondulée comme pour réveiller les justes mais c'était trop tard.

Il m'a dit: il va bien le cul de ma vache mais le tien comment qu'y va? Et c'est ti que t'en as un de cul? On dit dans le pays que tu serais pas vraiment une femme, que tu serais plutôt couillue, c'est ce qu'on dit tu vois. Alors nous on leur a dit comme ça qu'on irait voir par nous-mêmes.

Et tout ce qu'il disait, ça faisait rire les deux autres.

Je fixais leurs ongles rongés jusqu'au sang. Tu crois qu'il m'aurait prise sur une botte de paille? Non, ils étaient trop saouls pour se baisser sans tomber. Dans la laiterie, ils m'ont plaquée contre une cuve glacée. Il y avait une espèce de tuyau coudé qui me broyait le

---

4 **le boucan** (fam.): Lärm, Krach, Radau.
5 **la tôle ondulée:** Wellblech.
10 **être couillu, e** (vulg.): Hoden, ‚Eier' haben.
14 **ronger:** hier: abkauen.
15 **la botte de paille:** Strohbündel, Strohballen.
16 **saoul, e:** besoffen.
17 **la laiterie:** Milchkammer, Molkerei.
   plaquer: hier: drücken, pressen.
   la cuve: Bottich.
18 **le tuyau:** Rohr.
   coudé, e: gebogen, gekrümmt.
   broyer: zerquetschen.

Catgut 121

dos. Ça faisait pitié de les voir s'énerver avec leur braguette.

Tout faisait pitié.

Ils m'ont fait horriblement mal. Comme ça, ça ne veut rien dire mais je le répète pour ceux qui m'auraient mal entendue: ils m'ont fait horriblement mal.

Le gars des Billebaudes, l'éjaculation l'a dégrisé d'un coup.

Bon, ben docteur, c'était pour rigoler hein? On n'a pas souvent l'occasion de rigoler par chez nous, pi faut nous comprendre, c'est mon beau-frère qu'est là qu'enterre sa vie de garçon, pas vrai Manu?

Manu dormait déjà et le copain de Manu recommençait à picoler.

J'ai dit au gars, bien sûr, bien sûr. J'ai même rigolé un petit peu avec lui jusqu'à ce qu'il me présente le goulot. C'était de l'eau-de-vie de prune.

L'alcool les avait rendus inoffensifs mais je leur ai administré à chacun une dose de Ketamine. Je ne voulais pas qu'ils tressaillent. Je tenais à mon confort.

---

1 **s'énerver:** sich aufregen, sich abmühen.
1f. **la braguette:** Hosenschlitz.
7 **dégriser:** ernüchtern.
14 **picoler** (fam.): saufen, picheln.
17 **le goulot:** Flaschenhals.
   une eau-de-vie: Schnaps.
18 **inoffensif, ve:** unschädlich, harmlos.
19 **administrer:** verabreichen.
   Ketamine: Name eines Betäubungsmittels.
20 **tressaillir:** (zusammen)zucken.

122   *Catgut*

J'ai mis des gants stériles et j'ai bien nettoyé tout ça
à la Bétadine.

Ensuite, j'ai tendu la peau du scrotum. Avec ma
lame de bistouri j'ai fait une petite incision. J'ai sorti
5 les testicules. J'ai coupé. J'ai ligaturé l'épididyme et le
vaisseau avec du catgut n° 3,5. J'ai remis ça dans les
bourses et j'ai fait un surjet. Du travail très propre.

Celui que j'ai eu au téléphone et qui a été le plus brutal parce qu'il est ici chez lui, je lui ai greffé sa paire
10 de couilles au-dessus de la pomme d'Adam.

Il était presque six heures quand je suis passée chez
ma voisine. Madame Brudet, soixante-douze ans, debout depuis belle lurette, toute racornie mais vail-
lante.

15   – Je vais sûrement m'absenter, madame Brudet, il

---

2 **Bétadine:** Name eines Desinfektionsmittels.
3 **le scrotum:** Hodensack.
4 **la lame:** Klinge.
　le bistouri: Skalpell.
　une incision: (Ein-)Schnitt.
5 **les testicules** (f.): Hoden.
　ligaturer: abbinden.
　un épididyme: Nebenhode.
6 **le vaisseau:** hier: Blutgefäß, Ader.
7 **les bourses** (f.): hier: Hodensack.
　le surjet: überwendliche Naht.
9 **greffer:** festnähen.
13 **depuis belle lurette:** seit geraumer Zeit, seit langem.
　racorni, e: verbittert.
13f. **vaillant, e:** wacker, mutig.
15 **s'absenter:** verreisen.

me faut quelqu'un pour soigner mes chiens et pour les chats aussi.

– Rien de grave au moins?

– Je ne sais pas.

– Les chats, je veux bien même si je dis que c'est pas une bonne idée de les engraisser comme ça. Y n'ont qu'à chasser les mulots. Les chiens, ça m'ennuie davantage parce qu'ils sont gros mais si c'est pas pour trop longtemps, je les prendrai avec moi.

– Je vais vous faire un chèque pour la nourriture.

– C'est bien. Posez-le derrière la télé. Rien de grave au moins?

– Tttttt tttttt, j'ai fait avec mon sourire.

Là, je suis assise à ma table de cuisine. J'ai refait du café et je fume une cigarette. J'attends la voiture des gendarmes.

J'espère seulement qu'ils ne mettront pas la sirène.

---

6 **engraisser:** mästen.
7 **le mulot:** (Wald-)Maus.

Junior

Il s'appelle Alexandre Devermont. C'est un jeune homme tout rose et tout blond.

Élevé sous vide. Cent pour cent savonnette et Colgate bifluor, avec des chemisettes en vichy et une fossette dans le menton. Mignon. Propre. Un vrai petit cochon de lait.

Il aura bientôt vingt ans. Cet âge décourageant où l'on croit encore que tout est possible. Tant de probabilités et tant d'illusions. Tant de coups à prendre dans la figure aussi.

Mais pour ce jeune homme tout rose, non. La vie ne lui a jamais rien fait. Personne ne lui a tiré les oreilles jusqu'au point où ça fait vraiment mal. C'est un bon garçon.

Sa maman pète plus haut que son cul. Elle dit: «Allô, c'est Élisabeth Devermont …» en détachant la pre-

---

4 **sous vide:** vakuumverpackt; hier: sehr behütet.
   la savonnette: Toilettenseife.
5 **la chemisette en vichy:** kurzärmeliges kariertes Hemd.
5f. **la fossette:** Grübchen.
7 **le cochon de lait:** Spanferkel.
8 **décourager:** entmutigen.
9f. **la probabilité:** Wahrscheinlichkeit, Möglichkeit.
16 **peter plus haut que son cul** (fam.): zu hoch hinaus wollen.

mière syllabe. Comme si elle espérait encore duper quelqu'un … Tatatata … Tu peux payer pour avoir beaucoup de choses de nos jours mais ça, tu vois, pour la particule, c'est raté.

5 Tu ne peux plus t'acheter ce genre d'orgueil. C'est comme Obélix, il fallait tomber dedans quand tu étais petite. Ça ne l'empêche pas de porter une chevalière avec des armoiries gravées dessus.

Des armoiries de quoi? Je me le demande. Un petit
10 fouillis de couronne et de fleurs de lys sur fond de blason. L'association des Charcutiers-Traiteurs de France a choisi les mêmes pour son papier à en-tête du syndicat mais ça, elle ne le sait pas. Ouf.

Son papa a repris l'affaire familiale. Une entreprise
15 de fabrication de meubles de jardin en résine blanche. Les meubles Rofitex.

Garantis dix ans contre le jaunissement et sous n'importe quel climat.

Évidemment la résine, ça fait un peu camping et pi-

---

1 **duper:** hintergehen, betrügen, übers Ohr hauen.
4 **la particule:** hier: Adelsprädikat (das *de*).
5 **un orgueil:** Hochmut, Stolz.
7 **la chevalière:** Siegelring.
8 **les armoiries** (f.): Wappen.
10 **le fouillis:** Durcheinander, Wirrnis.
   la fleur de lys (m.): Lilie (Emblem der französischen Könige).
11 **le blason:** Wappenschild.
   le traiteur: (Besitzer eines) Partyservice.
12 **un en-tête:** Briefkopf.
13 **le syndicat:** Verband.
   ouf (interj.): Gott sei Dank!
15 **la résine:** (Kunst-)Harz; hier: Plastik.
17 **le jaunissement:** Gelbwerden, Vergilben.

126 *Junior*

que-nique à Mimile. Ça aurait été plus chic de faire
du teck, des bancs classieux qui prennent lentement
une belle patine et quelques lichens sous le chêne
centenaire planté par le bisaïeul au milieu de la pro-
5 priété … Mais bon, on est bien obligé de prendre ce
qu'on vous laisse, hein.

À propos des meubles, j'exagérais un peu tout à
l'heure quand je disais que la vie ne lui avait jamais
rien fait subir à Junior. Si si. Un jour, alors qu'il
10 dansait avec une jeune fille de bonne famille plate et
racée comme un vrai setter anglais, il l'a eue son émotion.
   C'était lors d'un de ces petits raouts mondains que
les mamans organisent à très grands frais pour éviter
15 que leurs rejetons ne s'aventurent un jour entre les
seins d'une Leïla ou d'une Hannah ou de n'importe
quoi d'autre qui sentirait trop le soufre ou la harissa.

1 **Mimile:** Kurzform für *Émile*, hier etwa für: jedermann.
2 **le teck:** Teakholz.
  classieux, se: edel.
3 **la patine:** Patina.
  le lichen: Flechte.
4 **centenaire:** hundertjährig.
  le bisaïeul: Urgroßvater.
11 **racé, e:** reinrassig.
  le setter (angl.): Setter, englische Hunderasse.
13 **le raout** (angl.): Treffen, Gesellschaft.
  mondain, e: mondän, elegant.
15 **le rejeton** (fam.): Sprössling.
  s'aventurer: sich (vor)wagen.
17 **le soufre:** Schwefel.
  la harissa: Spezialität der nordafrikanischen Küche (scharfe Würz-
  soße).

Junior 127

Donc il était là, avec son col cassé et ses mains
moites. Il dansait avec cette fille, il faisait bien attention à surtout ne pas lui effleurer le ventre avec sa
braguette. Il essayait de se déhancher un peu en battant la mesure avec les fers de ses Westons. Comme
ça, tu vois, genre décontracté. Genre jeune.

Et puis la minette lui a demandé:

– Il fait quoi ton père? (C'est une question que les
filles posent dans ce genre de sauteries.)

Il lui a répondu, faussement distrait, en la faisant
tourner sur elle-même:

– Il est P.D.G. de Rofitex, j'sais pas si tu connais
comme boîte … Deux cents employ…

Elle ne lui a pas laissé le temps de finir. Elle s'est
arrêtée de danser d'un coup et elle a ouvert grand ses
yeux de setter:

– Attends … Rofitex? … Tu veux dire les … les …
préservatifs Rofitex!!?

Alors là, c'était la meilleure.

---

1 **le col cassé:** Stehkragen.
2 **moite:** feucht.
3 **effleurer:** leicht berühren, streifen.
4 **la braguette:** Hosenschlitz.
  se déhancher: sich in den Hüften wiegen.
4f. **battre la mesure:** den Takt klopfen.
5 **Weston:** Die Firma J. M. Weston stellt hochwertige Schuhe und
  Stiefel her.
6 **décontracté, e:** entspannt, lässig.
7 **la minette** (fam.): ‚Mieze‘, ‚Puppe‘.
9 **la sauterie:** Tanzparty.
12 **le P.D.G.:** Abk. für *le Président-Directeur Général:* Aufsichtsrats-
  vorsitzender.
13 **la boîte:** hier (fam.): Firma, Betrieb, ‚Laden‘.
19 **la meilleure:** zu ergänzen: *blague* oder *plaisanterie*.

128　*Junior*

– Non, les meubles de jardin, il a répondu, mais
vraiment il s'attendait à tout sauf à ça. Ah non vraiment, quelle conne cette fille. Quelle conne. Heureusement le morceau était fini et il a pu se diriger vers le
5 buffet pour boire un peu de champagne et déglutir.
Non vraiment.

Ça se trouve, ce n'est même pas une fille du rallye,
c'en est une qui s'est incrustée.

Vingt ans. Mon Dieu.

*

10 Le petit Devermont s'y est repris à deux fois pour
avoir le bac mais le permis non, ça va. Il vient de
l'avoir et du premier coup.

Pas comme son frère qui l'a repassé trois fois.

Au dîner tout le monde est de bonne humeur.
15 Ce n'était pas dans la poche car l'inspecteur du coin
est un vrai con. Un poivrot en plus. C'est la campagne
ici.

Comme son frère et ses cousins avant lui, Alexandre
a passé son permis pendant les vacances scolaires
20 dans la propriété de sa grand-mère parce que les ta-

---

5 **déglutir:** schlucken.
7 **(si) ça se trouve …:** möglicherweise …
　une fille du rallye: eine, die dazugehört.
8 **s'incruster:** sich einschleichen, sich einnisten.
10 **se reprendre:** zwei Anläufe nehmen.
15 **être dans la poche** (fam.): nicht mehr schiefgehen können.
16 **le poivrot** (fam.): Säufer.

Junior　　129

rifs sont moins chers en province qu'à Paris. Presque
mille francs d'écart sur un forfait stage.

Mais enfin, là, le poivrot était à peu près à jeun et il
a griffonné son papier rose sans faire l'intéressant.

5　Alexandre pourra se servir de la Golf de sa mère à con-
dition qu'elle n'en ait pas besoin, sinon il prendra la
vieille 104 qui est dans la grange. Comme les autres.

Elle est encore en bon état mais elle sent la crotte
de poule.

*

10　C'est la fin des vacances. Bientôt il faudra retourner
dans le grand appartement de l'avenue Mozart et intégrer l'École de Commerce privée de l'avenue de
Saxe. Une école dont le diplôme n'est pas encore
reconnu par l'État mais qui a un nom compliqué
15　avec plein d'initiales: l'I.S.E.R.P. ou l'I.R.P.S. ou
l'I.S.D.M.F. ou un truc dans ce goût-là. (Institut Supérieur De Mes Fesses.)

　2　**un écart:** Differenz, Unterschied.
　　le forfait: Pauschalangebot.
　　le stage: Lehrgang.
　3　**à jeun:** nüchtern.
　4　**griffonner:** (hin)kritzeln, unterschreiben.
　　rose: Farbe der französischen Führerscheine.
　　faire l'intéressant: sich aufspielen.
　7　**la 104:** Peugeot 104.
　8　**la crotte:** Kot, Kacke.
11f.　**intégrer:** hier: wieder besuchen.
12　**l'École de Commerce privée:** private Handelsschule.
15f.　**I.S.E.R.P. / I.R.P.S. / I.S.D.M.F.:** Phantasie-Initialen von Schulen.
17　**de mes fesses** (f.; fam.): dämlicher, Scheiß-.

130   *Junior*

Notre petit cochon de lait a bien changé pendant ces
mois d'été. Il s'est dévergondé et, même, il s'est mis à
fumer.

Des Marlboro Light.

5   C'est à cause de ses nouvelles fréquentations: il s'est
entiché du fils d'un gros cultivateur de la région,
Franck Mingeaut. Alors celui-là, ce n'est pas la moitié
d'un. Friqué, tape-à-l'œil, tapageur et bruyant. Qui dit
bonjour poliment à la grand-mère d'Alexandre et re-
10   luque ses petites cousines en même temps. Tskk tskk …

Franck Mingeaut est content de connaître Junior.
Grâce à lui, il peut aller dans le monde, dans des fêtes
où les filles sont minces et mignonnes et où le champagne des familles remplace la Valstar. Son instinct lui
15   dit que c'est par là qu'il doit aller pour se faire une
place au chaud. Les arrière-salles des cafés, les Maryli-
ne mal dégrossies, le billard et les foires agricoles, ça va
un moment. Alors qu'une soirée chez la fille de Bidule
au château de La Bidulière, voilà de l'énergie bien em-
20   ployée.

2 **se dévergonder:** sich ausleben, ein ausschweifendes Leben führen.
5 **la fréquentation:** Umgang.
5 f. **s'enticher de qn:** für jdn. schwärmen, sich in jdn. vernarren.
7 f. **ce n'est pas la moitié d'un** (fam.): das ist vielleicht ein Typ.
8 **friqué, e** (fam.): betucht, gut bei Kasse.
  tape-à-l'œil: angeberisch.
  tapageur, se: auffallend, grell.
9 f. **reluquer qn** (fam.): begehrliche Blicke auf jdn. werfen.
14 **la Valstar:** billige Biersorte.
16 **une arrrière-salle:** Hinterstübchen.
17 **mal dégrossi, e:** ungehobelt, grob.
18 **Bidule** (fam.): Dingsda.

Junior 131

Junior Devermont est content de son nouveau riche.
Grâce à lui, il dérape dans les cours gravillonnées en
cabriolet de sport, il fonce sur les départementales de
Touraine en lançant des bras d'honneur aux péque-
nots pour qu'ils garent leurs 4L et il emmerde son
père. Il a ouvert un bouton supplémentaire à sa chemisette et il a même remis sa médaille de baptême façon petit dur encore tendre. Les filles adorent.

*

Ce soir c'est LA fête de l'été. Le comte et la comtesse
de La Rochepoucaut reçoivent pour leur cadette
Éléonore. Tout le gratin en sera. Depuis la Mayenne
jusqu'au fin fond du Berry. Du Bottin Mondain en

---

2 **déraper:** schleudern, rutschen.
   gravillonné, e: mit Kieseln bedeckt.
3 **foncer** (fam.): Gas geben, rasen.
   la départementale: Land-, Nebenstraße.
4 **la Touraine:** die Gegend um Tours.
   lancer des bras d'honneur à qn (m.): etwa: jdm. den Vogel, den
   Stinkfinger zeigen.
4 f. **le péquenot** (fam.): Bauerntölpel.
5 **la 4L:** Renault 4L, sehr verbreitetes Automodell.
6 f. **la chemisette:** Sporthemd.
7 **la médaille de baptême** (m.): Taufmedaillon.
10 **la cadette:** jüngste Tochter.
11 **le gratin:** die oberen Zehntausend, was Rang und Namen hat.
   la Mayenne: französisches Département um Angers.
12 **au fin fond de …:** im tiefsten …
   le Berry: französische Landschaft (die Départements Cher und In-
   dre).
   le Bottin Mondain: seit 1903 erscheinendes Jahrbuch, in dem Adli-
   ge und Prominente verzeichnet sind.

132   *Junior*

veux-tu en voilà. Des jeunes héritières encore vierges
comme s'il en pleuvait.

De l'argent. Pas le clinquant de l'argent mais
l'odeur de l'argent. Des décolletés, des peaux laiteu-
5 ses, des colliers de perles, des cigarettes ultra-légères
et des rires nerveux. Pour Franck-la-gourmette et
Alexandre-la-chaînette c'est le grand soir.

Pas question de rater ça.

Pour ces gens-là, un cultivateur riche restera tou-
10 jours un paysan et un industriel bien élevé restera
toujours un fournisseur. Raison de plus pour boire
leur champagne et sauter leurs filles dans les buissons.
Elles ne sont pas toutes sauvages les donzelles. Elles
descendent en ligne directe de Godefroy de Bouillon
15 et sont d'accord pour pousser un peu plus loin la dernière croisade.

Franck n'a pas de carton d'invitation mais Alexandre connaît le gars du pointage, pas de problème, tu

---

1 **une héritière:** Erbin.
 vierge: jungfräulich.
3 **le clinquant:** Klang.
4f. **laiteux, se:** milchweiß.
6 **la gourmette:** Armband.
7 **la chaînette:** Kettchen.
11 **le fournisseur:** Lieferant.
12 **le buisson:** Gebüsch.
13 **la donzelle** (fam.): launisches Ding, Mädchen.
14 **Godefroy de Bouillon:** Gottfried von Bouillon (1061–1100), Her-
  zog von Lothringen, erster König von Jerusalem, Anführer des ersten Kreuzzugs.
16 **la croisade:** Kreuzzug.
17 **le carton d'invitation** (f.): Einladungskarte.
18 **le pointage:** Abhaken; hier: Kontrolle.

Junior 133

lui files cent balles et il te laisse passer, il peut même
aboyer ton nom comme dans les salons de l'Automo-
bile Club si ça te chante.

Le gros hic c'est la voiture. La voiture ça compte pour
5 conclure avec celles qui n'aiment pas trop le piquant
des buissons.

　　La mignonne qui ne veut pas rentrer trop tôt, elle
donne congé à son papa et elle doit trouver un cheva-
lier servant pour la ramener. Sans voiture dans une
10 région où les gens habitent à plusieurs dizaines de kilomètres les uns des autres, tu es soit un garçon fini
soit un puceau.

　　Et là, la situation est critique. Franck n'a pas son
aspirateur à belettes: en révision, et Alexandre n'a
15 pas la voiture de sa mère: elle est rentrée à Paris avec.

　　Qu'est-ce qui reste? La 104 bleu ciel avec des
fientes de poule sur les fauteuils et le long des por-
tières. Il y a même de la paille au plancher et un autocollant «La chasse c'est naturel» sur le pare-brise.
20 Bon Dieu, ça craint.

---

　1 **filer:** hier: zustecken.
　3 **si ça te chante** (fam.): wenn du dazu Lust hast.
　4 **le gros hic:** der großen Haken, die Hauptschwierigkeit.
　5 **conclure:** hier: zur Sache kommen.
　　　le piquant: (a) Stachel; (b) Reiz, das Pikante.
　12 **le puceau:** junger Mann ohne sexuelle Erfahrung.
　14 **un aspirateur à belettes:** schneller Flitzer (*la belette:* Wiesel).
　　　la révision: Inspektion.
　17 **la fiente:** (Geflügel-)Mist, Kot.
　18f. **un autocollant:** Aufkleber.
　19 **le pare-brise:** Windschutzscheibe.

134   *Junior*

   – Et ton paternel? Il est où?

   – En voyage.

   – Et sa caisse?

   – Ben … elle est là pourquoi?

5   – Pourquoi elle est là?

   – Parce que Jean-Raymond doit la laver à fond.
(Jean-Raymond, c'est le garde.)

   – Ben c'est impeccable ça!!! On lui emprunte sa
caisse pour la soirée et on lui ramène. Eh hop, ni vu
10 ni connu.

   – Nan nan Franck, c'est pas possible ça. C'est pas
possible.

   – Et pourquoi!?

   – Attends, s'il arrive quoi que ce soit je me fais
15 tuer moi. Nan nan c'est pas possible …

   – Mais qu'est-ce que tu veux qu'il arrive couille-
molle? Hein qu'est-ce que tu veux qu'il arrive?!

   – Nan nan …

   – Bordel mais arrête avec ça, «Nan nan», qu'est-ce
20 que ça veut dire? On a quinze bornes aller et quinze
bornes retour. La route est toute droite et y'aura pas
un péquin dehors à c't'heure-là alors dis-moi où est le
problème?

   – Si on a la moindre emmerde …

---

1 **ton paternel** (fam.): dein Alter.

3 **la caisse:** hier (fam.): ‚Kiste‘, Auto.

8 **impeccable:** tadellos, einwandfrei.

9f. **ni vu ni connu:** ohne dass jd. etwas bemerkt.

16f. **la couille-molle** (pop.): Schlappschwanz.

19 **bordel** (interj., pop.): verdammt, verflixt!

21 **la borne:** Kilometerstein; hier (fam.) Kilometer.

21f. **pas un péquin** (fam.): kein Schwein.

Junior   135

– MAIS QUOI comme emmerde? Hein, QUOI comme emmerde? J'ai mon permis depuis trois ans et j'ai jamais eu un seul problème tu m'entends? Pas ça.

Il met son pouce sous son incisive comme pour la déchausser.

– Nan nan pas d'accord. Pas la Jaguar de mon père.

– Putain mais c'est pas vrai d'être si con, mais c'est pas vrai!

– …

– Qu'est-ce qu'on fait alors??? On va chez La Roche-de-mes-deux avec ta merde de poulailler roulant?

– Ben ouais …

– Attends mais on devait pas emmener ta cousine et passer prendre sa copine à Saint-Chinan?

– Ben si …

– Et tu crois qu'elles vont mettre leur petit cul sur tes sièges pleins de caca??!

– Ben nan …

– Bon ben alors! … On emprunte la bagnole de ton père, on roule peinard et dans quelques heures, on la remet bien gentiment là où on l'a prise et c'est tout.

– Nan nan pas la Jaguar … (silence) … pas la Jaguar.

– Attends, moi je me trouve quelqu'un pour m'em-

---

4 **une incisive:** Schneidezahn.
5 **déchausser:** bloßlegen; hier: herausdrücken.
11 **de mes deux** (fam.; zu ergänzen: *fesses* oder auch *couilles*): Scheiß-, dämlicher.
   le poulailler: Hühnerstall.
17 **le caca** (fam.): Kacke.
19 **la bagnole** (fam.): Auto, ‚Karre'.
20 **peinard, e:** ruhig, ganz gemütlich.

136   *Junior*

mener. T'es vraiment trop con. C'est le squat de l'été
et tu veux qu'on se pointe avec ta bétaillère. Pas
question. Est-ce qu'elle roule d'abord?

– Ouais elle roule.

5   – Puuutain mais c'est pas vrai ça …

Il tire sur la peau de ses joues.

– De toute façon, sans moi, tu peux pas entrer.

– Ouais ben entre pas y aller ou y aller avec ta
poubelle j'sais pas ce qui est le mieux … Hé tu feras
10 gaffe qui reste pas une poule hein?

*

Sur la route du retour. Cinq heures du matin. Deux
garçons gris et fatigués qui sentent la clope et la
transpiration mais pas la fornication (belle fête, mau-
vaise pioche, ça arrive).

15 Deux garçons silencieux sur la D 49 entre Bonneuil
et Cissé-le-Duc en Indre-et-Loire.

– Eh ben tu vois … On l'a pas cassée … Hein … tu
vois … C'était pas la peine de faire chier avec tes
«nan nan». Y pourra l'astiquer demain le gros Jean-
20 Raymond, la voiture à papa …

---

1 **le squat** (angl.): Schlager, Ereignis.
2 **se pointer** (fam.): aufkreuzen.
   la bétaillère: Viehtransporter.
9 **la poubelle:** Müllkiste.
9f. **faire gaffe** (fam.): aufpassen, Acht geben.
10 **qui:** *qu'il.*
12 **gris, e** (fam.): angetrunken.
13 **la fornication:** Unzucht.
14 **la pioche:** Kreuzhacke; hier (fam.): Ausbeute.
19 **astiquer:** polieren, wienern.

Junior 137

– Pffff … Pour ce que ça nous aura servi … On aurait pu prendre l'autre …

– C'est vrai que de ce côté-là, ceinture …

Il se touche l'entrejambe.

– … T'as pas vu beaucoup de monde toi hein? … Enfin … j'ai quand même un rencard demain avec une blonde à gros nichons pour un tennis …

– Laquelle?

– Tu sais celle qui …

Cette phrase il ne l'a jamais terminée parce qu'un sanglier, un cochon d'au moins cent cinquante kilos a traversé juste à ce moment-là, mais sans regarder, ni à droite ni à gauche, cet abruti.

Un sanglier très pressé qui revenait peut-être d'une boum et qui avait peur de se faire engueuler par ses parents.

Ils ont d'abord entendu le crissement des pneus et puis un énorme «bonk» à l'avant. Alexandre Devermont a dit:

– Et merde.

Ils se sont arrêtés, ils ont laissé leur portière ouverte et ils sont allés voir. Le cochon raide mort et

---

3 **ceinture** (f., interj.): nichts gelaufen, nichts war's!
4 **un entrejambe:** Schritt (Hosenteil).
6 **le rencard** (fam.): Rendezvous, Verabredung.
7 **les nichons** (m.; fam.): Titten.
11 **le sanglier:** Wildschwein.
13 **un abruti:** Idiot, Depp, Blödian.
15 **la boum** (fam.): Party.
17 **le crissement:** Quietschen.
22 **raide mort, e:** mausetot.

138　　*Junior*

l'aile avant droite raide morte: plus de pare-chocs,
plus de radiateur, plus de phares et plus de carrosse-
rie. Même le petit sigle Jaguar en avait pris un coup.
Alexandre Devermont a redit:

5　　　– Et merde.

Il était trop éméché et trop fatigué pour prononcer
un mot de plus. Pourtant, à ce moment-là très exactement, il avait déjà clairement conscience de l'immense étendue d'emmerdements qui l'attendait. Il en

10　avait *clairement* conscience.

Franck a donné un coup de pied dans la panse du
sanglier et il a dit:

– Bon ben on va pas le laisser là. Au moins qu'on
le ramène, ça fera de la barbaque à manger …

15　Alexandre a commencé à se marrer tout doucement:

– Ouais, c'est bon le cuissot de sanglier …

C'était pas drôle du tout, c'était même dramatique
comme situation mais le fou rire arrivait. À cause de

20　la fatigue sûrement et de la nervosité.

– C'est ta mère qui va être contente …
– Ça c'est sûr, elle va être drôlement contente!

1　**le pare-choc:** Stoßstange.
2　**le radiateur:** Kühler.
　　le phare: Scheinwerfer.
3　**le sigle:** Logo.
　　en prendre un coup: etwas abbekommen.
6　**éméché, e** (fam.): beschwipst, benebelt.
11　**la panse:** Wampe.
14　**la barbaque** (fam.): Fleisch.
15　**se marrer** (fam.): sich schieflachen, totlachen.
17　**le cuissot:** Keule (vom Wild).

Junior 139

Et ces deux petits cons, ils riaient tellement qu'ils en avaient mal au bide.

*

– Bon ben … on va le foutre dans le coffre? …
– Ouais.
– Merde!
– Quoi encore?!
– Y'a plein de trucs …
– Hein?
– Il est plein je te dis! … Y'a le sac de golf de ton père et plein de caisses de pinard là-dedans … ·
– Ah merde …
– Qu'est-ce qu'on fait?
– On va le foutre derrière, par terre …
– Tu crois?
– Ouais, attends. Je vais mettre un truc pour protéger les coussins … Regarde dans le fond de la malle si tu vois pas un plaid …
– Un quoi?
– Un plaid.
– C'est quoi?
– … Le truc à carreaux vert et bleu là, tout au fond …

2 **le bide** (fam.): Bauch.
3 **le coffre:** Kofferraum.
10 **le pinard:** Wein.
16 **le coussin:** Kissen.
   la malle: hier: Kofferraum.
17 **le plaid** (angl.): (karierte) Wolldecke.

140   *Junior*

– Ah! une couverture … une couverture de pari-
gots quoi …

– Ouais si tu veux … Allez, magne.

– Attends je vais t'aider. C'est pas la peine qu'on
lui tache ses sièges en cuir en plus …

– T'as raison.

– Putain ce qu'il est lourd! …

– Tu m'étonnes.

– Y pue en plus.

– Eh Alex … c'est la campagne …

– Fait chier la campagne.

Ils sont remontés en voiture. Aucun problème pour
redémarrer, visiblement le moteur n'avait rien.
C'était déjà ça.

Et puis quelques kilomètres plus loin: la grosse
grosse frayeur. D'abord du bruit et des grognements
dans leur dos.

Franck a dit:

– Putain mais c'est qu'il est pas mort ce con!

Alexandre n'a rien répondu. Trop c'était trop
quand même.

Le cochon a commencé à se relever et à se tourner
dans tous les sens.

Franck a pilé et il a gueulé:

---

1 f. **le parigot** (fam.): Pariser (Einwohner von Paris).
3 **se magner** (fam.): sich beeilen, sich ranhalten.
9 **puer:** stinken.
13 **visiblement** (adv.): offensichtlich.
16 **la frayeur:** Schrecken.
    le grognement: Grunzen.
24 **piler** (fam.): plötzlich anhalten.

Junior 141

– Hé on se casse maintenant!

Il était tout blanc.

Les portes ont claqué et ils se sont éloignés de la voiture. À l'intérieur c'était la merde totale.

5   La Merde Totale.

Les fauteuils en cuir couleur crème, défoncés. Le volant, défoncé. Le levier de vitesse en loupe d'orme, défoncé, les appuie-tête, défoncés. Tout l'intérieur de la caisse, défoncé, défoncé, défoncé.

10   Devermont junior, anéanti.

L'animal avait les yeux exorbités et de l'écume blanche autour de ses grosses dents crochues. À voir, c'était horrible.

Ils ont décidé d'ouvrir la porte en se cachant derrière puis de monter se réfugier sur le toit. C'était peut-être une bonne tactique mais ça ils ne le sauront jamais parce qu'entre-temps, le cochon s'était enfermé à l'intérieur en piétinant le bouton de la fermeture centralisée.

1 **se casser** (fam.): abhauen.

6 **défoncer:** eindrücken; hier: ruinieren.

6f. **le volant:** Lenkrad.

7 **le levier de vitesse** (f.): Schalthebel; Gangschaltung.

la loupe: hier: Holzknorren, knorriges Holz.

un orme: Rüster.

8 **un appuie-tête:** Kopfstütze.

10 **anéanti, e:** am Boden zerstört.

11 **les yeux exorbités:** starre Augen.

une écume: Schaum.

12 **crochu, e:** krumm, hakenförmig.

18 **piétiner qc:** auf etwas treten, trampeln.

18f. **la fermeture centralisée:** Zentralverriegelung.

142   *Junior*

Et la clef était restée sur le tableau de bord.

Ah ça … on peut dire que quand tout se déglingue, tout se déglingue.

Franck Mingeaut a sorti un téléphone portable de la poche intérieure de sa veste, très classe et il a tapé le 18, très emmerdé.

Quand les pompiers sont arrivés, la bête s'était un peu calmée. À peine. Disons qu'il n'y avait plus rien à détruire.

Le chef des pompiers a fait le tour de la voiture. Quand même, il était impressionné. Il n'a pas pu s'empêcher de dire:

– Un si beau véhicule, ça fait de la peine té.

La suite est insoutenable, pour les gens qui aiment les belles choses …

Un des hommes est allé chercher une énorme carabine, une espèce de bazooka. Il a éloigné tout le monde et il a visé. Le cochon et la vitre ont explosé en même temps.

L'intérieur de la voiture repeint à neuf: rouge.

Du sang, même au fond de la boîte à gants, même entre les touches du téléphone de bord.

---

1 **le tableau de bord:** Armaturenbrett.
2 **se déglinguer** (fam.): kaputtgehen, den Bach runtergehen.
4 **le téléphone portable:** Handy.
13 **té** (interj., fam.): gelle!
14 **insoutenable:** unerträglich.
21 **la boîte à gants** (m.): Handschuhfach.
22 **la touche:** Taste.

Junior   143

Alexandre Devermont était hébété. On aurait pu croire qu'il ne pensait plus. Du tout. À rien. Ou seulement à s'enterrer vivant ou à retourner contre lui le bazooka du pompier.

Mais non, il pensait aux ragots dans le pays et à l'aubaine que ça allait être pour les écolos ...

Il faut dire que son père a non seulement une magnifique Jaguar mais aussi des visées politiques tenaces pour contrer les Verts.

Parce que les Verts veulent interdire la chasse et créer un Parc Naturel et n'importe quoi d'autre, du moment que ça emmerde les gros propriétaires terriens.

C'est un combat auquel il tient énormément et qui était presque gagné à ce jour. Encore hier soir, à table, en découpant le canard il disait:

– Tiens! En voilà un que Grolet et sa bande de peigne-culs ne verront plus dans leurs jumelles!!! Ah Ah Ah!

---

1 **hébété, e:** verstört, benommen, angeschlagen.
5 **le ragot** (fam.): Tratsch.
6 **une aubaine:** glücklicher Zufall, Glücksfall.
  un écolo (fam.): Kurzform für *un écologiste:* Umweltschützer, Grüner.
8 **les visées** (f.): Absichten, Pläne.
8 f. **tenace:** erbittert, hartnäckig.
9 **contrer qn** (fam.): jdm. entgegentreten, jdm. Kontra geben.
11 **le parc naturel:** Landschaftsschutzgebiet.
11 f. **du moment que ...:** sofern nur ...
12 f. **le propriétaire terrien:** Grundbesitzer.
16 **découper:** zerlegen, tranchieren.
17 f. **le peigne-cul** (pop.): Mistkerl, Fiesling.
18 **les jumelles** (f.): Fernglas, Feldstecher.

144　*Junior*

Mais là … le sanglier qui explose en mille morceaux
dans la Jaguar Sovereign du futur conseiller régional,
ça va un peu gêner aux entournures. Sûrement un
peu, non?
Y'a même des poils collés contre les vitres.
Les pompiers sont repartis, les flics sont repartis.
Demain une dépanneuse viendra charger le … la …
enfin le … truc gris métallisé qui encombre la chaus-
sée.

*

Nos deux compères marchent le long de la route, la
veste de smoking jetée sur l'épaule. Il n'y a rien à
dire. De toute façon, au point où en sont les choses,
ce n'est même plus la peine de penser non plus.
Franck dit:
– Tu veux une cigarette?
Alexandre répond:
– Ouais je veux bien.
Ils marchent comme ça un bon moment. Le soleil
se lève dans les champs, le ciel est rose et quelques
étoiles s'attardent encore un peu. On n'entend pas le

---

2 **le conseiller régional:** Landrat.
3 **gêner aux entournures** (f.): Schwierigkeiten bereiten.
6 **le flic** (fam.): Polizist, ‚Bulle‘.
7 **la dépanneuse:** Abschleppwagen.
8 **métallisé, e:** metallisch, silbrig glänzend, metallic.
　encombrer: versperren.
10 **le compère:** Kamerad, Kumpel.
12 **au point où en sont les choses:** so wie die Dinge stehen.
20 **s'attarder:** sich verspäten.

moindre bruit. Seulement le froissement des herbes à cause des lapins qui courent dans les fossés.

Et puis Alexandre Devermont se retourne vers son ami et lui dit:

5   – Alors? … Et cette blonde, là, dont tu me parlais … celle qui a les gros nichons … c'est qui cette fille?

Et son ami lui sourit.

---

1 **le froissement:** Rascheln.

Pendant des années

Pendant des années j'ai cru que cette femme était en dehors de ma vie, pas très loin peut-être mais *en dehors*.

5 Qu'elle n'existait plus, qu'elle vivait très loin, qu'elle n'avait jamais été aussi belle que ça, qu'elle appartenait au monde du passé. Le monde de quand j'étais jeune et romantique, quand je croyais que l'amour durait toujours et que rien n'était plus grand
10 que mon amour pour elle. Toutes ces bêtises.

J'avais vingt-six ans et j'étais sur le quai d'une gare. Je ne comprenais pas pourquoi elle pleurait tant. Je la serrais dans mes bras et m'engouffrais dans son cou. Je croyais qu'elle était malheureuse parce que je
15 partais et qu'elle me laissait voir sa détresse. Et puis quelques semaines plus tard, après avoir piétiné mon orgueil comme un malpropre au téléphone ou en gémissant dans des lettres trop longues, j'ai fini par comprendre.
20 Que ce jour-là elle flanchait parce qu'elle savait

---

13 **s'engouffrer:** sich stürzen; hier: sich vergraben, sich versenken.
15 **la détresse:** Verzweiflung, Elend.
16 **piétiner qc:** auf etwas herumtrampeln, etwas mit den Füßen treten.
17 **un orgueil:** Hochmut, Stolz.
   le malpropre: gemeiner Kerl, Lump.
20 **flancher** (fam.): aufgeben, schwach werden.

Pendant des années 147

qu'elle regardait mon visage pour la dernière fois, que c'était sur moi qu'elle pleurait, sur ma dépouille. Et que la curée ne lui faisait pas plaisir.

Pendant des mois, je me suis cogné partout.
5 Je ne faisais attention à rien et je me suis cogné partout. Plus j'avais mal, plus je me cognais.

J'ai été un garçon délabré admirable: tous ces jours vides où j'ai donné le change. En me levant, en travaillant jusqu'à l'abrutissement, en me nourrissant
10 sans faire d'histoires, en buvant des bières avec mes collègues et en continuant de rire grassement avec mes frères alors que la moindre pichenette du moindre d'entre eux aurait suffi à me briser net.

Mais je me trompe. Ce n'était pas de la vaillance,
15 c'était de la connerie: parce que je croyais qu'elle reviendrait. J'y croyais vraiment.

Je n'avais rien vu venir et mon cœur s'était complètement déglingué sur un quai de gare un dimanche soir. Je n'arrivais pas à me résoudre et je me cognais dans
20 tout et n'importe quoi.

2 **la dépouille:** die sterbliche Hülle.
3 **la curée:** Belohnung der Hunde nach der Jagd; hier (fig.): Kost.
4 **se cogner:** sich stoßen, anecken.
7 **délabré, e:** heruntergekommen, ruiniert, kaputt.
8 **donner le change:** etwas vormachen.
9 **un abrutissement:** Verblödung, Verdummung, Stumpfsinn.
11 **grassement** (adv.): reichlich.
12 **la pichenette:** Klaps.
14 **la vaillance:** Mut, Tapferkeit.
17f. **se déglinguer** (fam.): kaputtgehen.
19 **se résoudre:** sich entschließen, einen Entschluss fassen.

148   *Pendant des années*

Les années qui ont suivi ne m'ont fait aucun effet.
Certains jours je me surprenais à penser:

– Tiens? ... c'est bizarre ... je crois que je n'ai pas
pensé à elle hier ... Et au lieu de m'en féliciter, je me
5 demandais comment c'était possible, comment j'avais
réussi à vivre une journée entière sans penser à elle.
Son prénom surtout m'obsédait. Et deux ou trois
images d'elle très précises. Toujours les mêmes.

C'est vrai. J'ai posé les pieds par terre le matin, je
10 me suis nourri, je me suis lavé, j'ai enfilé des vêtements sur moi et j'ai travaillé.

Quelquefois j'ai vu le corps nu de quelques filles.
Quelquefois mais sans douceur.

Émotions: néant.

15 Et puis enfin, quand même, j'ai eu ma chance. Alors
que ça m'était devenu égal.

Une autre femme m'a rencontré. Une femme très
différente est tombée amoureuse de moi, qui portait
un autre prénom et qui avait décidé de faire de moi
20 un homme entier. Sans me demander mon avis, elle
m'a remis d'aplomb et m'a épousé moins d'un an
après notre premier baiser, échangé dans un ascen-
seur pendant un congrès.

---

4 **se féliciter:** sich beglückwünschen.
7 **obséder qn:** jdm. nicht aus dem Sinn gehen, jdn. heimsuchen, ver-
folgen.
10 **enfiler:** rasch an-, überziehen, überstreifen.
14 **le néant:** Nichts; hier: entfällt, nicht zutreffend/vorhanden.
21 **remettre d'aplomb** (m.): wieder ins Gleichgewicht, auf die Beine
bringen.

Une femme inespérée. Il faut dire que j'avais si peur. Je n'y croyais plus et j'ai dû la blesser souvent. Je caressais son ventre et mon esprit divaguait. Je soulevais ses cheveux et j'y cherchais une autre odeur. Elle ne m'a jamais rien dit. Elle savait que ma vie de fantôme ne ferait pas long feu. À cause de son rire, à cause de sa peau et à cause de tout ce fatras d'amour élémentaire et désintéressé qu'elle avait à me donner. Elle avait raison. Ma vie de fantôme m'a laissé vivre heureux.

Elle est dans la pièce d'à côté en ce moment. Elle est endormie.

Professionnellement, j'ai réussi mieux que je ne l'aurais imaginé. Il faut croire que l'âpreté paye, que j'étais au bon endroit au bon moment, que j'ai su prendre certaines décisions, que … Je ne sais pas.

En tout cas je vois bien dans l'œil étonné autant que soupçonneux de mes anciens copains de promo

---

1 **inespéré, e:** unverhofft, unerwartet.
3 **divaguer:** (in Gedanken) abschweifen.
6 **le fantôme:** Gespenst, Geist.
   faire long feu: von langer Dauer sein, lange andauern.
7 **le fatras** (fam.): Durcheinander, Wust.
8 **désintéressé, e:** selbstlos, uneigennützig.
13 **professionnellement** (adv.): beruflich.
14 **une âpreté:** Verbissenheit, Strenge.
   payer: hier: sich lohnen.
18 **soupçonneux, se:** argwöhnisch, misstrauisch, skeptisch.
   la promo (fam.): Kurzform für *la promotion:* Beförderung; hier: Jahrgang.

150 *Pendant des années*

que tout cela les déconcerte: une jolie femme, une jolie carte de visite et des chemises coupées sur mesure … avec si peu de moyens au départ. Ça laisse
perplexe.

5 À l'époque j'étais surtout celui qui ne pensait
qu'aux filles, enfin … qu'à *cette* fille, celui qui écrivait
des lettres pendant les cours magistraux et qui ne regardait pas les culs ni les seins ni les yeux ni rien d'autre aux terrasses des cafés. Celui qui prenait le pre-
10 mier train pour Paris tous les vendredis et qui revenait triste et les yeux cernés le lundi matin en maudis-
sant les distances et le zèle des contrôleurs. Plutôt Arlequin que golden boy, c'est vrai.

Comme je l'aimais, je négligeais mes études et
15 comme je foirais mes études, entre autres flottements,
elle m'a abandonné. Elle devait penser que l'avenir
était trop … incertain avec un type dans mon genre.

Quand je lis mes relevés de banque aujourd'hui, je
vois bien que la vie est une drôle de farceuse.

20 Donc j'ai vécu comme si de rien n'était.

1 **déconcerter:** aus der Fassung bringen, bestürzt machen.
4 **perplexe:** ratlos.
7 **le cours magistral:** Vorlesung.
11 **avoir les yeux cernés:** Ringe um die Augen haben.
11 f. **maudire:** verfluchen.
12 **le zèle:** Eifer.
12 f. **un Arlequin:** Hanswurst.
13 **golden boy** (angl.): strahlender Held, Goldjunge.
15 **foirer** (fam.): aufs Spiel setzen.
   le flottement: Schwanken, Unschlüssigkeit.
18 **le relevé de banque:** Kontoauszug.
19 **le, la farceur, se:** Spaßvogel, Witzbold.

Pendant des années   151

Bien sûr, en souriant, il nous arrivait de parler entre nous, ma femme et moi ou avec des amis, de nos années d'étudiants, des films et des livres qui nous avaient façonnés et de *nos amours de jeunesse*,
5 des visages négligés en cours de route et qui nous venaient à l'esprit par hasard. Du prix des cafés et de tout ce genre de nostalgie … Cette partie de notre vie posée sur une étagère. Nous y faisions un peu de poussière. Mais je ne m'appesantissais jamais. Oh
10 non.

À une époque, je me souviens, je passais tous les jours devant un panneau qui indiquait le nom de la ville où je savais qu'elle vivait, avec le nombre de kilomètres.
15 Tous les matins, en me rendant à mon bureau et tous les soirs en en revenant, je jetais un coup d'œil à ce panneau. J'y jetais un coup d'œil, c'est tout. Je ne l'ai jamais suivi. J'y ai pensé mais l'idée même de mettre mon clignotant c'était comme de cracher sur ma
20 femme.

Pourtant j'y jetais un coup d'œil, c'est vrai.

Et puis j'ai changé de boulot. Plus de panneau.

Mais il y avait toujours d'autres raisons, d'autres prétextes. Toujours. Combien de fois me suis-je retourné

---

4 **façonner:** formen, prägen.
8 **une étagère:** Regal.
9 **s'appesantir:** endlos reden.
12 **le panneau:** Schild.
19 **le clignotant:** Blinker.
23 f. **le prétexte:** Vorwand, Ausrede.

Pendant des années

dans la rue, le cœur en vrille parce que j'avais cru
apercevoir un bout de silhouette qui … ou une voix
que … ou une chevelure comme …?

Combien de fois?

5 Je croyais que je n'y pensais plus mais il me suffisait
d'être un moment seul dans un endroit à peu près
calme pour la laisser venir.

À la terrasse d'un restaurant un jour, c'était il y a
moins de six mois, alors que le client que je devais in-
10 viter n'arrivait pas, j'ai été la rechercher dans mes
souvenirs. J'ai desserré mon col et j'ai envoyé le garçon m'acheter un paquet de cigarettes. Ces cigarettes
fortes et âcres que je fumais à l'époque. J'ai allongé
mes jambes et refusé qu'on débarrasse le couvert d'en
15 face. J'ai commandé un bon vin, un Gruaud-Larose je
crois … et tandis que je fumais les yeux mi-clos en sa-
vourant un petit rayon de soleil, je la regardais s'ap-
procher.

Je la regardais et je la regardais encore. Je ne ces-
20 sais de penser à elle et à ce que nous faisions quand
nous étions ensemble et quand nous dormions dans le
même lit.

---

1 **le cœur en vrille:** etwa: mit einem Stich im Herzen (*la vrille:* Boh-
rer).
3 **la chevelure:** Frisur.
11 **desserrer:** lockern.
13 **âcre:** bitter, herb.
14 **débarrasser:** hier: abräumen.
16 **mi-clos, e:** halb geschlossen.
16f. **savourer:** genießen.

Pendant des années 153

Jamais je ne me suis demandé si je l'aimais toujours ou quels étaient mes exacts sentiments à son égard. Ça n'aurait servi à rien. Mais j'aimais la retrouver au détour d'un moment de solitude. Je dois le dire parce que c'est la vérité.

Heureusement pour moi, ma vie ne me laissait pas beaucoup de moments de solitude. Il fallait vraiment qu'un client désolé m'oublie complètement ou que je sois seul, la nuit, dans ma voiture et sans souci pour y parvenir. Autant dire, presque jamais.

Et même si j'avais envie de me laisser aller à un gros coup de blues, de nostalgie, de prendre un ton badin par exemple et d'essayer de retrouver son numéro de téléphone par le minitel ou une autre ânerie de ce genre, je sais maintenant que c'est hors de question car depuis quelques années, j'ai de vrais garde-fous. Les plus farouches: mes enfants.

Je suis fou de mes enfants. J'en ai trois, une grande fille de sept ans, Marie, une autre qui en aura bientôt quatre, Joséphine, et Yvan, le petit dernier qui n'a pas deux ans. D'ailleurs c'est moi qui ai supplié ma femme de m'en faire un troisième, je me souviens

---

2 **à l'égard de:** hinsichtlich, in Bezug auf.
3f. **au détour de:** hinter, nach (*le détour:* Biegung, Umweg).
12 **badin, e:** scherzhaft.
14 **le minitel:** BTX, Endgerät der France Telecom mit vielen zusätzlichen Dienstleistungen.
une ânerie: Eselei, Dummheit.
16 **le garde-fou:** Schutzgitter.
17 **farouche:** wild, unbeugsam, gnadenlos.
21 **supplier:** inständig bitten, anflehen.

154   *Pendant des années*

qu'elle parlait de fatigue et d'avenir mais j'aime tellement les bébés, leur charabia et leurs câlins mouil-
lés … Allez … je lui disais, fais-moi encore un enfant.
Elle n'a pas résisté longtemps et rien que pour ça, je
5 sais qu'elle est ma seule amie et que je ne m'en éloi-
gnerai pas. Même si je côtoie une ombre tenace.

Mes enfants sont la meilleure chose qui me soit jamais arrivée.
    Une vieille histoire d'amour ne vaut rien à côté de
10 ça. Rien du tout.

                              *

Voilà à peu près comment j'ai vécu et puis la semaine
dernière, elle a dit son prénom au téléphone:
    – C'est Hélèna.
    – Hélèna?
15 – Je ne te dérange pas?
    J'avais mon petit garçon sur les genoux qui essayait
d'attraper le combiné en couinant.
    – Ben …
    – C'est ton enfant?
20 – Oui.
    – Il a quel âge?
    – … Pourquoi tu m'appelles comme ça?

---

2 **le charabia** (fam.): Kauderwelsch.
  le câlin: Zärtlichkeit, Küsschen, Liebkosung.
6 **côtoyer qn:** engen Kontakt mit jdm. haben.
  tenace: erbittert, hartnäckig.
17 **le combiné:** Telefonhörer.
  couiner: quieken.

Pendant des années 155

– Il a quel âge?
– Vingt mois.
– Je t'appelle parce que je voudrais te voir.
– Tu veux me voir?
– Oui.
– Qu'est-ce que c'est que ces conneries?
– …
– Juste comme ça. Tu t'es dit tiens! … J'ai envie de le revoir …
– Presque comme ça.
– Pourquoi? … Je veux dire, pourquoi maintenant? … Après toutes ces ann…
– … Douze ans. Ça fait douze ans.
– Bon. Et alors? … Qu'est-ce qui se passe? Tu te réveilles? Qu'est-ce que tu veux? Tu veux savoir l'âge de mes enfants ou si j'ai perdu mes cheveux ou … ou voir l'effet que tu me ferais ou … ou c'est juste comme ça, pour parler du bon vieux temps?!
– Écoute, je ne pensais pas que tu allais le prendre comme ça, je vais raccrocher. Je suis désolée. Je …
– Comment tu as retrouvé mon numéro?
– Par ton père.
– Quoi!
– J'ai appelé ton père tout à l'heure et je lui ai demandé ton numéro, c'est tout.
– Il s'est rappelé de toi?
– Non. Enfin … je ne lui ai pas dit qui j'étais.

---

20 **raccrocher:** wieder einhängen, auflegen.

156   *Pendant des années*

J'ai posé mon fils par terre qui est parti rejoindre ses sœurs dans leur chambre. Ma femme n'était pas là.

– Attends, ne quitte pas ... «Marie! Est-ce que tu peux lui remettre ses chaussons, s'il te plaît?» ... Allô? Tu es là?

– Oui.

– Alors? ...

– Alors quoi? ...

– Tu veux qu'on se revoie?

– Oui. Enfin pas longtemps. Juste prendre un verre ou marcher un petit moment, tu vois ...

– Pourquoi. À quoi ça servirait?

– C'est juste que j'ai envie de te revoir. De parler un petit peu avec toi.

– Hélèna?

– Oui.

– Pourquoi tu fais ça?

– Pourquoi?

– Oui pourquoi tu me rappelles? Pourquoi si tard? Pourquoi maintenant? Tu ne t'es même pas demandé si tu risquais pas de mettre le merdier dans ma vie ... Tu fais mon numéro et tu ...

– Écoute Pierre. Je vais mourir.

– ...

– Je t'appelle maintenant parce que je vais mourir. Je ne sais pas exactement quand mais dans pas très longtemps.

J'éloignais le téléphone de mon visage comme pour

---

1 **rejoindre qn:** zu jdm. hingehen, zu jdm. zurückkehren.
5 **le chausson:** Hausschuh.

Pendant des années 157

reprendre un peu d'air et j'essayais de me relever
mais sans succès.

– C'est pas vrai.

– Si c'est vrai.

– Qu'est-ce que tu as?

– Oh … c'est compliqué. Pour résumer on pourrait
dire que c'est mon sang qui … enfin je ne sais plus
trop ce qu'il a maintenant parce que les diagnostics
s'embrouillent mais enfin c'est un drôle de truc quoi.
Je lui ai dit:

– Tu es sûre?

– Attends? Mais qu'est-ce que tu crois? Que je te
raconte des craques bien mélo pour avoir une raison
de t'appeler?!!

– Excuse-moi.

– Je t'en prie.

– Ils se trompent peut-être.

– Oui … Peut-être.

– Non?

– Non. Je ne crois pas.

– Comment c'est possible?

– Je ne sais pas.

– Tu souffres?

– Couci-couça.

---

8 **le diagnostic:** Diagnose.
9 **s'embrouiller:** sich verwickeln, sich verheddern; kompliziert werden.
13 **la craque** (fam.): Lügenmärchen.
  le mélo (fam.): Kurzform für *le mélodrame:* Melodrama, Rühr-
stück.
16 **je t'en prie:** schon gut.
24 **couci-couça** (fam.): *comme ci comme ça:* ein bisschen schon, so so.

158   *Pendant des années*

– Tu souffres?

– Un petit peu en fait.

– Tu veux me revoir *une dernière fois*?

– Oui. On peut dire ça comme ça.

– …

– …

– Tu n'as pas peur d'être déçue? Tu ne préfères pas rester sur une … bonne image?

– Une image de quand tu étais jeune et beau?

Je l'entendais sourire.

– Exactement. Quand j'étais jeune et beau et que je n'avais pas encore de cheveux blancs …

– Tu as des cheveux blancs?!

– J'en ai cinq je crois.

– Ah! ça va, tu m'as fait peur! Tu as raison. Je ne sais pas si c'est une bonne idée mais j'y pense depuis un bout de temps … et je me disais que c'était vraiment une chose qui me ferait plaisir … Alors comme il n'y a plus beaucoup de choses qui me font plaisir ces derniers temps … je … je t'ai appelé.

– Tu y penses depuis combien de temps?

– Douze ans! Non … Je plaisante. J'y pense depuis quelques mois. Depuis mon dernier séjour à l'hôpital pour être exacte.

– Tu veux me revoir, tu crois?

– Oui.

– Quand?

– Quand tu veux. Quand tu peux.

– Tu vis où?

– Toujours pareil. À cent kilomètres de chez toi je crois.

– Héléna?

Pendant des années 159

– Oui?

– Non rien.

– Tu as raison. Rien. C'est comme ça. C'est la vie et
je ne t'appelle pas pour détricoter le passé ou mettre
Paris dans une bouteille tu sais. Je … Je t'appelle parce
que j'ai envie de revoir ton visage. C'est tout. C'est
comme les gens qui retournent dans le village où ils ont
passé leur enfance ou dans la maison de leurs parents …
ou vers n'importe quel endroit qui a marqué leur vie.

– C'est comme un pèlerinage quoi.

Je me rendais compte que je n'avais plus la même
voix.

– Oui exactement. C'est comme un pèlerinage. À
croire que ton visage est un endroit qui a marqué ma vie.

– C'est toujours triste les pèlerinages.

– Pourquoi tu dis ça?! Tu en as jamais fait!?

– Non. Si. À Lourdes …

– Oh ben alors oui … alors là, Lourdes, évidemment …

Elle se forçait à prendre un ton moqueur.

J'entendais les petits qui se chamaillaient et je n'avais
plus du tout envie de parler. J'avais envie de raccrocher. J'ai fini par lâcher:

---

4 **détricoter:** aufribbeln, zurückspulen.
4f. **mettre Paris dans une bouteille** (fam.): das Unmögliche möglich
machen.
10 **le pèlerinage:** Wallfahrt.
17 **Lourdes:** Wallfahrtsort in Südfrankreich am Fuß der Pyrenäen.
20 **moqueur, se:** scherzhaft, spöttisch.
21 **se chamailler** (fam.): streiten, sich zanken.
23 **lâcher:** hier: äußern, von sich geben.

160   *Pendant des années*

– Quand?
– C'est toi qui me dis.
– Demain?
– Si tu veux.
5   – Où?
– À mi-chemin entre nos deux villes. À Sully par exemple …
– Tu peux conduire?
– Oui. Je peux conduire.
10   – Qu'est-ce qu'il y a à Sully?
– Ben pas grand-chose j'imagine … on verra bien. On n'a qu'à s'attendre devant la mairie …
– À l'heure du déjeuner?
– Oh non. C'est pas très rigolo de manger avec moi
15   tu sais …

Elle se forçait à rire encore.

– … Après l'heure du déjeuner ça serait mieux.

*

Il n'a pas pu s'endormir cette nuit-là. Il a regardé le plafond en ouvrant grand ses yeux. Il voulait les gar-
20   der bien secs. Ne pas pleurer.

Ce n'était pas à cause de sa femme. Il avait peur de se tromper, de pleurer sur la mort de sa vie intérieure à lui plutôt que sur sa mort à elle. Il savait que s'il commençait, il ne pourrait plus s'arrêter.
25   Ne pas ouvrir les vannes. Surtout pas. Parce que

---

6 **Sully:** Sully-sur-Loire, kleine Stadt in der Nähe von Orléans.
14 **rigolo** (fam.): lustig, spaßig, amüsant.
25 **la vanne:** Sperre, Schleusentor.

Pendant des années 161

depuis tant d'années maintenant qu'il paradait et
qu'il grognait sur la faiblesse des gens. Des autres. De
ceux qui ne savent pas ce qu'ils veulent et qui traînent
toute leur médiocrité après eux.

5 Tant d'années qu'il regardait avec une tendresse de
merde le temps de sa jeunesse. Toujours, quand il
pensait à elle, il relativisait, il faisait semblant d'en
sourire ou d'y comprendre quelque chose. Alors qu'il
n'avait jamais rien compris.

10 Il sait parfaitement qu'il n'a aimé qu'elle et qu'il
n'a jamais été aimé que par elle. Qu'elle a été son
seul amour et que rien ne pourra changer tout ça.
Qu'elle l'a laissé tomber comme un truc encombrant
et inutile. Qu'elle ne lui a jamais tendu la main ou
15 écrit un petit mot pour lui dire de se relever. Pour lui
avouer qu'elle n'était pas si bien que ça. Qu'il se
trompait. Qu'il valait mieux qu'elle. Ou bien qu'elle
avait fait l'erreur de sa vie et qu'elle l'avait regretté
en secret. Il savait combien elle était orgueilleuse. Lui
20 dire que pendant douze ans elle avait morflé elle aussi
et que maintenant elle allait mourir.

Il ne voulait pas pleurer et pour s'en empêcher, il se
racontait n'importe quoi. Oui, c'est ça. N'importe
quoi. Sa femme en se retournant, a posé sa main sur

---

1 **parader:** herumstolzieren.
2 **grogner:** schimpfen, murren.
4 **la médiocrité:** Mittelmäßigkeit.
7 **relativiser:** relativieren.
13 **encombrant, e:** lästig, hinderlich.
19 **orgueilleux, se:** hochmütig, stolz.
20 **morfler** (fam.): einstecken, hinnehmen, leiden.

162   *Pendant des années*

son ventre et aussitôt il a regretté tous ces délires.
Bien sûr qu'il a aimé et été aimé par une autre, bien
sûr. Il regarde ce visage près de lui et il prend sa main
pour l'embrasser. Elle sourit dans son sommeil.

5   Non il n'a pas à gémir. Il n'a pas à se mentir. La
passion romantique, hé ho, ça va un moment. Mais
maintenant basta, hein. En plus demain après-midi ça
ne l'arrange pas trop à cause de son rendez-vous avec
les gars de Sygma II. Il va être obligé de mettre Mar-
10   cheron sur le coup et ça vraiment, ça ne l'arrange pas
parce qu'avec Marcheron …

       Il n'a pas pu s'endormir cette nuit-là. Il a pensé à
plein de choses.

       C'est comme ça qu'il pourrait expliquer son insom-
15   nie, sauf que sa lampe éclaire mal et qu'il n'y voit rien
et que, comme au temps des gros chagrins, il se cogne
partout.

                          *

Elle n'a pas pu s'endormir cette nuit-là mais elle a
l'habitude. Elle ne dort presque plus. C'est parce
20   qu'elle ne se fatigue plus assez dans la journée. C'est
la théorie du médecin. Ses fils sont chez leur père et
elle ne fait que pleurer.

       Pleurer. Pleurer. Pleurer.

       Elle se brise, elle lâche du lest, elle se laisse débor-

---

  1 **le délire:** Wahnvorstellung.
  9 **Sygma II:** eine der drei großen Pariser Photoagenturen.
  9f. **mettre qn sur le coup:** jdn. einweihen, jdn. mit hineinziehen.
14f. **une insomnie:** Schlaflosigkeit.
24 **le lest:** Ballast.

Pendant des années 163

der. Elle s'en fout, elle pense que maintenant ça va
bien, qu'il faudrait passer à autre chose et dégager la
piste parce que l'autre a beau dire qu'elle ne se fatigue
pas, il n'y comprend rien avec sa blouse proprette et ses
5 mots compliqués. En vérité elle est épuisée. Épuisée.

Elle pleure parce que, enfin, elle a rappelé Pierre.
Elle s'est toujours débrouillée pour connaître son numéro de téléphone et plusieurs fois, ça lui est arrivé
de composer les dix chiffres qui la séparaient de lui,
10 d'entendre sa voix et de raccrocher précipitamment.
Une fois même, elle l'a suivi pendant toute une journée parce qu'elle voulait savoir où il vivait et quelle
était sa voiture, où il travaillait, comment il s'habillait
et s'il avait l'air soucieux. Elle a suivi sa femme aussi.
15 Elle avait été obligée de reconnaître qu'elle était jolie
et gaie et qu'elle avait des enfants de lui.

Elle pleure parce que son cœur s'est remis à battre
aujourd'hui alors qu'elle n'y croyait plus depuis longtemps. Elle a eu une vie plus dure que ce qu'elle au-
20 rait imaginé. Elle a surtout connu la solitude. Elle
croyait que c'était trop tard maintenant pour sentir
quelque chose, qu'elle avait mangé tout son pain

---

2 f. **dégager la piste:** die Bahn freimachen.
3 **avoir beau faire qc:** etwas noch so sehr tun können, vergebens tun.
4 **propret, te:** schmuck.
5 **épuisé, e:** erschöpft.
7 **se débrouiller:** sich zu helfen wissen.
10 **précipitamment** (adv.): überstürzt, Hals über Kopf.
14 **soucieux, se:** sorgenvoll, bekümmert.
22 f. **manger tout son pain blanc** (fig.): das Angenehme vorweg genießen.

164   *Pendant des années*

blanc. Surtout depuis qu'*Ils* se sont excités un jour sur
une prise de sang, un examen de routine passé par hasard parce qu'elle se sentait patraque. Tous, les petits
docteurs et les grands professeurs, avaient un avis sur
5   ce truc-là mais plus grand chose à dire quand il s'était
agi de l'en sortir.

Elle pleure pour tellement de raisons qu'elle n'a pas
envie d'y penser. C'est toute sa vie qui lui revient
dans la figure. Alors, pour se protéger un peu, elle se
10   dit qu'elle pleure pour le plaisir de pleurer et c'est
tout.

*

Elle était déjà là quand je suis arrivé et elle m'a souri.
Elle m'a dit c'est sûrement la première fois que je ne
te fais pas attendre, tu vois il ne fallait pas désespérer
15   et moi je lui ai répondu que je n'avais pas désespéré.
Nous ne nous sommes pas embrassés. Je lui ai dit tu
n'as pas changé. C'est idiot comme remarque mais
c'était ce que je pensais sauf que je la trouvais encore
plus belle. Elle était très pâle et on voyait toutes ses
20   petites veines bleues autour de ses yeux, sur ses pau-
pières et sur ses tempes. Elle avait maigri et son visage était plus creux qu'avant. Elle avait l'air plus

---

2 **la prise de sang:** Blutentnahme, Blutprobe.
3 **se sentir patraque** (fam.): sich nicht recht wohl fühlen.
14 **désespérer:** verzweifeln.
20 **la veine:** Vene.
20f. **la paupière:** Augenlid.
21 **la tempe:** Schläfe.

Pendant des années 165

résignée alors que je me souviens de l'impression de
vif-argent qu'elle donnait avant. Elle ne cessait de me
regarder. Elle voulait que je lui parle, elle voulait que
je me taise. Elle me souriait toujours. Elle voulait me
5 revoir et moi je ne savais pas comment bouger mes
mains ni si je pouvais fumer ou toucher son bras.

C'était une ville sinistre. Nous avons marché jusqu'au
jardin public un peu plus loin.

    Nous nous sommes raconté nos vies. C'était assez
10 décousu. Nous gardions nos secrets. Elle cherchait ses
mots. À un moment, elle m'a demandé la différence
entre désarroi et désœuvrement. Je ne savais plus.
Elle a fait un geste pour me signifier que, de toute façon, c'était sans importance. Elle disait que tout cela
15 l'avait rendue trop amère ou trop dure en tout cas
trop différente de ce qu'elle était vraiment à l'origine.

Nous n'avons presque pas évoqué sa maladie sauf au
moment où elle a parlé de ses enfants en disant que
ce n'était pas une vie pour eux. Peu de temps avant,
20 elle avait voulu leur faire cuire des nouilles et même
ça, elle n'y était pas arrivée à cause de la casserole
d'eau qui était trop lourde à soulever et que non vraiment, ça n'était plus une vie. Ils avaient eu plus que
leur temps de chagrin à présent.

---

2 **le vif-argent:** Quecksilber.
7 **sinistre:** unheimlich, düster.
10 **décousu, e:** unzusammenhängend, zusammenhanglos.
12 **le désarroi:** Ratlosigkeit.
    le désœuvrement: Untätigkeit, Müßiggang.
20 **la nouille:** Nudel.

166   *Pendant des années*

Elle m'a fait parler de ma femme et de mes enfants et de mon travail. Et même de Marcheron. Elle voulait tout savoir mais je voyais bien que la plupart du temps, elle ne m'écoutait pas.

5   Nous étions assis sur un banc écaillé en face d'une fontaine qui n'avait rien dû cracher depuis le jour de son inauguration. Tout était laid. Triste et laid. L'humidité commençait à tomber et nous nous tassions un peu sur nous-mêmes pour nous réchauffer.

10   Enfin elle s'est levée, il était temps pour elle d'y aller.

Elle m'a dit j'ai une faveur à te demander, juste une. Je voudrais te sentir. Et comme je ne répondais pas, elle m'a avoué que pendant toutes ces années elle
15   avait eu envie de me sentir et de respirer mon odeur. Je gardais mes mains bien au fond des poches de mon manteau parce que sinon je ...

Elle est allée derrière mon dos et elle s'est penchée sur mes cheveux. Elle est restée comme ça un long
20   moment et je me sentais terriblement mal. Ensuite avec son nez, elle est allée au creux de ma nuque et tout autour de ma tête, elle a pris son temps et puis elle est descendue le long de mon cou vers le col de ma chemise. Elle inspirait et gardait, elle aussi, ses

---

5   **écailler:** abblättern.
7   **une inauguration:** Einweihung.
7f.   **une humidité:** Feuchtigkeit.
8   **se tasser:** sich zusammenkauern.
21   **le creux:** (Aus-)Höhlung, Mulde.
      la nuque: Nacken, Genick.

Pendant des années 167

mains dans son dos. Ensuite elle a desserré ma cravate et ouvert les deux premiers boutons de ma chemise et j'ai senti le bout de ses narines toutes froides contre la naissance de mes clavicules, je ... je ...

J'ai eu un mouvement un peu brusque. Elle s'est relevée dans mon dos et elle a posé ses deux mains bien à plat sur mes épaules. Elle m'a dit je vais m'en aller. Je voudrais que tu ne bouges pas et que tu ne te retournes pas. Je t'en supplie. Je t'en supplie.

Je n'ai pas bougé. De toute façon je n'en avais pas envie parce que je ne voulais pas qu'elle me voie avec mes yeux gonflés et ma gueule toute tordue.

J'ai attendu assez longtemps et je suis reparti vers ma voiture.

---

1 **desserrer:** lockern, lösen.
3 **la narine:** Nasenloch.
4 **la clavicule:** Schlüsselbein.
12 **gonfler:** anschwellen, (sich) aufblähen.
   tordu, e: verzerrt.

Clic-clac

Cinq mois et demi que j'ai envie de Sarah Briot, la responsable des ventes.

Est-ce que je ne devrais pas plutôt dire: cinq mois
5 et demi que je suis *amoureux* de Sarah Briot, la responsable des ventes? Je ne sais pas.

Depuis tout ce temps, je ne peux pas penser à elle sans avoir une érection magnifique et comme c'est la première fois que ça m'arrive, je ne sais pas comment
10 appeler ce sentiment.

Sarah Briot s'en doute. Non, elle n'a pas eu l'occasion de toucher mon pantalon ni de sentir quelque chose mais elle s'en doute.

Évidemment, elle ne sait pas que ça fera cinq mois
15 et demi mardi parce qu'elle est moins attentive que moi aux chiffres (je suis expert-comptable, alors forcément …). Mais je sais qu'elle sait parce que c'est une maligne.

Elle parle aux hommes d'une façon qui me cho-
20 quait avant et qui maintenant me désespère. Elle leur

---

1 **le clic-clac:** Klappbett, (schnell auf- und abzubauendes) Bettsofa.
15 **attentif, ve:** aufmerksam, achtsam.
16 **un expert-comptable:** Rechnungsprüfer.
18 **la maligne:** schlaue Person, Schlaubergerin.
20 **désespérer qn:** jdn. zur Verzweiflung bringen, verzweifeln lassen.

parle comme si elle avait des lunettes spéciales (du genre le rayon X de Superman) et qui lui permettent de voir exactement la taille du sexe de son interlocuteur.

La taille au repos j'entends. Alors évidemment, ça fait des drôles de rapports dans la boîte … Vous pouvez imaginer.

Elle vous serre la main, elle répond à vos questions, elle vous sourit, elle prend même un café avec vous dans un gobelet en plastique à la cafétéria et vous, comme un con, vous ne pensez qu'à serrer vos genoux ou à croiser vos jambes. C'est vraiment infernal.

Le pire, c'est qu'elle n'arrête pas de vous regarder dans les yeux pendant ce temps-là. Et dans les yeux uniquement.

Sarah Briot n'est pas belle. Elle est mignonne et ce n'est pas pareil.

Elle n'est pas très grande, elle est blonde mais pas besoin d'être un grand manitou pour voir que ce n'est pas sa vraie couleur, ce sont des mèches.

Comme toutes les filles, elle est souvent en pantalon et encore plus souvent en jeans. Ce qui est dommage.

---

2 **les rayons** (m.) **X:** Röntgenstrahlen.
3 f. **un interlocuteur:** Gesprächspartner.
6 **la boîte** (fam.): Firma, Betrieb.
10 **le gobelet:** Becher.
12 **infernal, e:** höllisch.
19 **le grand manitou** (fam.): der Allgewaltige.
20 **la mèche:** Haarsträhne, Strähnchen.

170   *Clic-clac*

Sarah Briot est un tout petit poil potelée. Je l'entends souvent parler de régime avec ses copines au téléphone (comme elle parle fort et que je suis dans le bureau d'à côté, j'entends tout).

5 Elle dit qu'elle a 4 kilos à perdre pour atteindre les 50. J'y pense tous les jours parce que je l'avais marqué sur mon sous-main pendant qu'elle parlait: «54!!!»

J'ai appris comme ça qu'elle avait déjà essayé la méthode Montignac et «... qu' (elle) regrettait ses 10 cent balles», qu'elle avait détaché le cahier central du *Biba* du mois d'avril avec toutes les recettes *spécial minceur* d'Estelle Hallyday, qu'elle avait un poster géant dans sa cuisine minuscule qui indiquait toutes les calories de tous les aliments et qu'elle avait même 15 acheté une petite balance de cuisine pour tout peser façon Weight Watchers ...

Elle en parle souvent avec sa copine Marie qui est grande et maigre à ce que j'ai pu comprendre. (Entre nous c'est idiot parce que je vois pas ce que sa copine 20 peut lui répondre ...)

---

1 **un tout petit poil** (fam.): ein ganz kleines bisschen.
   potelé, e: rundlich, drall, füllig.
2 **le régime:** hier: Diät.
7 **le sous-main:** Schreibunterlage.
9 **Montignac:** Michel Montignac (geb. 1944), französischer Schlankheitsapostel.
10 **le cahier central:** Innenheft.
11 **«Biba»:** französische Frauenzeitschrift.
   la recette: Rezept.
12 **la minceur:** Schlankheit.
   Hallyday: Estelle Hallyday (geb. 1966), französisches Model.
16 **Weight Watchers** (angl.): 1963 in den USA gegründetes Abnehm-Unternehmen, heute auf der ganzen Welt verbreitet.

Clic-clac 171

À ce niveau-là de ma description, les abrutis pourraient se demander: mais qu'est-ce qu'il trouve à cette
fille?

Ah, ah … je les arrête!!!

L'autre jour j'ai entendu Sarah Briot qui riait de
bon cœur en racontant (à Marie peut-être?) qu'elle
avait fini par refiler la balance à sa mère pour qu'elle
lui fasse «de bons gâteaux le dimanche» et ça la mettait vraiment de bonne humeur de raconter ça.

D'autre part, Sarah Briot n'est pas vulgaire, elle est
attirante. Tout en elle n'inspire que les caresses et ce
n'est pas pareil non plus.

Alors fermez-la.

*

Une semaine avant la fête des mères, je flânais dans le
rayon lingerie des Galeries Lafayette pendant ma
pause déjeuner. Toutes les vendeuses, une rose rouge
à la boutonnière, étaient sur les dents et guettaient les
papas indécis.

---

  1 **un abruti:** Idiot, Depp, Blödian.
  7 **refiler** (fam.): andrehen, unterjubeln.
 11 **attirant, e:** attraktiv.
    la caresse: Liebkosung, Zärtlichkeit.
 13 **fermez-la** (pop.; zu ergänzen: *gueule*): haltet die Klappe; Schnauze!
 14 **flâner:** umherbummeln.
 15 **le rayon:** hier: Abteilung (in einem Kaufhaus).
    la lingerie: (Unter-)Wäsche.
    les Galeries Lafayette: großes Kaufhaus in Paris.
 17 **la boutonnière:** Knopfloch.
    être sur les dents (f., fig.): in äußerster Anspannung sein.
    guetter: belauern; hier: beobachten.
 18 **indécis, e:** unentschlossen.

172   *Clic-clac*

J'avais calé ma serviette sous mon bras et je jouais à si-j'étais-marié-à-Sarah-Briot-qu'est-ce-que-je-lui-achèterais? …

Lou, Passionnata, Simone Pérèle, Lejaby, Aubade, la tête me tournait.

Certains trucs, je les trouvais trop coquins (c'était la fête des mères quand même), d'autres, je n'aimais pas la couleur ou pas la vendeuse (le fond de teint je veux bien mais quand même, il y a des limites).

Sans parler de tous les modèles que je ne comprenais pas.

Je me voyais mal en train de dégrafer ces tout petits boutons-pression microscopiques dans le feu de l'action et je n'arrivais pas à comprendre le mode d'emploi des porte-jarretelles (pour bien faire, est-ce qu'il faut les laisser ou les enlever?).

J'avais chaud.

Finalement, j'ai trouvé, pour la future mère de mes enfants, un ensemble slip et soutien-gorge en soie gris très pâle de chez Christian Dior. La classe.

---

1 **caler:** klemmen.
   la serviette: hier: Aktenmappe.
4 **Lou, Passionnata, Simone Pérèle, Lejaby, Aubade:** Dessous- und Wäschemarken.
6 **coquin, e:** schelmisch; hier: pikant, gewagt.
8 **le fond de teint** (m.): hier: Make-up.
12 **dégrafer:** aufknöpfen, aufhaken.
13 **le bouton-pression:** Druckknopf.
14f. **le mode d'emploi:** Gebrauchsanweisung.
15 **le porte-jarretelles** (f.): Strumpfhalter.
20 **Dior:** weltbekanntes Pariser Modeunternehmen (gegründet von dem Modeschöpfer Christian Dior, 1905–57).

Clic-clac   173

– Quelle taille de soutien-gorge fait madâme?
J'ai posé ma serviette entre mes pieds.

– À peu près ça … lui dis-je, incurvant mes mains à quinze centimétres de ma poitrine.

– Vous n'avez aucune idée? dit la vendeuse un peu sèchement. Combien elle mesure?

– Ben, elle m'arrive à peu près là … répondis-je en montrant mon épaule.

– Je vois (moue consternée) … Écoutez, je vais vous donner un 90 C, il est possible que ce soit trop grand mais la cliente pourra venir le changer sans problème. Vous gardez bien le ticket de caisse, hein?

– Merci. Très bien, fis-je sur le ton du type qui emmène ses gosses en forêt tous les dimanches sans oublier les gourdes et les k-ways.

– Et pour le slip? Je vous mets le modèle classique ou le tanga? Notez j'ai aussi le string mais je ne crois pas que ce soit ce que vous cherchez …

De quoi tu te mêles madame Micheline des Galeries Lafayette?

On voit que tu ne connais pas LA Sarah Briot de chez Chopard & Minont. Celle qui laisse toujours

---

3 **incurver:** biegen, krümmen, wölben.
9 **faire une moue:** den Mund, das Gesicht verziehen.
   consterné, e: bestürzt, sprachlos.
10 **90 C:** BH-Größe.
12 **le ticket de caisse** (f.): Kassenbeleg.
16 **la gourde:** Feldflasche.
   le k-way (angl.): Windjacke, Regenjacke (Markenname).
18 **le tanga:** Tanga, knapper Slip.
   le string (angl.): String-Tanga, knapper Tanga.

174   *Clic-clac*

voir un bout de son nombril et qui rentre dans le bureau des autres sans frapper.

Mais quand elle m'a montré le modèle, j'ai flanché. Non, ce n'était vraiment pas possible de mettre un
5 truc comme ça. A la limite, c'était presque un instrument de torture. J'ai pris le tanga qui «... cette année a tout du brésilien mais moins échancré sur les hanches, comme vous pouvez le voir vous-même. Je vous fais un paquet-cadeau monsieur?»
10 Un tanga quoi.

Ouf.

J'ai fourré le petit paquet rose entre deux dossiers et mon plan de Paris et je suis retourné devant l'écran de mon ordinateur.
15 Tu parles d'une pause.

Au moins quand il y aura les gosses, on trouvera des trucs plus faciles à choisir. Il faudra que je leur dise: «Non, les enfants, pas un gaufrier ... voyons ...»

*

---

1 **le nombril:** Nabel.
3 **flancher** (fam.): aufgeben, einen Rückzieher machen.
5 **à la limite:** äußerstenfalls.
7 **brésilien, ne:** brasilianisch.
   échancré, e: ausgeschnitten.
7f. **la hanche:** Hüfte.
11 **ouf** (interj.): Gott sei Dank!
12 **fourrer:** stecken, stopfen.
   le dossier: Akte.
13 **un écran:** Bildschirm.
14 **un ordinateur:** Computer.
18 **le gaufrier:** Waffeleisen.
   voyons (interj.): aber, aber!

Clic-clac   175

C'est Mercier, mon collègue de l'exportation, qui m'a
dit un jour:

   – Elle te plaît bien, hein?

   On était chez Mario en train de compter nos ti-
ckets-restaurant et ce crétin voulait me la jouer copains de régiment et vas-y dis-moi tout que je te tape
dans les côtes.

   – Tu me diras, t'as bon goût hein!

   Je n'avais pas envie de lui parler. Mais alors pas du
tout.

   – Il paraît qu'elle est bonne, hein … (gros clin d'œil)

   J'en secouais la tête de désapprobation.

   – C'est Dujoignot qui me l'a dit …

   – Dujoignot est sorti avec elle!

   J'étais perdu dans mes comptes.

   – Nan mais il a appris des trucs par Movard, parce
que Movard il l'a eue lui, et je peux te dire que …

   Le voilà qui secoue ses doigts dans l'air comme
pour les essorer en faisant le petit O de cOnnerie
avec sa bouche.

   – … Ouais une chaude hein … la Briot, ça on peut
dire qu'elle a pas froid aux yeux hein … Des trucs, je
pourrais même pas te les raconter …

4f. **le ticket-restaurant:** Essensmarke.
5 **le crétin:** Dummkopf, Idiot.
6 **le régiment:** hier (fam.): Militär(dienst), Kommiss.
11 **le clin d'œil** (m.): Augenzwinkern.
12 **la désapprobation:** Missbilligung.
14 **sortir:** hier: ausgehen.
19 **essorer:** ausschleudern, trockenschleudern.
22 **ne pas avoir froid aux yeux** (m.; fam.): es faustdick hinter den Oh-
     ren haben.

176   *Clic-clac*

– Ne raconte pas. C'est qui ce Movard?
– Il était au service publicité mais il est parti avant
ton arrivée. On était une structure trop petite pour lui
alors tu vois …
– Je vois.
Pauvre Mercier. Il ne s'en remet pas. Il doit penser
à tout un tas de positions sexuelles.
Pauvre Mercier. Tu sais que mes sœurs t'appellent
Merdchié et qu'elles pouffent encore en pensant à ta
Ford Taunus.
Pauvre Mercier qui a essayé de baratiner Myriam
alors qu'il a une chevalière en or avec ses initiales en
surimpression.
Pauvre Mercier. Qui espère encore après les filles
intelligentes et qui va à ses premiers rendez-vous avec
son portable dans une housse en plastique accroché à
la ceinture et son autoradio sous le bras.
Pauvre Mercier. Si tu savais comment mes sœurs
parlent de toi … quand elles en parlent.

*

---

2 **la publicité:** Werbung.
3 **être une structure trop petite:** eine Nummer zu klein sein.
6 **se remettre:** hier (fam.): sich beruhigen.
9 **Merdchié** (pop.): etwa: Arschgeige.
  pouffer: laut auflachen.
11 **baratiner** (fam.): beschwatzen, einseifen; hier: anbaggern, anmachen.
12 **la chevalière:** Siegelring.
12f. **en surimpression** (f.): eingraviert.
16 **le portable:** Handy.
  une housse: (Schutz-)Hülle.

Clic-clac   177

On ne peut jamais prévoir. Ni comment les choses vont se dérouler, ni pourquoi des trucs tout simples prennent soudain des proportions démentes. Là, par exemple, ma vie a changé d'un coup à cause de cent cinquante grammes de soie grise.

*

Depuis cinq ans et bientôt huit mois j'habite avec mes sœurs un appartement de 110 m² près du métro Convention.

Au début, j'habitais juste avec ma sœur Fanny. Celle qui a quatre ans de moins que moi et qui est étudiante en médecine à la fac de Paris V. C'était une idée de nos parents pour faire des économies et pour être sûr que la petite ne serait pas perdue dans Paris, elle qui n'a connu que Tulle, son lycée, ses cafés et ses mobylettes bricolées.

Je m'entends bien avec Fanny parce qu'elle ne parle pas beaucoup. Et qu'elle est toujours d'accord pour tout.

Par exemple si c'est sa semaine de cuisiner et si je rapporte, disons une sole, parce que j'en ai eu envie,

---

2 **se dérouler:** ablaufen, sich entwickeln.
3 **dément, e:** wahnsinnig, irrsinnig.
7 f. **Convention:** Métro-Station im 15. Arrondissement.
11 **Paris V:** die Université René Descartes im 6. Arrondissement.
14 **Tulle:** Stadt im Département Corrèze.
15 **la mobylette:** Mofa.
 bricoler: basteln; hier: frisieren, aufmotzen.
19 **cuisiner:** kochen.
20 **la sole:** Seezunge.

178   *Clic-clac*

elle n'est pas du genre à gémir que je lui perturbe
tous ses plans. Elle s'adapte.

Ce n'est pas exactement pareil avec Myriam.

Myriam, c'est l'aînée. On a même pas un an de dif-
5 férence mais vous nous verriez, vous ne pourriez
même pas imaginer qu'on est frère et sœur. Elle parle
tout le temps. Je pense même qu'elle est un peu si-
phonnée mais c'est normal, c'est l'Artiste de la famille …

10 Après les Beaux-Arts, elle a fait de la photo, des
collages avec du chanvre et de la paille de fer, des
clips avec des taches de peinture sur les objectifs, des
trucs avec son corps, de la création d'espace avec
Loulou de La Rochette (?), des manifs, de la sculp-
15 ture, de la danse et j'en oublie.

Pour l'instant elle peint des trucs que j'ai du mal à
comprendre même en plissant vachement les yeux
mais d'après Myriam, j'ai LA case artistique en moins
et je ne sais pas voir ce qui est beau. Bon.

---

1 **perturber:** durcheinanderbringen, stören.
2 **s'adapter:** sich anpassen, sich umstellen.
7 f. **siphonné, e** (fam.): bekloppt, meschugge.
10 **les Beaux-Arts:** Kunstakademie.
11 **le collage:** Aufkleben, Collage.
   le chanvre: Hanf.
   la paille de fer: Stahlwolle.
12 **le clip** (angl.): Videoclip, Filmsequenz.
   un objectif: Linse.
17 **plisser:** hier: zusammenkneifen.
   vachement (adv., fam.): mächtig, gewaltig.
18 **la case artistique:** künstlerische Ader, künstlerisches Gespür.

Clic-clac 179

La dernière fois qu'on s'est engueulé c'est quand on
est allé ensemble à l'exposition Boltanski (mais
quelle idée aussi de m'emmener voir ça … franchement. Tu crois pas que j'avais l'air d'un con en train
d'essayer de comprendre le sens de la visite?).

Myriam est un vrai cœur d'artichaut, tous les six mois,
depuis l'âge de quinze ans (ce qui doit faire à peu
près trente-huit fois si je ne m'abuse), elle nous ramène l'homme de sa vie. Le Bon, le Vrai, le Mariage
en blanc, le Ça Y'est Cette Fois C'est Du Solide, le
Dernier, le Sûr, le Dernier des derniers.

L'Europe à elle toute seule: Yoann était suédois,
Giuseppe italien, Erick hollandais, Kiko espagnol et
Laurent de St-Quentin-en-Yvelines. Évidemment il
en reste trente-trois … Pour l'instant leur nom ne me
revient pas.

Quand j'ai quitté mon studio pour emménager avec
Fanny, Myriam était avec Kiko. Un futur réalisateur
génial.

Au début, on ne la voyait pas beaucoup. De temps
en temps ils s'invitaient à dîner tous les deux et Kiko

---

2 **Boltanski:** Christian Boltanski (geb. 1944), französischer Objekt-
künstler.
3f. **franchement** (adv., interj.): also ehrlich!
6 **être un cœur d'artichaut** (fam.): sein Herz leicht verschenken (*un
artichaut:* Artischocke).
8 **s'abuser:** sich täuschen, sich irren.
12 **suédois, e:** schwedisch.
17 **emménager:** einziehen; hier: zusammenziehen.
18 **le réalisateur:** (Film-)Regisseur.

180   *Clic-clac*

apportait le vin. Toujours très bon. (Heureusement,
vu qu'il n'avait que ça à foutre de la journée: choisir
le vin.)

J'aimais bien Kiko. Il regardait ma sœur douloureuse-
5 ment et puis il se resservait à boire en secouant la
tête. Kiko fumait de drôles de choses et le lendemain,
j'étais toujours obligé de mettre du pschitt-pschitt au
chèvrefeuille pour faire passer l'odeur.

Les mois ont passé, Myriam est venue de plus en plus
10 souvent et presque toujours seule. Elle s'enfermait
avec Fanny dans sa chambre et je les entendais glousser jusqu'au milieu de la nuit. Un soir où je suis entré
pour leur demander si elles voulaient une tisane ou
quelque chose, je les ai vues toutes les deux allongées
15 par terre en train d'écouter leur vieille cassette de
Jean-Jacques Goldman: «Puisqueueueu tu pâââârs …
et gnagnagna».

Pathétique.

---

2 **vu que …:** da …, angesichts der Tatsache dass …
4f. **douloureusement** (adv.): schmerzhaft; hier: schmerzerfüllt.
5 **resservir à boire:** nachschenken.
7 **le pschitt-pschitt:** Spray, Sprühmittel.
8 **le chèvrefeuille:** Geißblatt.
11f. **glousser** (fam.): kichern.
13 **la tisane:** Kräutertee.
16 **Goldman:** Jean-Jacques Goldman (geb. 1951), französischer Pop-
sänger.
17 **gnagnagna** (fam.): blabla.
18 **pathétique:** pathetisch, (sehr) rührend.

Clic-clac   181

Quelquefois Myriam repartait. Quelquefois non.

Il y avait une brosse à dents en plus dans le verre
duralex de la salle de bains et la nuit le canapé-lit
était souvent déplié.

⁵   Et puis un jour elle nous a dit:

– Si c'est Kiko tu dis que je suis pas là … en désignant le téléphone …

Et puis, et puis, et puis … Un matin, elle m'a demandé:

¹⁰   – Ça t'ennuie pas si je reste un peu avec vous? …
Bien sûr je participerai aux frais …

J'ai fait gaffe de ne pas casser ma biscotte parce que
si y'a un truc dont j'ai horreur, c'est bien de casser
mes biscottes et je lui ai dit:

¹⁵   – Pas de problème.

– Sympa. Merci.

– Juste un truc …

– Quoi?

– J'aimerais mieux que tu fumes sur le balcon …

²⁰   Elle m'a souri, elle s'est levée et m'a fait un gros
smack d'artiste.

Évidemment ma biscotte s'est cassée et je me suis
dit: «ça commence …» en touillant dans mon chocolat

2f. **le verre duralex:** Pressglas (*Duralex:* französische Handelsmarke).
4 **déplier:** auseinanderfalten, auseinanderklappen.
6f. **désigner qc:** auf etwas deuten.
11 **participer:** hier: sich beteiligen.
12 **faire gaffe** (fam.): aufpassen, Acht geben.
    la biscotte: Zwieback.
21 **le smack** (angl.): (dicker) Kuss.
23 **touiller** (fam.): (um)rühren.

182 *Clic-clac*

pour récupérer des petits bouts mais j'étais content quand même.

*

Ça m'avait quand même tracassé toute la journée et le soir, j'ai mis les choses au point: on partage le loyer dans la mesure du possible, on s'organise pour les courses, la cuisine et le ménage, d'ailleurs les filles regardez la porte du frigidaire, il y a un calendrier avec nos semaines: toi Fanny en stabilo rose, toi Myriam en bleu et moi en jaune … Merci de prévenir quand vous dînez dehors ou quand vous ramenez des invités et à propos d'invités, si vous ramenez des hommes à la maison avec lesquels vous avez l'intention de coucher, merci de vous organiser toutes les deux pour la chambre et …

– Hé, ça va … ça va … t'excite pas … a dit Myriam.

– C'est vrai ça … a répondu sa sœur.

– Et toi? Quand tu ramèneras une petite poule, t'es gentil de nous prévenir aussi … hein! Qu'on fasse disparaître nos bas-résille et nos vieilles capotes …

Et les voilà qui ricanent de plus belle.

Malheur.

---

1 **récupérer:** zurückholen; hier: herausfischen.
3 **tracasser:** beunruhigen, plagen.
4 **mettre au point:** klarstellen, klären.
8 **le stabilo:** Filz- oder Markierstift (Markenname).
9 **prévenir:** ankündigen, benachrichtigen.
19 **le bas-résille:** Netzstrumpf.
 la capote: *la capote anglaise* (pop.): Präservativ, Kondom.
20 **ricaner:** kichern, feixen.
 de plus belle: noch mehr, noch stärker.

Clic-clac 183

Ça se passait plutôt bien notre petite affaire. J'avoue
que je n'y croyais pas trop mais j'avais tort ... Quand
des filles veulent que quelque chose se passe bien, ça
se passe bien. Ce n'est pas plus compliqué que ça.

5 Quand j'y pense maintenant, je me rends compte à
quel point l'arrivée de Myriam a été importante pour
Fanny.

Elle, c'est tout le contraire de sa sœur, elle est romantique et fidèle. Et sensible.

10 Elle tombe toujours amoureuse d'un mec inaccessible qui habite à Pétaouchnok. Depuis qu'elle a quinze
ans, elle guette le courrier tous les matins et sursaute
à chaque sonnerie de téléphone.

Ce n'est pas une vie.

15 Il y a eu Fabrice qui habitait à Lille (de Tulle, tu vois
le travail ...) et qui l'a noyée sous un flot de lettres
passionnées où il ne parlait que de lui-même. Quatre
ans d'amour juvénile et contrarié.

Ensuite, il y a eu Paul qui est parti comme médecin
20 sans frontières du côté du Burkina-Faso en lui laissant

10f. **inaccessible:** unerreichbar, unnahbar.
11 **Pétaouchnok:** Phantasiestadt am Ende der Welt.
12 **le courrier:** Post.
   sursauter: zusammenzucken.
16 **noyer:** ertränken; hier: überschwemmen.
17 **passionné, e:** leidenschaftlich.
18 **juvénile:** jugendlich.
   contrarié, e: behindert, durchkreuzt.
19f. **le médecin sans frontières:** »Médecins sans Frontières« 1971 von
   französischen Ärzten gegründete humanitäre Organisation.
20 **Burkina-Faso:** Staat in Westafrika (das ehemalige Obervolta).

184   *Clic-clac*

l'amorce d'une vocation, de l'énergie pour râler contre la lenteur de la Poste et toutes ses larmes pour
pleurer … Cinq ans d'amour exotique et contrarié.

Et maintenant c'est le pompon: j'ai cru comprendre
d'après leurs conversations nocturnes et leurs allu-
sions à table que Fanny était amoureuse d'un médecin qui est déjà marié.

Je les ai entendues dans la salle de bains, Myriam
lui a dit en se brossant les dents:

– Il a des enfanch's?

J'imagine que Fanny était assise sur le couvercle
des chiottes.

– Non.

– Jche préfèrch parche que … (elle crache) … avec
des enfants ça doit être trop galère tu vois. En tout
cas, moi, je pourrais pas.

Fanny n'a pas répondu mais je suis sûr qu'elle était
en train de mordiller ses cheveux en regardant le tapis de bain ou ses doigts de pied.

– Tu les cherches on dirait …

– …

---

1 **une amorce:** Köder, Verlockung.
  la vocation: Berufung.
  râler: wettern, meckern, protestieren.
2 **la lenteur:** Langsamkeit, Schwerfälligkeit.
4 **le pompon** (fam.): der Gipfel, der absolute Hammer.
5 f. **une allusion:** Anspielung.
12 **les chiottes** (f., pop.): Toilette, Lokus.
15 **galère** (fam.): problematisch, heikel.
18 **mordiller:** herumkauen, -beißen.

Clic-clac 185

– Tu nous fatigues avec tes mecs à la mord-moi-le-nœud. En plus les médecins c'est tous des emmerdeurs. Après il se mettra au golf et il sera toujours fourré dans des congrès au Club Med à Marrakech ou je ne sais où et toi, tu seras toujours toute seule …

– …

– En plus, je te dis ça … C'est au cas où ça marcherait mais qui te dit que ça va marcher? … Parce que l'Autre, tu crois pas qu'elle va lâcher le morceau comme ça. C'est qu'elle y tient à son bronzage de Marrakech pour faire chier la femme du dentiste au Rotary.

Fanny doit sourire, ça s'entend dans sa voix. Elle murmure:

– Tu dois avoir raison …

– Mais bien sûr que j'ai raison!

Six mois d'amour adultère et contrarié. (Peut-être.)

– Viens donc avec moi à la Galerie Delaunay samedi soir, d'abord je connais le traiteur du vernissage et ça sera pas dégueulasse. Je suis sûre que Marc sera

---

1 f. **à la mord-moi-le-nœud** (fam.): an dem man sich die Zähne ausbeißt.

4 **le Club Med** (fam.): Kurzform für *le Club Méditerranée*, französischer Reiseveranstalter mit eigenen Feriendörfern.

9 **lâcher le morceau** (fam.): die Beute fahren lassen.

10 **le bronzage:** Bräune.

11 **Rotary:** Rotary Club; internationale Vereinigung von Unternehmern zur Pflege gesellschaftlicher Kontakte.

16 **adultère:** ehebrecherisch.

17 **la Galerie Delaunay:** Kunstgalerie in Paris.

18 **le traiteur:** (Besitzer eines) Partyservice.

le vernissage: Vernissage, Eröffnung einer Kunstausstellung.

19 **pas dégueulasse** (pop.): große Klasse (*dégueulasse*, pop.: widerlich, zum Kotzen).

186   *Clic-clac*

là … Il faut absolument que je te le présente! Tu vas
voir, c'est un mec super! En plus il a un cul magnifique.

– Pffff, tu parles … C'est quoi comme expo?

5 – J'm'en souviens plus. Tiens, tu me passes la serviette steu plaît?

Myriam améliorait souvent l'ordinaire en rappor-
tant des petits plats de chez Fauchon et des bonnes
bouteilles. Il faut dire qu'elle avait encore trouvé une
10 combine pas possible: pendant plusieurs semaines,
elle avait potassé des tas de bouquins et de magazines
sur Diana (impossible de traverser le salon sans marcher sur la défunte …) et s'était exercée à la dessiner.
Et tous les week-ends, elle plantait son barda au-des-
15 sus du pont de l'Alma et croquait les pleureuses du
monde entier à côté de leur idole.

Pour une somme d'argent invraisemblable («la connerie ça se paye») une japonaise made in tour operator peut demander à ma sœur de la dessiner à côté de

---

4 **une expo** (fam.): Kurzform für *une exposition:* Ausstellung.
7 **améliorer:** verbessern.
8 **Fauchon:** exklusives Delikatessengeschäft in Paris.
10 **la combine** (fam.): Kniff, Trick, Masche.
11 **potasser** (fam.): eifrig studieren; hier: wälzen.
12 **Diana:** englische Prinzessin (1961–97), Gattin von Kronprinz
    Charles, Mutter von William und Harry.
13 **la défunte:** Verstorbene.
14 **le barda** (fam.): Kram, Krempel.
15 **le pont de l'Alma:** Seinebrücke in Paris; im Autotunnel unter die-
    ser Brücke kam Prinzessin Diana bei einem Unfall ums Leben.
    croquer: hier: skizzieren.
    la pleureuse: Klageweib.
17 **invraisemblable:** unwahrscheinlich.
18f. **tour operator** (angl.): Reiseveranstalter.

Clic-clac 187

Diana qui rit (à la fête de l'école d'Harry) ou Diana
qui pleure (avec les sidatiques de Belfast) ou Diana
qui compatit (avec les sidatiques de Liverpool) ou
Diana qui boude (à la commémoration du cinquante-
5 naire du Débarquement).

Je salue l'artiste et je m'occupe de chambrer les bouteilles.

Oui notre affaire tournait bien. Fanny et moi ne par-
lions guère plus mais nous riions davantage. Myriam
10 ne se calmait pas du tout mais elle peignait. Pour mes
sœurs, j'étais l'homme idéal mais pas celui qu'elles
voudraient épouser.
    Je ne me suis jamais appesanti sur cette trouvaille,
je me contentais de hausser les épaules en surveillant
15 la porte du four.

                                    *

Il aura donc fallu une poignée de lingerie pour faire
un strike.

---

2 **le sidatique:** Aidskranker (*le SIDA*: AIDS).
3 **compatir:** mitfühlen, Anteil nehmen.
4 **bouder:** schmollen.
  la commémoration: Andenken, Gedächtnis, Gedenkfeier.
4f. **le cinquantenaire:** fünfzigster Jahrestag.
5 **le Débarquement:** die Landung der Alliierten in der Normandie.
6 **chambrer:** temperieren, zimmerwarm machen.
13 **s'appesantir sur qc:** sich über etwas verbreiten, etwas breittreten.
  la trouvaille: glücklicher Fund, Glücksgriff.
14 **se contenter:** sich begnügen, sich zufriedengeben.
  hausser les épaules: die Schultern zucken.
15 **le four:** Backofen.
17 **le strike** (angl.): Schock.

188   *Clic-clac*

Finies les soirées assis au pied du canapé à regarder
mes sœurs en soupirant. Finis les cocktails de Fanny
made in salle-de-garde qui vous retournent la bidoche
et vous remémorent tout un tas d'histoires salaces. Fi-
5 nies les engueulades:
    – Mais souviens-toi merde! C'est important! Il
s'appelait Lilian ou Tristan???
    – J'en sais rien. Il articulait mal ton gars.
    – Mais c'est pas possible ça! Tu l'fais exprès ou
10 quoi? Essaye de te rappeler!
    – «Est-ce que je pourrais parler à Myriam, c'est
Ltfrgzqan.» Ça te va?

Et elle partait dans la cuisine.
    – Tu seras gentille de pas claquer la porte du fri-
15 go ...
    VLAM.
    – ... Et de lui donner l'adresse d'une bonne ortho-
phoniste ...
    – Chmmchmpauv'con.
20   – Tiens on dirait que ça te ferait pas de mal non
plus.
    VLAM.

---

2 **soupirer:** seufzen.
3 **la salle-de-garde** (f.): Wachstube.
  la bidoche (fam.): (Menschen-)Fleisch; hier: Magen.
4 **remémorer:** ins Gedächtnis zurückrufen.
  salace: geil.
8 **articuler:** (aus)sprechen.
14f. **le frigo** (fam.): Kurzform für *le frigidaire:* Kühlschrank.
16 **vlam:** rumms, krach!
17f. **une orthophoniste:** Logopädin, Sprecherzieherin.

Clic-clac 189

Finies les réconciliations devant mon fameux poulet au Boursin («alors? … tu crois pas que t'es mieux ici avec nous plutôt qu'avec Ltfrgzqan dans un attrape-gogo sous vide?»).

Finies les semaines au stabilo, fini le marché du samedi matin, finis les *Gala* qui traînent dans les toilettes ouverts aux pages de l'horoscope, finis les artistes de tout poil pour nous faire comprendre les chiffons de Boltanski, finies les nuits blanches, finis les polys qu'il fallait faire réciter à Fanny, fini le stress des jours de résultats, finis les regards noirs à la voisine du dessous, finies les chansons de Jeff Buckley, finis les dimanches à lire des B.D. allongés sur la moquette, finies les orgies de bonbons Haribo devant *Sacrée soirée*, fini le tube de dentifrice jamais rebouché qui sèche et qui me rend dingue.

Finie ma jeunesse.

*

1 **la réconciliation:** Versöhnung.
2 **Boursin:** Käsesorte (Markenname).
3 f. **un attrape-gogo** (fam.): Neppladen.
6 **«Gala»:** französische Frauenzeitschrift.
7 f. **les artistes de tout poil:** Künstler jeder Branche.
8 **le chiffon:** (Stoff-)Fetzen, Wisch.
9 **la nuit blanche:** durchwachte Nacht.
    la poly (fam.): Kurzform für *la polycopie:* hier: Vorlesungsskript.
12 **Buckley:** Jeff Buckley (1966–97), amerikanischer Musiker.
13 **les B.D.:** Abk. für *Bandes Dessinées:* Comics.
    la moquette: hier: Teppichboden.
14 f. **«Sacrée soirée»:** Samstagabendshow des Fernsehsenders TF 1.
15 **le tube de dentifrice:** Zahnpastatube.
    reboucher: wieder zumachen, zuschrauben.
16 **dingue** (fam.): verrückt, bekloppt.

190   *Clic-clac*

On avait organisé un dîner pour fêter les examens de
Fanny. Elle commençait à voir le bout du tunnel …
– Ouf! plus que dix ans … disait-elle en souriant.
Autour de la table basse, il y avait son interne (sans
5 alliance, le lâche), (futur golfeur à Marrakech, je
maintiens), ses copines de l'hôpital dont la fameuse
Laura avec laquelle mes sœurs m'avaient monté un
nombre incalculable de plans plus foireux les uns que
les autres sous prétexte qu'elle avait parlé de moi un
10 jour avec des trémolos dans la voix (ah! … le coup où
elles m'avaient donné rendez-vous chez la fameuse
Laura pour un anniversaire surprise et que je me suis
retrouvé seul toute une soirée avec cette furie à chercher ses lentilles dans sa moquette en poil de chèvre
15 en garant mes fesses …).

Il y avait Marc (j'en profitais pour voir ce qu'était
«un beau cul» … mouaif …).

Il y avait des amis de Myriam que je n'avais jamais
vus.

---

4 **la table basse:** Couchtisch.
  un interne: Assistenzarzt.
5 **une alliance:** Ehering.
  le lâche: Feigling.
  le golfeur: Golfspieler.
7f. **monter des plans** (m.; fam.): Pläne schmieden; hier: um jdn. zu
  verkuppeln.
8 **incalculable:** unberechenbar.
  foireux, se (pop.): beschissen, faul.
10 **le trémolo:** Tremolo, Vibrieren.
13 **la furie:** böses Weib, Furie.
14 **les lentilles** (f.): Kontaktlinsen.
15 **garer:** hier: in Sicherheit bringen.

Clic-clac   191

Je me demandais où elle dénichait des étrangetés pareilles, des mecs tatoués de bas en haut et des filles montées sur des échasses pas croyables qui riaient pour n'importe quoi en secouant ce qui leur tenait
5 lieu de chevelure.

Elles m'avaient dit:
– Amène des collègues si tu veux … C'est vrai, tu nous présentes jamais personne …
Et pour cause les filles … pensais-je plus tard en ad-
10 mirant la faune et la flore qui mangeaient mes cacahouètes vautrées sur le canapé Cinna que maman m'avait offert pour mon diplôme de comptable, et pour cause …

Il était déjà assez tard et nous étions tous bien cassés quand Myriam – partie chercher une bougie par-
15 fumée dans ma chambre – est revenue en glougloutant comme une dinde en chaleur avec le soutiengorge de Sarah Briot entre le pouce et l'index.

---

1 **dénicher** (fam.): aufgabeln, auflesen.
2 **tatouer:** tätowieren.
3 **monté, e sur …:** auf … stehend.
   les échasses (f.; fam.): (lange) Beine.
9 **pour cause** (f.): aus gutem Grund.
10 **la faune et la flore:** Fauna und Flora.
10f. **la cacahouète:** Erdnuss.
11 **se vautrer:** sich lümmeln, sich hinfläzen.
   Cinna: französische Sitzmöbelfabrik.
13 **cassé, e** (fam.): angesäuselt.
15f. **glouglouter:** gluckern, glucksen.
16 **la dinde:** Truthenne, Pute.
   en chaleur (f.): brünstig.
17 **un index:** Zeigefinger.

192   *Clic-clac*

Mes aïeux.

On peut dire que ça a été ma fête.

– Hé mais qu'est-ce que c'est que ça?! Attends Olivier, t'es au courant que y'a des accessoires de sex-shop dans ta chambre? ... De quoi donner la gaule à tous les mecs de Paris! Nous dis pas que t'es pas au courant!?

La voilà partie dans un show d'enfer, incontrôlable.

Elle se dandine, mime un strip-tease, renifle la culotte, se retient à l'halogène et tombe à la renverse.

Incontrôlable.

Tous les autres sont morts de rire. Même le champion de golf.

– C'est bon. Ça suffit j'ai dit. Donne-moi ça.

– C'est pour qui? D'abord tu nous dis pour qui c'est ... pas vrai les autres?

Et voilà tous ces connards en train de siffler avec leurs doigts, de se cogner les dents contre leurs verres et de dégueulasser mon salon surtout!

– En plus t'as vu les lolos qu'elle a!!! Attends mais c'est au moins du 95!!! hurle cette abrutie de Laura.

---

1 **mes aïeux** (interj., fam.): mein Gott! (*les aïeux*, m.: Ahnen).
5 **donner la gaule** (fam.): eine Erektion verursachen (*la gaule:* lange Stange).
10 **se dandiner:** sich in den Hüften wiegen.
   mimer: mimen, pantomimisch darstellen.
   renifler qc: an etwas schnuppern.
11 **un halogène:** Halogenlampe.
   tomber à la renverse: rückwärts umfallen.
20 **dégueulasser** (pop.): zum Saustall machen.
21 **les lolos** (m.; pop.): Titten.

Clic-clac 193

– On s'embête pas hein … m'a soufflé Fanny en
faisant des trucs tordus avec sa bouche.

Je me suis levé. J'ai pris mes clefs et mon blouson et
j'ai claqué la porte.
5   VLAM.

J'ai dormi à l'hôtel Ibis de la porte de Versailles.
  Non, je n'ai pas dormi. J'ai réfléchi.
  J'ai passé une bonne partie de la nuit debout, le
front appuyé contre la fenêtre à regarder le Parc des
10 Expositions.
  Qu'est-ce que c'est moche.

Au matin, ma décision était prise. Je n'avais même
pas la gueule de bois et je me suis tapé un petit-déjeu-
ner grandiose.

*

15 Je suis allé aux Puces.
  C'est très rare que je prenne du temps pour moi.
  J'étais comme un touriste à Paris. J'avais les
mains dans les poches et je sentais bon l'after-shave

---

 1 **s'embêter** (fam.): sich langweilen.
 2 **tordu, e:** schief, verzerrt.
 6 **Ibis:** Name einer Hotelkette; das hier gemeinte Hotel liegt im Süd-
     westen von Paris.
 9 f. **le Parc des Expositions** (f.): Messegelände.
11 **moche** (fam.): scheußlich, gemein.
13 **la gueule de bois** (m.; fam.): Kater, Katzenjammer.
     se taper (fam.): sich gönnen, sich einverleiben.
15 **les Puces** (f.): Kurzform für *le Marché aux Puces:* Flohmarkt.

194   *Clic-clac*

Nina Ricci for Men distribué dans tous les hôtels Ibis
du monde. J'aurais bien aimé que ma collègue de travail me surprenne au détour d'une allée:
— Oh Olivier!
5 — Oh Sarah!
— Oh Olivier, qu'est-ce que tu sens bon …
— Oh Sarah …

Je buvais le soleil devant une bière pression à la terrasse du Café des amis.
10   On était le 16 juin aux alentours de midi, il faisait
beau et ma vie était belle.

J'ai acheté une cage à oiseaux tarabiscotée et pleine
de chichis en fer.
   Le gars qui m'a vendu ça m'a assuré qu'elle datait du
15 XIXe siècle et qu'elle avait appartenu à une famille très
cotée puisqu'on l'avait retrouvée dans un hôtel particulier, intacte et patati et patata et vous réglez comment?
   J'avais envie de lui dire: te fatigue pas mon vieux,
je m'en fous.
20   Quand je suis rentré, ça sentait le Monsieur Propre
depuis le rez-de-chaussée.

   1 **Nina Ricci:** exklusives Pariser Parfum- und Modehaus.
   8 **la bière pression:** Bier vom Fass.
   12 **tarabiscoté, e:** verschnörkelt.
   13 **le chichi** (fam.): Schnickschnack.
   16 **coté, e:** betucht.
   16f. **un hôtel particulier:** Stadtpalais.
   17 **et patati et patata** (fam.): und so weiter.
      régler: hier: bezahlen.
   20 **Monsieur Propre:** Meister Proper (Markenname).

Clic-clac 195

L'appartement était nickel. Pas un grain de poussière.
Avec même un bouquet sur la table de la cuisine et
un petit mot: «On est au Jardin des Plantes, à ce soir.
Bisous.»

5 J'ai défait ma montre et je l'ai posée sur ma table
de nuit. Le paquet Christian Dior était posé à côté
comme si de rien n'était.

Aaahhh!!! mes chéries …

Pour le dîner, je vais vous faire un poulet au Boursin
10 i-nou-bli-able!

Bon, d'abord choisir le vin … et mettre un tablier
bien sûr.

Et pour le dessert, un gâteau de semoule avec
beaucoup de rhum. Fanny adore ça.

15 Je ne dis pas qu'on s'est pris dans les bras en se ser-
rant très fort et en secouant la tête comme le font les
Américains. Elles m'ont juste un peu souri en fran-
chissant le seuil et j'ai vu dans leur visage toutes les
petites fleurs du Jardin des Plantes.

20 Pour une fois, on n'était pas tellement pressé de débarrasser. Après la débauche de la veille personne
n'avait l'intention de sortir et Mimi nous a servi un
thé à la menthe sur la table de la cuisine.

---

1 **nickel** (fam.): tiptop, wie geleckt.
3 **le Jardin des Plantes** (f.): großer botanischer Garten in Paris.
4 **le bisou** (fam.): Küsschen.
13 **la semoule:** Gries.
20f. **débarrasser:** hier: abräumen.
21 **la débauche:** Ausschweifung.
23 **la menthe:** Pfefferminze.

196   *Clic-clac*

– C'est quoi cette cage? a demandé Fanny.

– Je l'ai achetée aux Puces ce matin à un gars qui ne vend que des cages anciennes … Elle te plaît?

– Oui.

5   – Eh bien c'est pour vous.

– Ah bon! Merci. Mais en quel honneur? Parce qu'on est pleines de tact et de délicatesse a plaisanté Myriam en se dirigeant vers le balcon avec son paquet de Craven.

10   – En souvenir de moi. Vous n'aurez qu'à dire que l'oiseau s'est envolé …

– Pourquoi tu dis ça!?

– Je m'en vais les filles.

– Tu t'en vas où???

15   – Je vais aller habiter ailleurs.

– Avec qui???

– Seul.

– Mais pourquoi? C'est à cause d'hier soir … Écoute je te demande pardon, tu sais j'avais trop bu

20   et …

– Non, non t'inquiète pas. Ça n'a rien à voir avec toi.

Fanny avait l'air vraiment sonnée et j'avais du mal à la regarder en face.

25   – T'en as marre de nous?

– Nan c'est pas ça.

---

7 **la délicatesse:** Feinfühligkeit.
9 **Craven:** Zigarettenmarke.
23 **sonné, e** (fam.): betroffen, bestürzt.
25 **en avoir marre** (fam.): die Nase voll haben.

Clic-clac 197

– Ben pourquoi alors? On sentait que les larmes lui montaient aux yeux.

Myriam était plantée là entre la table et la fenêtre avec sa clope au bec qui pendait tristement.

– Olivier, hé, qu'est-ce qui se passe?

– Je suis amoureux.

Tu pouvais pas le dire tout de suite espèce de crétin.

Et pourquoi tu nous l'as pas présentée? Quoi! T'as peur qu'on la fasse fuir. Tu nous connais bien mal …
Si? Tu nous connais bien … Ah?

Elle s'appelle comment?

Elle est mignonne? Oui? Ah merde …

Quoi? Tu ne lui as presque pas parlé! Mais t'es con ou quoi? Oui t'es con?

Mais non t'es pas con.

Tu ne lui as presque jamais parlé et tu déménages à cause d'elle? Tu crois pas que tu mets la charrue avant les bœufs? Tu mets la charrue où tu peux … vu comme ça, évidemment …

Tu vas lui parler quand? Un jour. D'accord je vois le travail … Elle a de l'humour? Ah, tant mieux, tant mieux.

Tu l'aimes vraiment? Tu veux pas répondre? On t'emmerde?

T'as qu'à le dire tout de suite.

Tu nous inviteras à ton mariage? Seulement si on promet d'être sage?

---

16 **déménager:** ausziehen, umziehen.
17f. **mettre la charrue avant les bœufs** (m.; fig.): das Pferd beim Schwanz aufzäumen.

Qui va me consoler quand j'aurais le cœur en compote?

Et moi? Qui va me faire réviser mes cours d'anat'?

Qui va nous chouchouter maintenant?

Elle est mignonne comment tu disais?

Tu lui feras du poulet au Boursin?

Tu vas nous manquer tu sais.

*

J'ai été étonné d'emmener si peu de choses. J'avais loué une fourgonnette chez Kiloutou et un voyage a suffi.

Je ne savais pas si je devais le prendre bien, genre voilà la preuve que tu n'es pas trop attaché aux biens de ce monde mon ami, ou carrément mal, genre regarde mon ami: bientôt trente ans et onze cartons pour tout contenir … Ça ne fait pas bien lourd hein?

Avant de partir je me suis assis une dernière fois dans la cuisine.

*

Les premières semaines, j'ai dormi sur un matelas à même le sol. J'avais lu dans un magazine que c'était très bon pour le dos.

1f. **avoir le cœur en compote** (f.; fam.): verletzt sein, gebrochenen Herzens sein.

3 **réviser:** überprüfen; hier: abhören.

 une anat' (fam.): Kurzform für *une anatomie*.

4 **chouchouter** (fam.): verwöhnen, verhätscheln.

9 **la fourgonnette:** Lieferwagen.

 Kiloutou: französisches Verleihunternehmen (für Geräte, Maschinen, Autos usw.; sprechender Name: »qui loue tout«).

12 **carrément** (adv.): geradezu, rundweg, glatt.

17f. **à même le sol:** auf dem Fußboden.

Clic-clac 199

Au bout de dix-sept jours, j'ai été chez Ikea: j'avais trop mal au dos.

Dieu sait que j'ai retourné le problème dans tous les sens. J'ai même dessiné des plans sur du papier à petits carreaux.

La vendeuse aussi pensait comme moi: dans un logement aussi «modeste» et aussi mal fichu (on aurait dit que j'avais loué trois petits couloirs ...), le mieux, c'était un canapé-lit.

Et le moins cher, c'est un clic-clac.

Va pour le clic-clac.

J'ai aussi acheté un set-cuisine (soixante-cinq pièces pour 399 francs, essoreuse et râpe à fromage comprises), des bougies (on ne sait jamais ...), un plaid (je ne sais pas, je trouvais que ça faisait chic d'acheter un plaid), une lampe (bof), un paillasson (prévoyant), des étagères (forcément), une plante verte (on verra bien ...) et mille autres bricoles (c'est le magasin qui veut ça).

*

7 **mal fichu, e** (fam.): nicht gut gemacht; hier: mies geschnitten (Zimmer).
11 **va pour ...:** ok, einverstanden, dann nehmen wir ...
13 **une essoreuse:** Salatschleuder.
   la râpe à fromage: Käsereibe.
14 **le plaid** (angl.): (karierte) Wolldecke.
16 **bof** (interj., fam.): na ja!
   le paillasson: Fußabstreifer.
17 **une étagère:** Regal.
18 **la bricole:** Kleinigkeit.

200 *Clic-clac*

Myriam et Fanny me laissaient régulièrement des
messages sur le répondeur du genre: Tuuuuut «Comment on allume le four?» tuuuuuut «On a allumé le
four mais maintenant on se demande comment on
change un plomb parce que tout a sauté …» tuuuuu-
uut «On veut bien faire ce que t'as dit mais où t'as
rangé la lampe de poche? …» tuuuuuut «Hé c'est
quoi le numéro des pompiers?» tuuuut …

Je crois qu'elles en rajoutaient un peu, mais comme
tous les gens qui vivent seuls, j'ai appris à guetter et
même à espérer le petit clignotant rouge des messages en rentrant le soir.
　　Personne n'y échappe je crois.

*

Et soudain, votre vie s'accélère drôlement.
　　Et quand je perds le contrôle de la situation, j'ai
tendance à paniquer, c'est bête.
　　Qu'est-ce que c'est «perdre le contrôle de la situa-
tion»?
　　Perdre le contrôle de la situation, c'est tout simple.
C'est Sarah Briot qui s'amène un matin dans la pièce

---

　2 **le message:** Nachricht, Mitteilung.
　　le répondeur: Anrufbeantworter.
　5 **le plomb:** hier: Sicherung.
　　sauter: hier: durchbrennen.
　9 **en rajouter** (fam.): etwas dazuerfinden, übertreiben.
　11 **le clignotant:** Blinklicht.
　14 **s'accélérer:** sich beschleunigen, in Fahrt kommen.
　16 **paniquer:** in Panik geraten, durchdrehen.

Clic-clac 201

où vous gagnez votre vie à la sueur de votre front et
qui s'assoit sur le bord de votre bureau en tirant sur
sa jupe.

Et qui vous dit:

5 – Elles sont sales tes lunettes non?

Et qui sort un petit bout de liquette rose de dessous
sa jupe et qui essuie vos lunettes avec comme si de
rien n'était.

Là, vous bandez si bien que vous pourriez soulever
10 la table (avec un peu d'entraînement évidemment).

– Alors, il paraît que t'as déménagé?

– Oui, il y a une quinzaine de jours.

(Ffffff respire … tout va bien …)

– T'es où maintenant?

15 – Dans le dixième.

– Ah! c'est marrant moi aussi.

– Ah bon?!

– C'est bien on prendra le métro ensemble comme
ça …

20 (C'est toujours un début.)

– Tu ne vas pas faire une pendaison de la crémaillère ou un truc dans ce goût-là?

– Si si! Bien sûr!

(Première nouvelle.)

25 – Quand?

---

1 **la sueur:** Schweiß.
6 **la liquette** (fam.): Hemdchen.
9 **bander** (pop.): eine Erektion, einen Steifen bekommen.
10 **un entraînement:** Training.
15 **le dixième:** das 10. Pariser Arrondissement.
16 **marrant, e** (fam.): seltsam, lustig.
21 f. **la pendaison de la crémaillère:** Einzugsparty, -fete.

202   *Clic-clac*

– Eh bien, je ne sais pas encore … Tu sais, on m'a livré mes derniers meubles ce matin alors …

– Pourquoi pas ce soir?

– Ce soir? Ah non, ce soir, ce n'est pas possible. Avec tout le bazar et … Et puis je n'ai prévenu personne et …

– Tu n'as qu'à inviter que moi. Parce que moi, tu sais, je m'en fous du bazar, ça ne peut pas être pire que chez moi! …

– Ah … ben … ben si tu veux. Mais pas trop tôt alors!? …

– Très bien. Comme ça j'aurais le temps de repasser par chez moi pour me changer … Neuf heures ça te va?

– Vingt et une heures, très bien.

– Bon, ben, à tout à l'heure alors? …

Voilà exactement ce que j'appelle «perdre le contrôle de la situation».

Je suis parti de bonne heure et pour la première fois de ma vie, je n'ai pas remis de l'ordre sur mon bureau avant d'éteindre la lumière.

La concierge me guettait, oui ils ont livré vos meubles mais quelle affaire avec le canapé pour monter les six étages!

Merci madame Rodriguez, merci. (Je n'oublierai pas vos étrennes madame Rodriguez …)

---

5 **le bazar:** Kram, Krempel.
26 **les étrennes** (f.): Neujahrsgeschenk, Weihnachtsgeld (für Briefträger, Dienstboten usw.).

Clic-clac 203

Trois petits couloirs en forme de champ de bataille ça
peut avoir du charme …

*

Mettre le tarama au frais, réchauffer le coq au vin, à
feux doux, d'accord … ouvrir les bouteilles, dresser
5 une table de fortune, redescendre dare-dare chez
l'arabe chercher des serviettes en papier et une bouteille de Badoit, préparer la cafetière, prendre une
douche, se parfumer (Eau Sauvage), se curer les
oreilles, trouver une chemise pas trop froissée, baisser
10 l'halogène, débrancher le téléphone, mettre de la musique (l'album *Pirates* de Rickie Lee Jones, tout est
possible là-dessus …) (mais pas trop fort), arranger le
plaid, allumer les bougies (tiens tiens …), inspirer,
souffler, ne plus se regarder dans la glace.
15 Et les préservatifs? (Dans le tiroir de la table de
nuit, est-ce que ça fait pas trop près? … et dans la
salle de bains, est-ce que ça fait pas trop loin? …)
Dring, dring.

---

3 **le tarama:** Kaviarcreme aus Griechenland.
3 f. **à feux doux:** auf kleiner Flamme.
5 **de fortune** (f.): Behelfs-.
　dare-dare (fam.): schleunigst, in aller Eile.
6 **un arabe:** hier: (arabischer) Ladenbesitzer.
7 **Badoit:** Name eines französischen Mineralwassers.
8 **Eau Sauvage:** französische Parfummarke.
8 f. **se curer les oreilles:** sich die Ohren reinigen.
9 **froisser:** zerknittern.
10 **débrancher:** ausstöpseln, abschalten.
11 **Jones:** Rickie Lee Jones (geb. 1954), amerikanische Popsängerin;
　ihr Album *Pirates* erschien 1981.

204　　*Clic-clac*

Peut-on décemment dire que j'ai la situation bien en main?

Sarah Briot est entrée chez moi. Belle comme le jour.

Plus tard dans la soirée alors que nous avions bien ri,
5　bien dîné et laissé s'installer quelques silences rêveurs, il était clair que Sarah Briot passerait la nuit dans mes bras.

Seulement j'ai toujours eu du mal à prendre certaines décisions et pourtant, c'était *vraiment* le moment de
10　poser mon verre et de tenter quelque chose.
　　Comme si la femme de Roger Rabbit était assise tout près de vous et que vous pensiez à votre plan d'épargne-logement …

Elle parlait de je ne sais quoi et me regardait du coin
15　de l'œil.

Et soudain … soudain … j'ai pensé à ce canapé sur lequel nous étions assis.
　　Je commençais à me demander vraiment, intensément et posément comment ça s'ouvrait un clic-clac?
20　　Je pensais que le mieux ce serait de commencer par

---

1 **décemment** (adv.): vernünftigerweise.
5 f. **rêveur, se:** verträumt.
11 **Roger Rabbit:** Zeichentrickfigur (Kaninchen), Held des Films *Who Framed Roger Rabbit* von 1988, seine als besonders sexy dargestellte Frau ist Jessica Rabbit.
12 f. **le plan d'épargne-logement** (m.): Bausparvertrag.
19 **posément** (adv.): bedächtig.

Clic-clac 205

l'embrasser assez fougueusement puis de la renverser
adroitement pour l'allonger sans incident ...

Oui mais après ... avec le clic-clac?

Je me voyais déjà en train de m'énerver en silence sur
un petit loquet tandis que sa langue chatouillait mes
amygdales et que ses mains cherchaient mon ceinturon ...

Enfin ... pour l'instant, ce n'était pas vraiment le
cas ... elle commençait même à esquiver l'amorce
d'un bâillement ...

Tu parles d'un Don Juan. Quelle misère.

Et puis j'ai pensé à mes sœurs, je riais intérieure-
ment en pensant à ces deux harpies.

On peut dire qu'elles auraient été à la fête si elles
m'avaient vu en ce moment avec la cuisse de miss
Univers contre ma cuisse et mes soucis domestiques
pour ouvrir un canapé-lit de chez Ikea.

---

1 **fougueusement** (adv.): stürmisch, feurig.
2 **allonger:** hier (fam.): flachlegen.
4 **s'énerver:** sich aufregen, nervös werden.
5 **le loquet:** Türdrücker; hier: Schnappschloss.
 chatouiller: kitzeln.
6 **les amygdales** (f.): Mandeln, Halsdrüsen.
6f. **le ceinturon:** Gürtel.
9 **esquiver qc:** einer Sache (geschickt) ausweichen, etwas umgehen,
 unterdrücken.
10 **le bâillement:** Gähnen.
13. **une harpie:** Giftnudel, Biest.
14 **être à la fête:** ganz in seinem Element sein.
16 **domestique:** häuslich.

206 *Clic-clac*

C'est à ce moment-là que Sarah Briot s'est retournée
vers moi et qu'elle m'a dit:
  – Tu es mignon quand tu souris.
  En m'embrassant.

5 Et là, à cet instant précis, avec 54 kilos de féminité, de
douceur et de caresses sur mes genoux, j'ai fermé les
yeux, j'ai rejeté ma tête en arrière et j'ai pensé très
fort: «Merci les filles».

5 **la féminité**: Weiblichkeit.

Épilogue

– Marguerite! Quand est-ce qu'on mange?
– Je t'emmerde.

Depuis que j'écris des nouvelles, mon mari m'appelle
5 Marguerite en me tapant sur les fesses et il raconte
dans les dîners qu'il va bientôt s'arrêter de travailler
grâce à mes droits d'auteur:

– Attendez … moi!? Pas de problème, j'attends
que ça tombe et je vais chercher les petits à l'école en
10 Jaguar XK8. C'est prévu … Bien sûr il faudra que je
lui masse les épaules de temps en temps et que je supporte ses petites crises de doute mais bon … le coupé? … Je le prendrai vert dragon.

Il délire là-dessus et les autres ne savent plus trop
15 sur quel pied danser.

Ils me disent sur le ton qu'on prend pour parler
d'une maladie sexuellement transmissible:

---

2 **Marguerite:** Anspielung auf Marguerite de Navarre, mit *L'Hepta-
méron* (1540–49) die erste französische Novellenautorin, oder auf
die Schriftstellerin Marguerite Duras (1914–96).
5 **les fesses** (f.): Hintern.
7 **les droits** (m.) **d'auteur:** Tantiemen.
11 **masser:** massieren.
13 **vert dragon** (m.): drachengrün.
14 **délirer** (fam.): irre reden, spinnen.
14f. **ne pas savoir sur quel pied danser** (fig.): nicht wissen woran man ist.
17 **transmissible:** übertragbar.

208   *Épilogue*

– C'est vrai, t'écris?

Et moi je hausse les épaules en montrant mon verre
au maître de maison. Je grogne que non, n'importe
quoi, presque rien. Et l'autre excité que j'ai épousé un
5 jour de faiblesse nous en remet une couche:

– Attendez … mais elle ne vous a pas dit? Choupinette tu ne leur as pas dit pour le prix que t'as gagné
à Saint-Quentin? Hé! … dix mille balles quand
même!!! Deux soirées avec son ordinateur qu'elle a
10 acheté cinq cents francs dans une vente de charité et
dix mille balles qui tombent! … Qui dit mieux? Et je
ne vous parle pas de tous ses autres prix … hein
Choupinella, restons simples.

C'est vrai que dans ces moments-là, j'ai envie de le
15 tuer.

Mais je le ferai pas.

D'abord parce qu'il pèse quatre-vingt-deux kilos
(lui dit quatre-vingts, pure coquetterie) et ensuite
parce qu'il a raison.

20 Il a raison, qu'est-ce que je deviens si je commence
à trop y croire?

Je plante mon boulot? Je dis enfin des choses horri-
bles à ma collègue Micheline? Je m'achète un petit

---

2 **hausser les épaules:** die Achseln zucken.

3 **grogner:** knurren, brummen.

5 **en remettre une couche:** noch eins draufsetzen.

6f. **Choupinette:** Kosename; etwa: Mausi, Schätzchen.

8 **Saint-Quentin:** französische Stadt an der Somme; seit 1985 findet
dort ein »Festival de la nouvelle« mit Preisverleihung statt.

9 **un ordinateur:** Computer.

10 **la charité:** Wohltätigkeit.

22 **planter** (fam.): aufgeben, hinschmeißen.

Épilogue   209

carnet en peau de zobi et je prends des notes *pour plus tard*? Je me sens si seule, si loin, si proche, si *différente*? Je vais me recueillir sur la tombe de Chateaubriand? Je dis: «Nan pas ce soir, je t'en prie, j'ai la

5 tête farcie»? J'oublie l'heure de la nourrice parce que j'ai un chapitre à terminer?

Il faut les voir les enfants chez la nourrice à partir de cinq heures et demie. Vous sonnez, ils se précipitent tous vers la porte le cœur battant, celui qui vous ouvre

10 est forcément déçu de vous voir puisque vous n'êtes pas là pour lui mais passé la première seconde d'abattement (bouche tordue, les épaules qui tombent et le doudou qui retraîne par terre), le voilà qui se retourne vers votre fils (juste derrière lui) et qui hurle:

15 – LOUIS C'EST TA MAMAN!!!!!

Et vous entendez alors:

– Mais heu … ze sais.

*

Mais Marguerite fatigue avec toutes ces simagrées.

1 **le zobi:** wohl ein Fabeltier.
3 **se recueillir sur la tombe de qn:** vor jds. Grab in stillem Gedenken verharren.
3 f. **Chateaubriand:** François-René de Chateaubriand (1768–1848), vielseitiger französischer Schriftsteller; zu seinen bekanntesten Werken gehören die *Mémoires d'outre-tombe*.
5 **farci, e:** vollgestopft, vollgepfropft.
   la nourrice: Amme, Tagesmutter.
11 f. **un abattement:** Niedergeschlagenheit, Enttäuschung.
12 **tordu, e:** schief, verzerrt.
13 **le doudou** (fam.): Teddy, Plüschtier.
18 **les simagrées** (f.): Getue, Gehabe, Ziererei.

210   *Épilogue*

Elle veut en avoir le cœur net. Si elle doit aller à Combourg autant le savoir tout de suite.

Elle a choisi quelques nouvelles (deux nuits blanches), elle les a imprimées avec sa bécane mi-
5 teuse (plus de trois heures pour sortir cent trente-quatre pages!), elle a serré ses feuilles sur son cœur et les a portées au magasin de photocopies près de la fac de droit. Elle a fait la queue derrière des étudiantes bruyantes et haut perchées (elle s'est sentie plouc et
10 vieille la Marguerite).

La vendeuse a dit:
– Une reliure blanche ou une reliure noire?

Et la voilà qui se morfond de nouveau (blanche? ça fait un peu cul-cul communiante non? … mais noire,
15 ça fait carrément trop sûre de soi, genre thèse de doctorat non? … malheur de malheur).

---

1 **avoir le cœur net:** Gewissheit haben.
2 **Combourg:** Stadt in der Bretagne mit dem Schloss der Familie Chateaubriand; die Académie Chateaubriand vergibt seit 1997 den »Prix Combourg de littérature«.
3 f. **la nuit blanche:** durchwachte Nacht.
4 **la bécane** (fam.): Apparat, ‚Kasten‘.
4 f. **miteux, se:** schäbig, ärmlich, mies.
9 **bruyant, e:** lärmend.
   haut perché, e: hoch gelegen; hier: hochhackig.
   plouc (fam.): rückständig, provinziell; hier: deplatziert.
12 **la reliure:** Einband.
13 **se morfondre:** sich (zu Tode) langweilen; hier: grübeln.
14 **cul-cul** (fam.): bieder.
   la communiante: Kommuniantin.
15 **carrément** (adv.): geradezu, rundweg, glatt.
15 f. **la thèse de doctorat:** Doktorarbeit, Dissertation.

Épilogue 211

Finalement la jeunette s'impatiente:
– C'est quoi exactement?
– Des nouvelles …
– Des nouvelles de quoi?
– Non, mais pas des nouvelles de journaux, des nouvelles d'écriture vous voyez? … C'est pour envoyer à un éditeur …
– …??? … Ouais … bon ben ça nous dit pas la couleur de la reliure ça …
– Mettez ce que vous voulez je vous fais confiance (*alea jacta est*).
– Ben dans ce cas-là, je vous mets du turquoise parce qu'en ce moment on fait une promo sur le turquoise: 30 francs au lieu de 35 … (Une reliure turquoise sur le bureau chic d'un éditeur élégant de la rive gauche … gloups.)
– D'accord, va pour le turquoise (ne contrarie pas le Destin ma fille).

L'autre soulève le couvercle de son gros Rank Xerox et te manipule ça comme de vulgaires polycopiés de

1 **la jeunette** (fam.): blutjunges Ding.
7 **un éditeur:** Verleger.
11 **alea jacta est** (lat.): der Würfel ist gefallen.
12 **turquois, e:** türkis.
13 **la promo** (fam.): Kurzform für *la promotion:* Sonderangebot.
16 **la rive gauche:** das linke Seineufer in Paris (wo die großen Verlage ihren Sitz haben).
  gloups (interj.): schluck!
17 **va pour …:** ok, einverstanden, dann nehmen wir …
  contrarier: widersprechen, durchkreuzen.
19 **le Rank Xerox:** Kopiergerät (Markenname).
20 **le polycopié:** Vervielfältigung; hier: Vorlesungsskript.

212   *Épilogue*

droit civil et vas-y que je te retourne le paquet dans
tous les sens et vas-y que je te corne le coin des feuilles.

   L'artiste souffre en silence.

5 En encaissant ses sous, elle reprend la clope qu'elle
avait laissée sur sa caisse, et elle lâche:
   – Ça parle de quoi vos trucs?
   – De tout.
   – Ah.
10 – …
   – …
   – Mais surtout d'amour.
   – Ah?

Elle achète une magnifique enveloppe en papier
15 kraft. La plus solide, la plus belle, la plus chère avec
des coins rembourrés et un rabat inattaquable. La
Rolls des enveloppes.

Elle va à la poste, elle demande des timbres de col-
lection, les plus beaux, ceux qui représentent des ta-
20 bleaux d'art moderne. Elle les lèche avec amour, elle

---

 1 **vas-y:** nur zu!
 2 **corner:** umknicken, ein Eselsohr machen.
 5 **les sous** (m.; fam.): Geld, Moneten.
14f. **le papier kraft:** Packpapier.
16 **rembourrer:** polstern.
    le rabat: Klappe (eines Briefumschlags).
    inattaquable: unangreifbar; hier: unverwüstlich.
17 **la Rolls** (angl.): Rolls Royce.

Épilogue 213

les colle avec grâce, elle jette un sort à l'enveloppe,
elle la bénit, elle fait le signe de la croix dessus et quelques autres incantations qui doivent rester secrètes.

Elle s'approche de la fente «Paris et sa banlieue
uniquement», elle embrasse son trésor une dernière
fois, détourne les yeux et l'abandonne.

En face de la poste, il y a un bar. Elle s'y accoude,
commande un calva. Elle n'aime pas tellement ça
mais bon, elle a son statut d'artiste maudite à travailler maintenant. Elle allume une cigarette et, à partir
de cette minute, on peut le dire, elle attend.

*

Je n'ai rien dit à personne.

– Hé? qu'est-ce que tu fais avec la clef de la boîte
aux lettres en sautoir?

– Rien.

– Hé? qu'est-ce que tu fais avec toutes ces pubs
pour Castorama à la main?

---

1 **jeter un sort:** verhexen, mit einem Zauber versehen.
2 **bénir:** segnen.
3 **une incantation:** Beschwörung, Zauberspruch.
4 **la fente:** Schlitz.
7 **s'accouder:** sich mit den Ellbogen aufstützen.
8 **le calva** (fam.): Kurzform für *le calvados:* normannischer Apfelschnaps.
9 **maudit, e:** verflucht, verdammt (Anspielung auf die »poètes maudits« des 19. Jahrhunderts).
9f. **travailler:** bearbeiten, arbeiten an.
14 **en sautoir:** um den Hals gehängt (*le sautoir:* lange Halskette).
16 **la pub** (fam.): Kurzform für *la publicité:* Werbung, Reklame.
17 **Castorama:** Name eines französischen Baumarkts.

214   *Épilogue*

– Rien.

– Hé? qu'est-ce que tu fais avec la sacoche du facteur?

– Rien je te dis! …

– Attends … mais t'es amoureuse de lui ou quoi?!

Non. Je n'ai rien dit. Tu me vois répondre: «J'attends la réponse d'un éditeur.» La honte.

Enfin … c'est fou ce qu'on reçoit comme pub maintenant, c'est vraiment n'importe quoi.

*

Et puis le boulot, et puis Micheline et ses faux ongles mal collés, et puis les géraniums à rentrer, et puis les cassettes de Walt Disney, le petit train électrique, et la première visite chez le pédiatre de la saison, et puis le chien qui perd ses poils, et puis *Eureka Street* pour mesurer l'incommensurable, et puis le cinéma, et les amis et la famille, et puis d'autres émotions encore (mais pas grand chose à côté d'*Eureka Street*, c'est vrai).

Notre Marguerite s'est résignée à hiberner.

*

2 **la sacoche:** Umhängetasche.
11 **un géranium:** Geranie.
13 **le pédiatre:** Kinderarzt.
14 **«Eureka Street»:** Roman von Robert McLiam Wilson (geb. 1966), der die Spannungen zwischen Katholiken und Protestanten in Belfast zum Thema hat.
15 **l'incommensurable** (m.): das Unermessliche.
19 **hiberner:** Winterschlaf halten, überwintern.

Épilogue 215

Trois mois plus tard.
ALLÉLUIA!
ALLÉLUIA! ALLÉLU-U-U-U-IA!

Elle est arrivée.
5   La lettre.
Elle est bien légère.
Je la glisse sous mon pull et j'appelle ma Kiki:
«Kiiiiiiikiiiiiii!!!»
Je vais la lire toute seule, dans le silence et le re-
10 cueillement du petit bois d'à côté qui sert de canisette
à tous les chiens du quartier. (Notez que même dans
de tels moments, je reste lucide.)

«*Madame* blablabla, *c'est avec un grand intérêt que*
blablabla *et c'est pourquoi* blablabla *j'aimerais vous*
15 *rencontrer* blablabla, *veuillez prendre contact avec*
mon secrétariat blablabla *dans l'espoir de vous* blablabla *chère madame* blablabla ...»

Je savoure.
Je savoure.
20   Je savoure.
La vengeance de Marguerite a sonné.

2 **alléluia** (interj.): hallelujah!
7 **Kiki:** Name einer Hündin.
9f. **le recueillement:** Andacht, innere Sammlung.
10 **la canisette:** Hundeklo.
12 **lucide:** klar, bei klarem Verstand.
18 **savourer:** genießen.
21 **la vengeance:** Vergeltung, Rache.

216   *Épilogue*

– Chéri? Quand est-ce qu'on mange?

– ??? ... Pourquoi tu me dis ça à moi? Qu'est-ce qui se passe?

– Non rien, c'est juste que j'aurais plus trop le temps pour la popote avec toutes ces lettres d'admirateurs auxquelles il faudra répondre sans parler des festivals, des salons, des foires aux livres ... de tous ces déplacements en France et dans les DOM-TOM ahlala ... Mon Dieu. Au fait, bientôt visite régulière chez la manucure parce que tu sais ... pendant les séances de signature c'est important d'avoir les mains impeccables ... c'est fou comme les gens fantasment avec ça ...

– C'est quoi ce délire?

Marguerite laisse «s'échapper» la lettre de l'éditeur élégant de la rive gauche sur le ventre rebondi de son mari qui lit les petites annonces d'*Auto Plus*.

– Attends mais hé! Où tu vas là?!

– Rien, j'en ai pas pour longtemps. C'est juste un

---

5 **faire la popote** (fam.): das Essen zubereiten.

5f. **un admirateur:** Bewunderer.

7 **le salon:** hier: *le salon des livres:* Buchausstellung.

8 **le déplacement:** Reise, Ortsveränderung.

les DOM-TOM: Kurzform für *les Départements d'Outre-Mer – Territoires d'Outre-Mer,* ehemalige französische Kolonien in Übersee, die noch heute offiziell zur Französischen Republik gehören.

11 **la séance de signature** (f.): Signier-, Autogrammstunde.

12 **impeccable:** tadellos, einwandfrei.

fantasmer: Phantasien entwickeln, sich etwas ausdenken.

14 **le délire:** Wahn, Wahnsinn.

16 **rebondi, e:** dick und rund, prall.

17 **«Auto Plus»:** französische Automobilzeitschrift.

Épilogue 217

truc que j'ai à dire à Micheline. Fais-toi beau je t'em-
mène à l'Aigle Noir ce soir …
   – À l'Aigle Noir!???
   – Oui. C'est là que Marguerite aurait emmené son
5 Yann je suppose …
   – C'est qui Yann?
   – Pffffff laisse tomber va … Tu ignores *tout* du
monde littéraire.

*

J'ai donc pris contact avec le secrétariat. Un très bon
10 contact je crois car la jeune femme a été plus que
charmante.
   Peut-être qu'elle avait un post-it rose fluo collé devant les yeux: «Si A. G. appelle, être TRÈS charmante!» souligné deux fois.
15 Peut-être …
   Les chéris, ils doivent croire que j'ai envoyé mes
nouvelles à d'autres … Ils redoutent d'être pris de vitesse. Un autre éditeur encore plus élégant situé dans
une rue encore plus chic de la rive gauche avec une
20 secrétaire encore plus charmante au téléphone avec
un cul encore plus mignon.
   Ah non, ce serait trop injuste pour eux.
   Tu vois le désastre si je cartonne sous une autre

---

5 **Yann:** Anspielung wohl wieder auf Marguerite Duras und ihren
   vierzig Jahre jüngeren Lebensgefährten Yann Andréa Steiner.
8 **le monde littéraire:** die Literaturszene.
12 **le post-it rose fluo** (angl.): leuchtend rosa Klebezettel (Post-It).
17f. **prendre qn de vitesse:** jdm. zuvorkommen, schneller sein als jd.
23 **le désastre:** Katastrophe.
   cartonner: (a) kartonieren (Buch); (b) Erfolg haben.

218   *Épilogue*

jaquette tout ça parce que Machinette n'avait pas de post-it rose fluo devant les yeux?

Je n'ose pas y penser.

Le rendez-vous est fixé dans une semaine. (On a tous assez traîné comme ça.)

Passé les premiers tracas matériels: prendre un après-midi de congé (Micheline, je ne serai pas là demain!); confier les petits mais pas n'importe où, dans un endroit où ils seront heureux; prévenir mon amour:

– Je vais à Paris demain.

– Pourquoi?

– Pour affaire.

– C'est un rendez-vous galant?

– Tout comme.

– C'est qui?

– Le facteur.

– Ah! j'aurais dû m'en douter ...

... Survient le seul vrai problème important: comment vais-je m'habiller?

Genre vraie future écrivain et sans aucune élégance parce que la vraie vie est ailleurs. Ne m'aimez pas pour mes gros seins; aimez-moi pour ma substantifique moelle.

---

1 **la jaquette:** Schutzumschlag.
  Machinette (fam.): Fräulein Soundso.
5 **traîner:** hier: trödeln.
6 **le tracas:** Schererei, Sorge.
14 **galant, e:** galant, Liebes-.
23f. **la substantifique moelle:** geistiger Gehalt (*la moelle:* Mark).

Épilogue   219

Genre vraie future pondeuse de best-seller et avec
une permanente parce que la vraie vie est ici. Ne
m'aimez pas pour mon talent; aimez-moi pour mes
pages people.

Genre croqueuse d'hommes élégants de la rive gauche et pour consommer tout de suite parce que la vraie
vie est sur votre bureau. Ne m'aimez pas pour mon
manuscrit; aimez-moi pour ma magnifique moelle.

Hé Atala, on se calme.

Finalement je suis trop stressée, tu penses bien que
ce n'est pas un jour comme ça qu'il faut penser à son
jeu de jambes et perdre un bas sur le tapis. C'est sûrement le jour le plus grave de ma petite existence, je
ne vais pas tout compromettre avec une tenue certes
irrésistible mais tout à fait encombrante.

(Eh oui! la mini mini jupe est une tenue encombrante.)

Je vais y aller en jean. Ni plus ni moins. Mon vieux
501, dix ans d'âge, vieilli en fût, *stone washed* avec

---

1 **la pondeuse:** Legehenne.
2 **la permanente:** Dauerwelle.
4 **les pages people** (angl.): Schriften für die breite Masse.
5 **la croqueuse** (fam.): Aufreißerin.
9 **Atala:** Figur aus dem Roman *Atala* von Chateaubriand.
12 **le jeu de jambes:** Beinarbeit (Sport).
14 **compromettre:** verderben, zunichte machen.
   la tenue: Kleidung, Anzug.
   certes: gewiss, zwar.
15 **irrésistible:** unwiderstehlich.
   encombrant, e: hinderlich, sperrig, unbequem.
19 **le 501:** Jeans der Marke Levis 501.
   vieilli, e en fût (m.): im Fass gereift (Wein).
   stone washed (angl.): stone-washed, (künstlich) ausgebleicht.

220   *Épilogue*

ses rivets en cuivre et son étiquette rouge sur la fesse
droite, celui qui a pris ma forme et mon odeur. Mon
ami.

J'ai quand même une pensée émue pour cet homme
5 élégant et brillant qui est en train de tripoter mon
avenir entre ses mains fines (l'édite? l'édite pas?), le
jean, c'est un peu raide il faut l'avouer.

Ah ... que de soucis, que de soucis.

Bon, j'ai tranché. En jean mais avec de la lingerie à
10 tomber par terre.
        Mais ça, il ne la verra pas me direz-vous ... Tatatata
pas à moi, on n'arrive à la Très Haute Fonction d'Éditeur sans avoir un don spécial pour détecter la lingerie fine la plus improbable.
15   Non, ces hommes-là savent.
        Ils savent si la femme qui est assise en face d'eux
porte un truc en coton au ras du nombril ou un slip

1 **le rivet:** Niete.
 le cuivre: hier: Messing.
5 **tripoter qc** (fam.): etwas befingern, an etwas herumfummeln.
6 **éditer:** verlegen, herausbringen, veröffentlichen.
7 **raide** (fam.): gewagt, ‚stark‘.
9 **trancher:** hier: sich entscheiden.
 la lingerie: (Unter-)Wäsche.
9f. **à tomber par terre:** verlockend, umwerfend.
13 **avoir un don spécial:** eine höhere Begabung, einen besonderen
 Riecher haben (*le don:* Gabe, Begabung).
 détecter: entdecken, aufspüren.
14 **improbable:** unwahrscheinlich.
17 **au ras du nombril:** bis unterhalb des Nabels.

Épilogue 221

Monoprix rose tout déformé ou une de ces petites
folies qui font rougir les femmes (le prix qu'elles les
payent) et rosir les hommes (le prix qu'ils devront
payer).

5   Évidemment qu'ils savent.

Et là, je peux vous dire que j'ai mis le paquet (pay-
able en deux chèques), j'ai pris un ensemble coordonné slip et soutien-gorge, quelque chose d'hallucinant.

Mon Dieu …

10   Super camelote, super matière, super façon, tout en
soie ivoire avec de la dentelle de Calais tricotée main
par des petites ouvrières *françaises* s'il vous plaît,
doux, joli, précieux, tendre, inoubliable le genre de
chose qui fond dans la bouche et pas dans la main.

15 Destin, me voilà.

En me regardant dans le miroir de la boutique (les
malins, ils ont des éclairages spéciaux qui vous ren-

---

  1 **Monoprix:** französische Kaufhauskette.
    déformé, e: unförmig, ausgeleiert.
  3 **rosir:** leicht erröten.
  6 **mettre le paquet** (fam.): seine ganze Kraft, sein ganzes Können
    einsetzen.
  7f. **un ensemble coordonné:** zusammenpassende, aufeinander abge-
    stimmte Garnitur.
  8 **hallucinant, e:** verblüffend.
 10 **la camelote** (fam.): Ware.
 11 **ivoire:** elfenbeinfarben.
    la dentelle: Spitze.
    tricoter: stricken; hier: anfertigen.
 14 **qui fond dans la bouche et pas dans la main:** etwa: von feinster
    Qualität (Anspielung auf einen Werbeslogan für Schokolade).
 17 **le malin:** Schlaukopf, Schlauberger.

222   *Épilogue*

dent mince et bronzé, les mêmes halogènes qu'il y a
au-dessus des poissons morts dans les supermarchés
de riches), je me suis dit pour la première fois depuis
que Marguerite existe:

5   «Eh bien, je ne regrette pas tout ce temps passé à
me ronger les ongles, et à faire de l'eczéma devant
l'écran minuscule de mon ordinateur. Ah non! Tout
ça, tous ces bras de fer usant contre la trouille et le
manque de confiance en soi, toutes ces croûtes dans
10   ma tête et toutes ces choses que j'ai perdues ou ou-
bliées parce que je pensais à *Clic-clac* par exemple eh
bien je ne les regrette pas …»

Je ne peux pas dire le prix exact parce qu'avec le
politically correct, le bridge de mon mari, l'assurance
15   de la voiture, le montant du R. M. I. et tout ça, je ris-
querais de choquer mais sachez que c'est quelque
chose d'ahurissant; et, vu ce que ça pèse, ne parlons
pas du prix au kilo.

---

1 **un halogène:** Halogenlampe.
6 **se ronger les ongles** (m.): an den Fingernägeln kauen.
   un eczéma: Ekzem, Hautausschlag.
7 **un écran:** Bildschirm.
8 **le bras de fer** (m.; fig.): Kraftprobe, zähes Ringen.
   usant, e (fam.): anstrengend.
   la trouille (fam.): Angst, Schiss.
9 **la croûte:** hier (fam.): schlechtes Bild, Geschmier, ‚Schinken‘.
14 **le politically correct** (angl.): Political Correctness.
   le bridge (angl.): Zahnbrücke.
15 **le montant:** Betrag.
   le R.M.I.: Abk. für *le Revenu Minimum Insertion:* staatliche Bei-
   hilfe.
17 **ahurissant, e:** verblüffend, unglaublich.

Épilogue 223

Enfin, on n'a rien sans rien, on n'attrape pas des mouches avec du vinaigre et on ne se fait pas éditer sans payer un peu de sa personne, non?

*

Nous y voilà. Le sixième arrondissement de Paris.
5   Le quartier où on rencontre autant d'écrivains que de contractuelles. Au cœur de la vie.

Je flanche.
    J'ai mal au ventre, j'ai mal au foie, j'ai mal dans les jambes, je transpire à grosses gouttes et ma culotte à
10   *** balles me rentre dans la raie des fesses.
    Joli tableau.
    Je me perds, le nom de la rue n'est indiqué nulle part, il y a des galeries d'art africain dans tous les sens et rien ne ressemble plus à un masque africain qu'un
15 autre masque africain. Je commence à détester l'art africain.
    Finalement je trouve.

On me fait patienter.
    Je crois que je vais m'évanouir, je respire comme

1f. **on n'attrape pas des mouches avec du vinaigre:** mit Speck fängt man Mäuse.
6 **la contractuelle:** Angestellte; hier: Politesse.
7 **flancher** (fam.): aufgeben, schwach werden.
8 **le foie:** Leber.
10 **la raie des fesses** (f.): Gesäßspalte.
15 **détester:** hassen, verabscheuen.
18 **faire qn patienter:** jdn. warten lassen.
19 **s'évanouir:** in Ohnmacht fallen.

224   *Épilogue*

on nous a appris pour les accouchements. Allez …
on … se … calme …

Tiens-toi droite. Observe. Ça peut toujours servir. Inspire. Expire.
5   – Vous vous sentez bien?
       – Euh … oui, oui … ça va.
       – *Il* est en rendez-vous mais *Il* n'en a plus pour
longtemps, *Il* ne devrait pas tarder …
       – …
10   – Vous voulez un café?
       – Non. Merci. (Hé Machinette, tu vois pas que j'ai
envie de vomir? Aide-moi Machinette, une claque, un
seau, une bassine, un Spasfon, un verre de coca bien
froid … quelque chose. Je t'en supplie.)

15 Un sourire. Elle me fait un sourire.

                              *

En réalité, c'était de la curiosité. Ni plus ni moins.
    Il voulait me voir. Il voulait voir la tête que j'avais.
Il voulait voir à quoi ça ressemblait.
    C'est tout.

---

  1 **un accouchement:** Entbindung.
  3f. **inspirer / expirer:** ein-/ausatmen.
 12 **vomir:** sich übergeben.
    la claque: Ohrfeige.
 13 **la bassine:** Wanne.
    le Spasfon: Name eines Schmerzmittels.
 14 **supplier:** inständig bitten, flehen.

Épilogue 225

Je ne vais pas raconter l'entretien. En ce moment, je soigne mon eczéma avec du goudron presque pur et ce n'est vraiment pas la peine d'en rajouter vu la couleur de ma baignoire. Donc, je ne raconte pas.

5 Allez, un petit peu quand même: à un moment, le chat (pour plus de détails voir Lucifer dans *Cendrillon*) qui regardait la souris gesticuler dans tous les sens entre ses pattes griffues, le chat qui s'amusait «… ce qu'elle est provinciale tout de même …», le chat
10 qui prenait son temps a fini par lâcher:
    – Écoutez, je ne vous cache pas qu'il y a dans votre manuscrit des choses intéressantes et que vous avez un *certain* style mais (viennent ensuite pas mal de considérations sur les gens qui écrivent en général et
15 le dur métier d'éditeur en particulier) … Nous ne pouvons pas dans l'état actuel des choses et pour des raisons que vous comprendrez aisément publier votre manuscrit. Par contre, je tiens à suivre de très près votre travail et sachez que j'y accorderai toujours la plus
20 grande attention. Voilà.
    Voilà.
    Ducon.

---

2 **le goudron:** Teer.
3 **vu la …:** angesichts der …
6f. **Cendrillon:** Aschenbrödel.
7 **gesticuler:** hier: zappeln, sich winden.
8 **griffu, e:** krallenbewehrt.
10 **lâcher:** hier: äußern, von sich geben.
14 **la considération:** Überlegung.
17 **aisément** (adv.): leicht, mühelos.
22 **ducon** (pop.): Dummkopf, Knallkopp (vgl. S. 85).

226   *Épilogue*

J'en reste assise. Là encore, il n'y a pas d'autre mot.
Lui se lève (gestes amples et superbes), se dirige vers
moi, fait mine de me serrer la main … Ne voyant aucune réaction de ma part, fait mine de me tendre la
5 main … Ne voyant aucune réaction de ma part, fait
mine de me prendre la main … Ne voyant aucune …

– Que se passe-t-il? Allons … ne soyez pas si abattue,
vous savez c'est rarissime d'être publié dès son premier
manuscrit. Vous savez j'ai confiance en vous. Je sens
10 que nous ferons de grandes choses ensemble. Et même,
je ne vous cache pas que je *compte* sur vous.
   Arrête ton char Ben-Hur. Tu vois pas que je suis
coincée.
   – Écoutez, je suis désolée. Je ne sais pas ce qui
15 m'arrive mais je ne peux pas me lever. C'est comme si
je n'avais plus de forces. C'est idiot.
   – Ça vous arrive souvent?
   – Non. C'est la première fois.
   – Vous souffrez?
20 – Non. Enfin un peu mais c'est autre chose.
   – Bougez les doigts pour voir.
   – Je n'y arrive pas.

---

1 **j'en reste assis, e** (fam.): da bin ich platt (Wortspiel, wie das Fol-
   gende zeigt).
2 **ample:** weit, ausladend.
   superbe: herrlich.
7 **abattu, e:** niedergeschlagen.
8 **rarissime** (lat.): äußerst selten.
12 **le char:** Kampfwagen.
   Ben-Hur: Held des gleichnamigen Historienfilms (USA 1959), u. a.
   in einem Wagenrennen.
12f. **être coincé, e:** blockiert sein, feststecken.

Épilogue   227

– Vous êtes sûre???
– Ben ... oui.
Long échange de regards, façon tu me tiens, je te tiens par la barbichette.
– (énervé) Vous le faites exprès ou quoi?
– (très énervée) Mais bien sûr que non voyons!!!
– Vous voulez que j'appelle un médecin?
– Non, non, ça va passer.
– Oui mais enfin bon, le problème c'est que j'ai d'autres rendez-vous moi ... Vous ne pouvez pas rester là.
– ...
– Essayez encore ...
– Rien.
– Qu'est-ce que c'est que cette histoire!
– Je sais pas ... qu'est-ce que vous voulez que je vous dise? ... C'est peut-être une crise d'arthrose, ou un truc dû à une émotion trop forte.
– Si je vous dit: «Bon d'accord, je vous édite ... vous vous relevez?»
– Mais bien sûr que non. Pour qui me prenez-vous? Est-ce que j'ai l'air aussi abrutie que ça?
– Non mais je veux dire si je vous édite vraiment? ...
– D'abord je ne vous croirais pas ... hé mais attendez, je ne suis pas là à vous demander la charité, je suis paralysée vous pouvez comprendre la différence?

---

4 **la barbichette:** Kinnbärtchen.
5 **exprès:** absichtlich.
6 **voyons** (interj.): also bitte!
16 **la crise:** hier: Anfall.
   une arthrose: Arthrose, chronische Gelenkentzündung.
21 **abruti, e** (fam.): blöde, dämlich.
25 **paralyser:** lähmen.

228   *Épilogue*

– (se frottant la figure contre ses mains fines) Et
c'est à moi que ça devait arriver … Bon dieu …
– …
– (regardant sa montre) Écoutez pour le moment,
5 je vais vous déménager parce que là, j'ai vraiment besoin de mon bureau …

Et le voilà qui me pousse dans le couloir comme si
j'étais dans un fauteuil roulant sauf que je ne suis pas
dans un fauteuil roulant et que pour lui, ça doit faire
10 une sacrée différence … Je me tasse bien.

Morfle mon ami. Morfle.

*

– Vous voulez un café maintenant?
– Oui. Avec plaisir. C'est gentil.
– Vous êtes sûre que vous ne voulez pas que j'ap-
15 pelle un médecin?
– Non, non. Merci. Ça va partir comme c'est venu.
– Vous êtes trop contractée.
– Je sais.
Machinette n'a jamais eu de post-it rose collé sur
20 son téléphone. Elle a été charmante avec moi l'autre
fois parce que *c'est* une fille charmante.
Je n'aurais pas tout perdu aujourd'hui.

---

5 **déménager:** hier: hinausbringen.
8 **le fauteuil roulant:** Rollstuhl.
10 **se tasser:** sich schwer machen.
11 **morfler** (fam.): einstecken, leiden.
17 **contracté, e:** verkrampft.

Épilogue 229

C'est vrai. On n'a pas si souvent l'occasion de regarder pendant plusieurs heures une fille comme elle.

J'aime sa voix.

De temps en temps, elle me faisait des petits signes pour que je me sente moins seule.

Et puis les ordinateurs se sont tus, les répondeurs se sont mis en route, les lampes se sont éteintes et les lieux se sont vidés.

Je les voyais tous partir les uns après les autres et tous croyaient que j'étais là parce que j'avais rendez-vous. Tu parles.

Enfin Barbe-Bleue est sorti de son antre à faire pleurer les écrivaillons.

– Vous êtes encore là vous!!!

– ...

– Mais qu'est-ce que je vais faire de vous?

– Je ne sais pas.

– Mais si je sais. Je vais appeler le SAMU ou les pompiers et ils vont vous évacuer dans les cinq minutes qui suivent! Vous n'avez pas l'intention de dormir là tout de même?!

– Non, n'appelez personne, s'il vous plaît ... Ça va se décoincer, je le sens ...

---

6 **le répondeur:** Anrufbeantworter.
7 **mettre en route:** in Gang setzen.
12 **Barbe-Bleue:** Blaubart (blutrünstige Märchengestalt).
   un antre: Höhle.
13 **un écrivaillon:** Schreiberling.
18 **le SAMU:** Abk. für *le Service d'Aide Médicale Urgente:* Notarzt.
23 **se décoincer:** sich lösen.

230   *Épilogue*

– Certes mais je dois fermer, c'est quelque chose
que vous pouvez comprendre non?
– Descendez-moi sur le trottoir.

Tu penses bien que ce n'est pas lui qui m'a descendue.
Il a hélé deux coursiers qui étaient dans les parages.
Deux grands et beaux gars, des laquais tatoués pour
ma chaise à porteurs.
Ils ont pris chacun un accoudoir et m'ont gentiment
déposée en bas de l'immeuble.
Trop mignons.

Mon ex-futur éditeur, cet homme délicat qui *compte*
sur moi dans l'avenir m'a saluée avec beaucoup de
panache.
Il s'est éloigné en se retournant plusieurs fois et en
secouant la tête comme pour se réveiller d'un mauvais rêve, non vraiment, il n'y croyait pas.
Au moins, il aura des trucs à raconter au dîner.
C'est sa femme qui va être contente. Il ne va pas lui
casser les oreilles avec la crise de l'édition ce soir.

*

5 **héler:** herbeirufen.
   le coursier: Bote, Laufbursche.
   dans les parages: in der Nähe (*les parages*, m.: Gegend).
6 **tatouer:** tätowieren.
7 **la chaise à porteurs** (m.): Sänfte.
8 **un accoudoir:** Armlehne.
13 **le panache** (fam.): Würde, Haltung.
19 **casser les oreilles** (f.) **à qn** (fam.): jdm. etwas vorjammern, die Ohren vollheulen.

Épilogue   231

Pour la première fois de la journée, j'étais bien.

Je regardais les serveurs du restaurant d'en face qui s'affairaient autour de leurs nappes damassées, ils étaient très stylés (comme mes nouvelles, pensais-je
5 en ricanant), surtout un, que je matais avec soin.

Exactement le genre de french *garçon de café* qui détraque le système hormonal des grosses Américaines en Reebok.

J'ai fumé une cigarette merveilleusement bonne en
10 recrachant la fumée lentement et en observant les passants.

Presque le bonheur (à quelques détails près dont la présence d'un horodateur sur ma droite qui puait la pisse de chien).

15 Combien de temps suis-je restée là, à contempler mon désastre?

Je ne sais pas.

---

3 **s'affairer autour de qc:** eifrig mit etwas beschäftigt sein, um etwas herumwuseln.
   la nappe damassée: Damasttischtuch.
4 **stylé, e** (angl.): (durch)gestylt.
5 **ricaner:** kichern, feixen.
   mater qn (fam.): nach jdm. schielen, jdn. beobachten.
7 **détraquer:** in Unordnung bringen, durcheinanderbringen, zerrütten.
8 **Reebok:** Name einer amerikanischen Sportartikelfirma.
10 **recracher:** ausspeien, ausstoßen.
12 **à quelques détails près:** abgesehen von einigen Kleinigkeiten, bis auf einige Kleinigkeiten.
13 **un horodateur:** Parkscheinautomat.
   puer: stinken.
15 **contempler:** betrachten.

232   *Épilogue*

Le restaurant battait son plein et on voyait des couples attablés en terrasse qui riaient en buvant des ballons de rosé.

Je ne pouvais pas m'empêcher de penser:

5   ... dans une autre vie peut-être, mon éditeur m'aurait emmenée déjeuner là «parce que c'est plus pratique», m'aurait fait rire aussi et proposé un vin bien meilleur que ce Côteaux de Provence ... m'aurait pressée de terminer ce roman «étonnamment mûr
10   pour une jeune femme de votre âge ...» puis pris le bras en me raccompagnant vers une borne de taxis. Il m'aurait fait un peu de charme ...

... dans une autre vie sûrement.

*

Bon ben ... c'est pas le tout Marguerite, mais j'ai du
15   repassage qui m'attend moi ...

Je me suis levée d'un bond en tirant sur mon jean et je me suis dirigée vers une jeune femme splendide assise sur le socle d'une statue d'Auguste Comte.

Regardez-la.

---

1 **battre son plein:** Hochbetrieb haben.
2 **être attablé, e:** an einem Tisch sitzen.
2f. **le ballon:** hier: Weinglas.
11 **la borne de taxis:** Taxirufsäule.
12 **faire du charme** (m.): flirten.
15 **le repassage:** Bügelwäsche.
16 **le bond:** Satz, Sprung.
17 **splendide:** strahlend schön.
18 **Comte:** Auguste Comte (1798–1857), französischer Mathematiker und Philosoph, Begründer des Positivismus.

Épilogue 233

Belle, sensuelle, racée, avec des jambes irréprocha-
bles et des chevilles très fines, le nez retroussé, le
front bombé, l'allure belliqueuse et fière.

Habillée avec de la ficelle et des tatouages.

5 Les lèvres et les ongles peints en noir.

Une fille incroyable.

Elle jetait régulièrement des regards agacés vers la
rue adjacente. Je crois que son amoureux était en retard.

10 Je lui ai tendu mon manuscrit:

– Tenez, j'ai dit, cadeau. Pour que le temps vous
paraisse moins long.

Je crois qu'elle m'a remerciée mais je n'en suis pas
certaine parce qu'elle n'était pas française! ... Navrée
15 par ce petit détail, j'ai bien failli reprendre mon magnifique don et puis ... à quoi bon me suis-je dit, et en
m'éloignant, j'étais même plutôt contente.

Mon manuscrit se trouvait désormais entre les
mains de la plus belle fille du monde.

20 Ça me consolait.

Un peu.

---

1 **sensuel, le:** sinnlich.
racé, e: hier: elegant, apart.
1 f. **irréprochable:** makellos.
2 **la cheville:** (Fuß-)Knöchel, Fessel.
le nez retroussé: Stupsnase.
3 **bombé, e:** gewölbt.
belliqueux, se: angriffslustig, kampflustig.
4 **la ficelle:** Fädchen.
la tatouage: Tätowierung.
7 **agacé, e:** nervös, genervt.
8 **adjacent, e:** angrenzend, benachbart.
14 **navré, e:** betrübt, bekümmert.
15 **faillir faire qc:** fast etwas tun.

Editorische Notiz

Der französische Text folgt der Ausgabe: Anna Gavalda, *Je voudrais que quelqu'un m'attende quelque part*, Paris: Le Dilettante, 1999. Das Glossar enthält alle Wörter, die nicht im *Dictionnaire fondamental de la langue française* von Georges Gougenheim (Paris: Marcel Didier, [1]1958) verzeichnet sind. Im Zweifelsfall wurde großzügig verfahren, d. h. einerseits eher eine Vokabel mehr aufgenommen als dort vorgesehen, andererseits – bei auch im Deutschen verständlichen Begriffen – auf eine Erklärung verzichtet. Die Novellen sind unabhängig voneinander glossiert, sodass jede auch einzeln gelesen werden kann.

Sprachliche Besonderheiten

Anna Gavalda bedient sich in ihren Novellen weitgehend der Umgangssprache (*langue parlée*), überraschenderweise nicht nur in den Dialogen, sondern auch in Bericht und Beschreibung. Durch diesen erzähltechnischen Kunstgriff gelingt es ihr, Leserinnen und Leser spontan in das Erzählgeschehen einzubeziehen und sie zu Freunden oder Komplizen zu machen, mit denen sie gelegentlich – nicht in allen Novellen – ein lockeres Zwiegespräch führt. Im Laufe dieser Unterhaltung legen die Protagonisten ihre Probleme dar, suchen Kontakt zum Leser, stellen Fragen, zeigen ihre Enttäuschung, wenn Antworten ausbleiben, geben Informationen über ihre Stimmung und ihre Handlungsweise und versuchen, zu einer Stellungnahme zu provozieren.

Im Folgenden sind, um Wiederholungen im Glossar zu vermeiden und zugleich einen besseren Lerneffekt in diesem charakteristischen Bereich zu erzielen, einige häufig vorkommende Ausdrücke und Besonderheiten der Umgangssprache zusammengestellt.

236   *Editorische Notiz*

Typisch sind Interjektionen wie **ben** für *bien* oder *eh bien*, **ouais** für *oui*, **nan** für *non* und **hein**, das ›hä?, was?‹ bedeuten kann, aber auch ›nicht wahr!, gell!‹.

In fast allen Novellen verwendet werden **le gars** ›Bursche, Kerl‹ und **le mec** ›Kerl, Typ‹, als weibliches Pendant **la nana** ›Tussi, ‚Puppe'‹, außerdem **le boulot** ›Arbeit‹, **le bouquin** ›Buch‹, **la clope** ›Zigarette, ‚Kippe'‹ und **les balles** (f.), womit ›Francs, ‚Mäuse'‹ gemeint sind.

la gueule bedeutet zunächst ›Maul, Schnauze (von Tieren)‹ und von da her (pop.) ›Gesicht, Schnauze, Fresse‹; **gueuler** (fam.) heißt ›brüllen, schreien‹, **engueuler** ›anschreien, anschnauzen‹, **s'engueuler** ›sich anschnauzen, sich in die Haare kriegen‹, **se faire engueuler** ›ausgeschimpft werden, eins auf den Deckel kriegen‹; **une engueulade** ist ein ›heftiger Disput, Anschiss‹. **casser la gueule à qn** (pop.) heißt ›jdm. eins in die Fresse hauen, jdm. die Visage polieren‹ und **se foutre de la gueule de qn** (pop.) ›jdn. übers Ohr hauen, verarschen‹.

Dieses **foutre** (pop., ursprünglich »den Beischlaf ausüben«, wie alte Wörterbücher gern schreiben, und in dieser Bedeutung natürlich vulg., deshalb in Texten oft durch **ficher** ersetzt) hat ein breites Bedeutungsspektrum. Zunächst einfach nur ›machen, tun‹, bedeutet es auch ›schmeißen‹, und etwa in **foutre qn à la porte** ›jdn. rausschmeißen, vor die Tür setzen‹. **je m'en fous** heißt ›das ist mir scheißegal‹, **qu'est-ce que ça peut te foutre** ›was geht dich das an?, das kann dir doch scheißegal sein!‹, und **foutu, e** ist ›kaputt, futsch, hin, erledigt‹.

Ähnlich **le con** (pop., »weibliche Scham«, und wieder vulg. in dieser Bedeutung), das ›Dussel, Blödmann, Schwachkopf, Armleuchter, Arschloch‹ und Ähnliches mehr heißen kann, **la conne** ist die ›dumme, Gans, blöde Kuh‹ usw., das Adjektiv **con, conne** bedeutet entsprechend ›saublöd, doof‹, **à la con** ›bescheuert, bekloppt‹. **le connard** ist ein ›Idiot, Depp‹, und **la connerie** ist ›Blödsinn, Quatsch, Stuss‹, bezeichnet den ›Mist‹, den jd. gebaut hat, ebenso wie den ›Mist‹, den jd. redet. – In diesem Zusammenhang gehört auch **putain!** (pop.)

Editorische Notiz   237

›Mist, verdammt, Scheiße!‹, abgeleitet von **la putain** (pop.)
›Hure, Nutte‹.

Zum Schimpfwortinventar gehört natürlich auch alles, was
mit **la merde** (pop.) ›Scheiße‹ zusammenhängt: **emmerder qn**
›jdn. verärgern, nerven, jdm. auf den Wecker fallen, auf den
Geist gehen‹, **un emmerdeur** ›Nervensäge‹, **une emmerde**
oder **un emmerdement** ›Schererei, Scheißkram‹, dazu le **merdier** ›Saustall, Schlammassel, Scheißdreck‹ und **mettre le
merdier** ›durcheinanderbringen, einen Saustall anrichten‹. **de
merde** heißt ›Scheiß-, Mist-‹ und **je t'emmerde** ›leck mich am
Arsch!‹. – Dazu gehört **chier** (pop.) ›scheißen‹ in der Wen-
dung **faire chier qn** ›jdn. verärgern, jdm. auf den Geist gehen,
jdn. auf die Palme bringen‹; **chiant, e** heißt ›beschissen‹.

Eine in den Novellen häufig verwendete Konstruktion ist
tu parles d'un(e) ... ›welch ein(e), was für ein(e) ...!‹. **tu parles d'un panneau** heißt also ›welch ein Anblick!‹ oder ›das ist
vielleicht ein Anblick!‹, **tu parles** allein heißt ›von wegen!‹
und **tu parles si ...** ›und ob ...‹.

Häufig setzt sich die *langue parlée* über die Regeln der
Grammatik und Syntax der Schriftsprache (*langue écrite*)
hinweg. So rückt bei der Frageform das Fragepronomen
meistens ans Ende des Satzes: *Elle est là pourquoi? – Il a
quel âge? – Tu vas lui parler quand?* Das Fragen einleitende
»est-ce que« bzw. die Inversion entfallen ganz: *C'est un rapide, non? – Ce sera tout? – Tu veux des lunettes?* Eine eigentlich falsche, aber häufig zu hörende Konstruktion ist auch *je
m'en rappelle.*

Präpositionen werden zu Adverbien: *nous sommes contre
– elle ne sort jamais sans – ça va avec.*

Die Negation »ne« sowie der Vokal »u« beim Personalpro-
nomen »tu« werden vor vokalischem Anlaut weggelassen:
*T'as pas rencontré Georges Clooney? – T'es française? – T'es
vraiment trop con. – Tu veux pas répondre?*

Das grammatische Geschlecht wird oft geändert, so dass
männliche Substantive mit stummer »e«-Endung weiblich
werden: *une grosse légume; la belle âge; une clope.*

238   *Editorische Notiz*

Wort- und Satzverkürzungen setzen sich in der *langue par-lée* immer stärker durch: *Reconnaissez que y'a de quoi être crevé.* – *Y a pas de quoi.* – *Y a un problème* (für »il y a«). – *Ca j'te l'dis* (für »je te le«). – *Pi il faut nous comprendre* (für »puis«). – *Qu'on fasse disparaître nos bas-résille* (für »il faut qu'on fasse …«). – Beliebt sind Kurzformen wie **la télé** für *la télévision*, **le bac** für *le baccalauréat* ›Abitur‹, **la fac** für *la faculté* ›Uni(versität)‹ (**la fac de droit:** juristische Fakultät), **la manif** für *la manifestation* ›Demonstration‹, **le resto** für *restaurant*, **le prof** für *le professeur* und **la pute** für *la putain*; **sympa** steht kurz für *sympathique*. Weniger häufig vorkommende Kurzformen sind in den Glossaren zu den einzelnen Novellen erläutert.

Die 1. Person Plural wird fast durchweg durch die Singularform »on« ersetzt: *on s'en fout; on s'en va; on s'emmerde.*

Die gesprochene Sprache sträubt sich dagegen, das Verb im Singular zu gebrauchen, wenn der Sinn des Satzes den Plural verlangt: *aucun de nous ne l'avons cru; la plupart s'en vont.*

Das Imperfekt des Konjunktivs ist in der *langue parlée* ganz verschwunden, und der Indikativ Präsens ist dabei, den Konjunktiv ganz zu verdrängen: *C'est con qu'il est pas venu.*

Es ist schon heute absehbar, dass das Futur bald durch das Präsens ersetzt werden wird: *Vous allez demain en Espagne.*

Gelegentlich gibt Anna Gavalda umgangssprachliche Aussprache durch besondere Schreibung wieder: **steu plaît** für *s'il te plaît*, oder sie deutet eine besondere Betonung durch das Setzen ‚falscher‘ Akzente an: **moî, Mônsieur.**

Editorische Notiz · 239

Im Glossar verwendete französische Abkürzungen

adv.	adverbe
angl.	anglais (englisch), anglicisme
enf.	langage enfantin (Kindersprache)
f.	féminin
fam.	familier (umgangssprachlich)
fig.	sens figuré (übertragen)
interj.	interjection
lat.	latin (lateinisch)
m.	masculin
pop.	populaire (salopp, derb)
qc	quelque chose
qn	quelqu'un
vulg.	vulgaire (vulgärsprachlich)

Nachwort

> »Il me semble qu'il y a une façon de parler des choses dures et pas drôles avec légèreté. En tout cas, c'est la meilleure façon de sortir du marasme quotidien.«
>
> Anna Gavalda

Zu Leben und Werk von Anna Gavalda

Anna Gavalda wird 1970 in Boulogne-Billancourt am Rand von Paris geboren. Ihre Eltern entstammen dem gediegenen Pariser Bürgertum und sind im Kunstgewerbe tätig (Seidenmalerei). 1974 lassen sie sich im Département Eure-et-Loir südöstlich der Hauptstadt in einer ehemaligen Abtei nieder. Hier verbringt Anna mit drei Geschwistern eine unbekümmerte, bohemehafte Kindheit. Als sie 14 Jahre alt ist, trennen sich ihre Eltern, und sie zieht zu einer ihrer Tanten, einer Mutter von 13 Kindern. Der Ortswechsel bringt eine völlige Änderung des Milieus und der Gewohnheiten mit sich. Sie tritt in eine katholische Anstalt in Saint-Cloud ein, wo ihre freie Denkungsart auf eine harte Probe gestellt wird, lernt dadurch aber schon früh, sich anderen Gegebenheiten anzupassen. Später besucht sie als Oberstufenschülerin das Lycée Molière im vornehmen 16. Arrondissement in der Rue du Docteur Blanche. »J'étais avec toutes les jeunes filles méritantes de la nation. Je me souviens des odeurs et des visages, de toute cette tristesse.«[1] Bevor sie an der Sorbonne ihr Studium aufnimmt, arbeitet sie u. a. als Hostess, Verkäuferin, Platzanweiserin, Kassiererin und Floristin. »J'y ai appris la vie. Les petits bouquets pour les épouses et les grands pour les maîtresses.«[2] Sie sammelt umfangreiche Erfahrungen in

---

1 Marie-Laure Delorme, »On l'aime, Anna Gavalda«, in: *Le Journal du Dimanche*, 3 févr. 2002.
2 Ebd.

242   *Nachwort*

vielfältigen Lebensbereichen und lernt die unterschiedlichsten Menschen kennen. Dabei registriert und speichert sie ihre Eindrücke, Erlebnisse, Empfindungen und Wahrnehmungen, um sie später wieder abzurufen und daraus packende, zum Teil auch bizarre Geschichten zu formen.

Sie heiratet einen Veterinär, mit dem sie zwei Kinder, Louis und Félicité, hat. Zu dieser Zeit arbeitet sie teils als Lehrerin, teils in einem Dokumentationszentrum und macht ihre ersten literarischen Gehversuche. Mit 29 Jahren hat sie einen sensationellen Erfolg mit ihrer Novellensammlung *Je voudrais que quelqu'un m'attende quelque part*. Die erste Ausgabe erreicht (bis 2003) 204000 Exemplare, die Taschenbuchausgabe bei »J'ai lu« 160000 und die Buchclubausgabe 140000 Exemplare. Außerhalb Frankreichs sind die Novellen bisher in 19 Sprachen übersetzt worden. Bald nach dem Erscheinen wird das Buch mit dem Grand Prix RTL-Lire 2000 ausgezeichnet.

Nach ihrer Scheidung gibt Anna Gavalda ihren Beruf auf und widmet sich ganz der Literatur. Der Erfolg ist ihr jedoch nicht in den Kopf gestiegen. Trotz verlockender Angebote großer Pariser Verlage bleibt sie ihrem kleinen Verlag »Le Dilettante« treu. »La gloire et l'argent n'ont pas de prise sur moi. Moins on possède, moins on peut perdre. Les à-valoir sont des pièges à con. Il faut écrire en toute indépendance sans la perspective de devoir vendre.«[3]

Die Pressekommentare nach der Veröffentlichung der Novellen sind entsprechend euphorisch: »Anna Gavalda schreibt, wie sie atmet, sie muss eine unheimliche Lunge haben« (*Le Canard Enchaîné*). – »Schon der Titel allein ist schön, die Geschichten aber sind genial, bissig, aber auch tragisch. Ein kleines Juwel mit vielen Stacheln« (*Marie France*). – »Mit so viel Esprit und Humor hat man selten eine Französin über die heile Welt der Hauptstadt der Grande Nation flachsen und fluchen gehört« (*Oldenburgische Volkszeitung*).

3 Ebd.

Im Juni 2002 stand die deutsche Übersetzung des Buchs auf Platz 9 der Kritiker-Bestenliste des Südwestrundfunks.

Ihr Roman *Je l'aimais,* 2002 bei »Le Dilettante« erschienen, ist ein langer Dialog zwischen einer jungen Frau und ihrem Schwiegervater. Sie ist gerade von ihrem Mann verlassen worden, und er erzählt ihr, wie er seine große Liebe verloren hat – durch eigene Schuld. Mit großem Einfühlungsvermögen schildert die Autorin die Leidenschaft des verheirateten Mannes für eine ungemein reizvolle junge Frau, seine seelischen Konflikte und seinen Verzicht – ein bewegender Rückblick auf sein Leben und eine trostreiche Hilfe für die gedemütigte Schwiegertochter.

Für Anna Gavalda ist die Liebe das zentrale Thema in ihren Werken wie im Leben. Sie kann beglückend und verzaubernd, aber auch schmerzend und verletzend sein. »J'envie, d'une certaine manière, les gens pour qui la vie sentimentale est secondaire. Ils sont les rois du monde: invulnérables.«[4]

Bevor sich die Autorin an den Schreibtisch setzt, macht sie eingehende Studien über das anstehende Thema. Wenn sie z. B. über einen Fernfahrer schreibt, sucht sie eine Tankstelle oder eine Autowerkstatt auf, beobachtet die Menschen, spricht mit ihnen, stellt neugierige Fragen über die kleinsten Details und macht sich gewissenhaft Notizen. »Je croise des gens. Je les regarde. Je leur demande à quelle heure ils se lèvent le matin, comment ils font pour vivre et ce qu'ils préfèrent comme dessert par exemple. Ensuite, je pense à eux. J'y pense tout le temps. Je revois leur visage, leurs mains et même la couleur de leurs chaussettes. Je pense à eux pendant des heures, voire des années, et puis un jour, j'essaye d'écrire sur eux.«[5]

---

4 Ebd.
5 »Critique: ›Je voudrais que quelqu'un m'attende quelque part‹«, im Internet bei: *Hibouq. La Bibliothèque,* http://www.hibouq.org/Romans/Critiques/Romans/Gavalda/jevoudrais.htm.

244   *Nachwort*

Ihr Hauptaugenmerk gilt Menschen, die vom Leben gebeutelt worden sind, angeschlagene, kaputte Typen, ob es sich um Reiche, Arme, Junge, Alte, Intellektuelle oder einfache Arbeiter handelt. Ihrer Meinung nach hat jeder von uns eine Schwachstelle, »une fêlure«. Sie misstraut all denen, die vorgeben, keinen schwachen Punkt zu haben und nie an sich zweifeln.

Ihr Stil wirkt sehr locker, frisch, burschikos, flüssig, mühelos und spontan. Die Rezensentin der Frauenzeitschrift *Marianne* sieht das so: »›Sa force, c'est d'écrire comme on parle.‹ Et cette particularité serait un gage de qualité. […] La lettre ne devance, ni ne seconde, ni ne double la parole, mais se substitue à elle.«[6] Aber nach eigener Aussage nimmt sie sich viel Zeit und ist sehr bemüht, ihre Texte zu überarbeiten, die Sprache zu glätten, zu entschlacken, zu rhythmisieren und bei Neuauflagen noch einmal Verbesserungen vorzunehmen. »Je tiens beaucoup à l'idée de phrases coulantes, fluides, à ce que rien ne heurte jamais la lecture […]. Je lis, je relis, j'essore, je dégraisse pour que le texte soit nerveux. C'est une obsession chez moi.«[7]

Einen breiten Raum in ihren Novellen nehmen Witz, Humor, Schlagfertigkeit ein. Selbst todernste und keineswegs lächerliche Begebenheiten schildert sie mit leichter Hand, um die triste Atmosphäre etwas aufzulockern und zu entspannen. »Il me semble qu'il y a une façon de parler des choses dures et pas drôles avec légèreté. En tout cas, c'est la meilleure façon de sortir du marasme quotidien.«[8] Auf die Frage eines Journalisten, warum sie eigentlich Novellen schreibe, antwortet Anna Gavalda mit dem Schalk im Nacken, dass sie im Grunde Novellen gar nicht mag, weil sie

6 Clara Dupont-Monod, »Les vraies gens, sinon rien«, in: *Marianne*, 15–21 avr. 2002.

7 »Le Club reçoit Anna Gavalda. Interview du 26/03/2000«, im Internet bei: *Le Club du Grand Livre du Mois*, http://www.grandlivredumois.com/static/actu/rencontres/gavalda.htm.

8 Ebd.

Nachwort 245

nur Bruchstücke des Lebens liefern und das Bedürfnis des
Lesers nach ergänzender Information nicht erfüllen. Da sie
aber zwei Kinder habe, sei es leichter, nachts eine Novelle zu
schreiben als einen Roman.

Zu *Je voudrais que quelqu'un m'attende quelque part*

Die Protagonisten der Novellen unter dem viel versprechen-
den Titel *Je voudrais que quelqu'un m'attende quelque part*
sind Menschen, die oft ungewollt in eine unerwartet schwie-
rige, vielleicht tragische Situation geraten, die ihr Leben von
Grund auf verändert, oder Menschen, die die Alltagsroutine
wortlos hinter sich bringen oder jahrelange Enttäuschungen
schweigend und ohne Protest ertragen. Es sind keine Helden
oder Märtyrer, sondern Durchschnittsmenschen – meist na-
menlos –, in denen sich Leserinnen und Leser unschwer
selbst erkennen können. Daher ist der Titel symbolisch, nicht
nur für die Erwartungshaltung der Protagonisten der Novellen, sondern für das Bedürfnis moderner Menschen, An-
sprechpartner für ihre Sorgen und Nöte zu haben und aus ihrer Einsamkeit und Anonymität herauszutreten. In allen Novellen wird die eingeleitete Handlung nicht zu Ende geführt,
es kommt immer etwas dazwischen, so dass die Protagonisten Schiffbruch erleiden, einsam bleiben oder nach einem
kurzen Lichtblick erneut in Einsamkeit verfallen. Die Auslö-
ser für dieses Scheitern sind verletzter Stolz (*Petites pratiques
germanopratines*) – seelischer Schock nach einer Fehlgeburt
(*I. I. G.*) – eheliche Entfremdung (*Cet homme et cette femme*)
– ungestilltes Liebesbedürfnis (*The Opel touch*) – Desillu-
sionierung (*Ambre*) – Einsamkeit und Lebensüberdruss
(*Permission*) – extreme seelische Belastung (*Le fait du jour*)
– Kontaktarmut (*Catgut*) – sexuelle Frustration (*Junior*) –
Verwirrung und Unterdrückung der Gefühle (*Pendant des
années*) – Verklemmtheit dem anderen Geschlecht gegenüber (*Clic-clac*) – sowie erstickte Glücksgefühle (*Epilogue*).

246   *Nachwort*

Die Ich-Erzählerin in der Novelle *Petites pratiques germano-pratines*, die zu Beginn ihrer Erzählung engen Kontakt zu ihren Zuhörern knüpft, wird von einem gut aussehenden Mann auf dem Boulevard Saint-Germain angesprochen. Der Pfeil, den sie Amor abschießen lässt, trifft mitten ins Schwarze und entfacht seine Neugier und Sinnlichkeit. Was sie ihm jedoch nach den ersten Zärtlichkeiten übelnimmt, ist, dass er sich trotz seines intensiven Begehrens, dessen sie sich so sicher war, die unverzeihliche Entgleisung erlaubt, eine Nachricht auf dem Display seines Handys – vielleicht die Liebesbotschaft einer Konkurrentin – abzulesen. Obwohl sie geneigt war, sich auf ein Abenteuer mit einem sympathischen Unbekannten einzulassen, gewinnen ihr Stolz und ihre Verärgerung über diesen Fauxpas die Oberhand. So kommt es, dass sie ihm kurzangebunden einen Korb gibt, obwohl sie anschließend mit sich selbst hadert und sich maßlos allein fühlt: »Je hais mon orgueil« (S. 21).

In der Novelle mit dem medizinisch-technischen (und deshalb zunächst unverständlichen) Titel *I. I. G.* durchlebt eine junge verheiratete Frau – auch hier bleibt sie anonym – aufregende Stunden, bevor sie in banger Erwartung zu Hause einen Schwangerschaftstest macht. Nachdem sie sicher ist, ein Baby zu erwarten, lebt sie, denkt sie und fühlt sie nur noch für das Kind, dessen Entwicklung sie minutiös in ihrem Leib verfolgt. Um so größer ist der Schock, als sie bei einer Ultraschalluntersuchung erfährt, dass der Fötus abgestorben ist. Völlig allein gelassen mit diesem Problem, sinniert sie, tief deprimiert, über die rätselhaften Worte des Gynäkologen »On va passer des moments pas très rigolos ensemble« (S. 37). Trotz der bitteren Enttäuschung ist sie nicht gewillt, die bevorstehende Hochzeit in ihrer Familie zu gefährden. Sie behält ihr trauriges Geheimnis für sich und nimmt sogar an dem mondänen Ereignis äußerlich gelassen teil. Die rührende Geste einer reizenden jungen Frau, die ihren Leib berührt, ist eine bittere Pointe, die den Sachver-

Nachwort 247

halt umkehrt und die Protagonistin trotz ihres Lächelns tief
verstört.

Auch in der sehr kurzen Novelle *Cet homme et cette femme*
überwiegt die Einsamkeit, die Verlassenheit, die Melancholie. Ein gutbetuchtes Ehepaar ist unterwegs zu seinem Land-
haus. Die kinderlosen Eheleute sind sich so fremd geworden,
dass sie während der Fahrt kein einziges Wort miteinander
wechseln. Sie leidet sehr unter dieser Entfremdung, zumal
sie weiß, dass ihr Mann sie lange betrogen hat und erst seit
kurzem, aus finanziellen Erwägungen, auf seine Eskapaden
verzichtet. In brutaler Weise hat er sich stets einer Adoption
widersetzt und sie dafür mit kleinen Geschenken entschä-
digt. »Elle pense qu'elle n'a jamais été aimée, elle pense
qu'elle n'a pas eu d'enfants [...]. Elle se souvient de cette
scène épouvantable quand elle avait parlé d'adoption«
(S. 44).

Eine trostlose Melancholie überschattet diese Ehe, die von
Anfang an von Lieblosigkeit geprägt war. Der einzige Trost,
der der abgehärmten Frau noch bleibt, ist die Musik, »des
musiques du monde entier [...] qui laissent à la misère à peine le temps de s'engouffrer dans l'habitacle« (S. 44 f.).

Was in *The Opel touch* auffällt, ist die narrative Darbietungs-
art der Novelle. Die Erzählerin steht in ständigem Kontakt
mit einer anonymen Gesprächspartnerin: sie stellt Fragen,
duzt sie, verlangt ihr Verständnis und ihre Zustimmung, antwortet massiv auf Verdachtsvermutungen – »T'es jalouse?
T'es en manque« (S. 49) –, lenkt ihre Aufmerksamkeit auf
bestimmte Vorfälle, gibt detaillierte Erklärungen über ihre
Gemütsverfassung, ihren ungestillten Liebeshunger und ist
erstaunt, als ihre Gefühle nicht erraten werden.

Die Erzählerin hat ein Jurastudium begonnen, ist aber von
dessen Eintönigkeit angewidert und arbeitet zeitweise in einem Laden für Billigklamotten. »Soyez honnêtes. Reconnaissez que y'a de quoi être crevée à la fin de la journée« (S. 47).

248   *Nachwort*

Ihre Interessenbereiche sind Kinos, nächtliche Spritztouren, Zigaretten, Espressi, die Kneipen von Melun. Ihr Bekanntenkreis beschränkt sich auf Kolleginnen, Schulfreundinnen und unbedarfte junge Burschen, die sie nur als sexuelles Lustobjekt betrachten. Jedenfalls offenbart die Erzählhaltung der Ich-Erzählung das dringende Bedürfnis der Protagonistin nach menschlicher Wärme und Zuwendung. Ihre oberflächliche Lebenseinstellung schützt sie nicht vor der Gefahr, in Depression und Lebensüberdruss zu verfallen. Völlig ausgebrannt und einem Weinkrampf nahe, schüttet sie am Ende der Novelle ihr Herz bei ihrer Schwester aus, findet jedoch bei der nur schwachen Trost. »Alors moi je lui raconte. Mais sans trop y croire parce que ma sœur est assez nulle comme conseillère psychologique. [...] ›Eh ben ... on n'est pas dans la merde‹, me dit ma sœur en nous resservant un verre« (S. 59 f.).

In *Ambre* lernt ein ausgekochter, von der Liebe und dem Leben desillusionierter Ladykiller aus der Musikbranche (»J'ai baisé des milliers de filles et la plupart, je ne me souviens pas de leur visage«, S. 61) ein junges Mädchen kennen, dessen Lächeln ihn fasziniert, weil es anders ist als die üblichen aufdringlichen Gunstbezeugungen dieser Art. Eine ungekannte Reserve und Scheu befällt ihn, wenn er sie sieht. »Quand je te regarde, j'ai mal au bide comme devant dix mille personnes« (S. 70). Als Photographin begleitet sie ihn auf einer Tournée und macht Photos von ihm. Zuerst ist er entgeistert, dann tief beeindruckt, dass sie nur seine Hände in den verschiedensten Posen aufgenommen hat, weil seine Hände das Einzige sind, was noch nicht verdorben, kaputt, »déglingué« ist. Ihre Zuneigung – so muss man den Schluss der Novelle wohl interpretieren – gibt ihm neue Lebenskraft und die Zuversicht, dass es sich lohnt, an einen geliebten Menschen zu glauben, der ihm einen Weg aus seinem hektischen Leben, seiner Erfolgsgier und damit seiner Einsamkeit zeigt.

Nachwort   249

Der Ich-Erzähler in *Permission* steht seit jeher im Schatten seines älteren Bruders Marc, ob es sich um den Beruf, die Liebe oder ganz alltägliche Verhaltensweisen handelt. Als einfacher Soldat fühlt er sich einsam in der Armee, so dass sich seine pessimistische Lebenseinstellung noch vertieft. »Je suis pas près de croire en Dieu ou en un Truc Supérieur parce que c'est pas possible d'avoir créé exprès ce que je vois tous les jours à la caserne de Nancy-Bellefond« (S. 80). Trotzdem hat er noch nicht ganz resigniert. Jedes Mal wenn er in Urlaub fährt, hofft er insgeheim, dass ihn jemand irgendwo am Bahnhof erwartet – »Je voudrais que quelqu'un m'attende quelque part« (S. 81) –, jemand, bei dem er nach dem sturen Barrasbetrieb wieder normale menschliche Wärme spüren kann. Jedes Mal wird er enttäuscht. An seinem Geburtstag verliebt er sich in eine ehemalige Klassenkameradin, auch hier ist ihm sein Bruder zuvorgekommen. Doch ist er durch den freundschaftlichen Kontakt, die Aussprache und die Rückschau auf gemeinsame Jugenderlebnisse zum ersten Mal seit langem tief bewegt. »Malgré le marécage de bouillasse et de misère dans lequel je me débattais, j'étais heureux comme jamais« (S. 90). Als er mit Marc um die Gunst von Marie spielt, zieht er wiederum den Kürzeren. Eine letzte Überraschung wartet jedoch auf ihn: er bekommt unerwartet Besuch von der nackten, mit Geschenkpapier drapierten Marie, die seine Frustration erkannt hat – ein verspätetes Geburtstagsgeschenk. Die »permission« wird dieses Mal zu einem Glückserlebnis, das die militärische Tretmühle am nächsten Tag erträglicher macht.

Der Protagonist der Novelle *Le fait du jour* ist Vertreter für ein großes Charcuterie-Unternehmen und kennt die Nöte und Probleme sowie die Einsamkeit eines Fernfahrers auf den Autobahnen genau. Er hat, ohne es zu bemerken, einen schrecklichen Massenunfall auf der A 13 verursacht, bei dem es zahlreiche Tote und Verletzte gab. In seiner Verzweiflung versucht er, einen Bericht zu schreiben, in dem er sein Leben und die furchtbaren Ereignisse des vergangenen Tages Revue passieren lässt, um sein Versagen objektiv beurteilen zu können. Er steht vor der Alternative, sich der Polizei zu stellen und dadurch das Schicksal seiner Familie aufs Spiel zu setzen oder zu schweigen und sein Leben lang von Gewissensbissen und Schuldgefühlen heimgesucht zu werden. Seine Frau rät ihm zu schweigen, da sein Opfer niemand mehr zugute komme. »Elle me guette. Elle essaye de savoir. Je pense qu'elle a peur parce qu'elle sait déjà qu'elle m'a perdu« (S. 97f.). Am Ende der Novelle bleibt offen, welche einsame, inhaltsschwere Entscheidung er treffen wird – »je vais tout relire d'une traite pour voir si ça m'aide. – Mais je n'y crois pas« (S. 113).

Die Ich-Erzählerin in *Catgut* schildert, wie sie als junge Frau den Mut aufgebracht hat, sich irgendwo in der Normandie auf dem Land als Veterinärin niederzulassen. Sie hat es schwer, sich als Frau durchzusetzen, denn die normannischen Bauern sind skeptisch, ob sie für ihre Arbeit die nötige Muskelkraft besitzt. Bis auf gelegentliche Begegnungen mit einem Lehrer aus der Nachbarschaft fühlt sie sich einsam und verlassen. Davon profitieren einige betrunkene Bauernlümmel, die sie in eine gemeine Falle locken. Unter einem Vorwand zu nächtlicher Stunde herbeigerufen, wird sie mehrmals brutal vergewaltigt. Für die jungen Bauern ist dies ein kapitaler Spaß, zumal einer von ihnen mit der Untat das Ende seiner Junggesellenzeit feiert. »Bon, ben docteur, c'était pour rigoler hein? On n'a pas souvent l'occasion de rigoler par chez nous« (S. 121). Nach ihrer Vergewaltigung betäubt die junge Frau die sinnlos betrunkenen Kerle, entfernt ihnen fachmännisch die Hoden und näht die Weichteile wieder gewissenhaft zusammen, »du travail très propre« (S. 122). Dann erwartet sie gelassen die Polizei. »J'espère seulement qu'ils ne mettront pas la sirène« (S. 123).

Nachwort   251

Der Protagonist von *Junior*, Alexandre Devermont, ist ein wohlbehüteter junger Mann von 20 Jahren aus einer betuchten Familie. Er wird mit einem »cochon de lait« (S. 124), einem Spanferkel, verglichen. Als Sohn eines großen Möbelunternehmers hat er Zugang zur mondänen Gesellschaft der Provinz. Um den jungen Damen auf einem Ball zu imponieren, trifft er auf Drängen seines Freundes eine folgenschwere Entscheidung: er leiht sich den Nobel-Jaguar seines Vaters aus, obwohl er dessen Zorn fürchtet. Die Strafe folgt auf dem Fuße, als auf dem Rückweg vom Ball ein riesiges Wildschwein in den teuren Wagen rennt. Neben dem materiellen Verlust gibt es noch ein lokalpolitisches Nachspiel. Alexanders Vater wird nämlich nach diesem peinlichen Vorfall seine starre Haltung als zukünftiger »conseiller régional« (S. 144) gegenüber den Grünen, die die Jagd der reichen Waldbesitzer verbieten wollen, aufgeben müssen. Die Schlusspointe bringt noch einen Wermutstropfen für den braven Alexander: im Gegensatz zu seinem draufgängerischen Freund bleibt ihm jegliches erotische Erfolgserlebnis versagt: »›Et cette blonde, là, dont tu me parlais … celle qui a les gros nichons … c'est qui cette fille?‹ – Et son ami lui sourit« (S. 145).

Pierre, der Ich-Erzähler in der Novelle *Pendant des années*, trauert sein Leben lang seiner ersten Liebe nach, obwohl er eine hübsche Frau und drei Kinder hat. Er fürchtet jedoch, dass seine Frau Bescheid weiß über seine geheimen Gefühle, »ma vie de fantôme« (S. 149), und möchte keinesfalls seine Ehe aufs Spiel setzen. »Mes enfants sont la meilleure chose qui me soit jamais arrivée. Une vieille histoire d'amour ne vaut rien à côté de ça. Rien du tout« (S. 154). Trotz allem taucht das Bild der Geliebten täglich vor ihm auf in einer Intensität, die schon an Besessenheit grenzt. Selbst nach zwölf Ehejahren steht Hélèna zwischen ihm und seiner Frau, und es gelingt ihm nicht, diesen Teufelskreis zu durchbrechen. »Il faut dire que j'avais si peur. […] Je caressais son ventre et

252   *Nachwort*

mon esprit divaguait. Je soulevais ses cheveux et j'y cherchais une autre odeur« (S. 149).

Eines Tages meldet sich die Geliebte wider Erwarten telefonisch bei ihm und bittet um eine Unterredung. Er weiß in diesem Augenblick, dass er immer nur sie und durch sie geliebt hat. Er ahnt jedoch, dass diese Begegnung seine Gefühle erneut verwirren würde. Als er erfährt, dass sie bald sterben wird, sagt er zu. In der tristen, hässlichen Umgebung einer Kleinstadt gehen sie aufeinander zu, ohne sich zu umarmen, und erzählen sich ihr vergangenes Leben. Sie sieht sehr blass aus und kann sich nicht an ihm sattsehen. Bevor sie stumm auseinandergehen, erfüllt er etwas ratlos ihren letzten bizarren Wunsch.

Im Brennpunkt der Handlung von *Clic-clac* stehen die turbulenten Erlebnisse des Ich-Erzählers Olivier, eines etwas verklemmten Exportkaufmanns, der in die attraktive Verkaufsleiterin der Firma Sarah Briot verknallt ist, jedoch nicht wagt, ihr Avancen zu machen. »Elle vous serre la main, elle répond à vos questions, elle vous sourit, [...] et vous, comme un con, vous ne pensez qu'à serrer vos genoux ou à croiser vos jambes« (S. 169). Er wohnt zusammen mit seinen Schwestern Fanny und Myriam, zwei munteren jungen Frauen, für die die Liebe nur ein kurzweiliger Zeitvertreib ist. Als Myriam durch Zufall die sexy Dessous findet, die er für Sarah gekauft hat, wird er von seinen Schwestern und Freunden mitleidlos gehänselt.

Total angewidert und verstört, mietet er sich eine kleine Wohnung, für die er einige Möbel kauft, darunter ein Klappbett für zwei Personen. Völlig unerwartet lädt sich Sarah zur Einweihungsfeier zu zweit bei ihm ein. In aller Eile trifft er diverse Vorbereitungen für den Abend, der ihm endlich das langersehnte erotische Erlebnis bescheren soll. Alles klappt dann auch wie am Schnürchen, und als im entscheidenden Moment das Klappbett Probleme zu machen droht, sind es die Schwestern, die auf ihre Weise die Situation retten.

Nachwort 253

Die Protagonistin und Ich-Erzählerin der *Épilogue* genannten zwölften, autobiographisch getönten Novelle des Bandes ist eine verheiratete junge Frau, Mutter von zwei Kindern, die angefangen hat, Novellen zu schreiben, erste literarische Gehversuche, und die gespannt auf Nachricht von einem Verlag wartet. In Gedanken sieht sie sich schon als Bestsellerautorin und träumt von Fanpost, Autogrammstunden, Lesungen und Buchmessen.

Nachdem die Einladung des Verlags zu einem Gespräch gekommen ist und der Termin unmittelbar bevorsteht, dreht sie fast durch. »Je flanche. J'ai mal au ventre, j'ai mal au foie, j'ai mal dans les jambes, je transpire à grosses gouttes« (S. 223). Als der Verleger sich zwar an ihren Arbeiten interessiert zeigt, sie aber mit schönen Worten abspeist, ist sie im wahrsten Sinne des Wortes gelähmt. Ihr Körper streikt und lässt sie im Stich. Frustriert und desillusioniert schenkt sie am Ende ihr Manuskript einer Schönheit, »la plus belle fille du monde« (S. 233), um ihrem Werk so wenigstens ein bisschen Glanz zu verleihen. Ein schwacher Trost – und eine schöne Schlusspointe, denn wenn es wirklich so gekommen wäre, hielten wir nicht das Buch in Händen, an dessen Ende sie steht.

Helmut Keil

Inhalt

Petites pratiques germanopratines	5
I. I. G.	22
Cet homme et cette femme	41
The Opel touch	46
Ambre	61
Permission	74
Le fait du jour	97
Catgut	114
Junior	124
Pendant des années	146
Clic-clac	168
Épilogue	207
Editorische Notiz	235
Nachwort	241